撿到潛力股相公

上

晏梨 著

文創風 1109

風文創 1109

目錄

序文 005
第一章 007
第二章 035
第三章 067
第四章 095
第五章 121
第六章 151
第七章 175
第八章 203
第九章 241
第十章 279

序文

晏梨

這個故事起初形成在地鐵上，我望著擁擠的人潮，突然有個念頭出現在腦海裡。

我想寫一個帶著人間煙火氣的角色。於是就有了蕓娘，她生在山野間，生性帶著幾分天真爛漫，知世故而不世故，融入世俗，卻有自己的稜角。

她是個可愛的平凡姑娘，活得那麼認真努力，理所應當我給她拉了個好姻緣。

寫這本書的時候是在二月，乍暖還寒，就像書中的人物一樣，經歷過寒冬波折，最後停在了六月伊始，芳菲盡顯。

結尾的時候，我用了詩經裡的一句話——

「邂逅相遇，與子攜臧。」

像這世間萬物一樣，無論你微如塵埃，還是渺如點星，終有一日會遇到那個人。

撥雲見日，相伴永遠。

最後要謝謝一路支持我的讀者，還有晉江的各位編輯，以及本次負責修校稿與審核的狗屋出版社編輯。

此致。

第一章

大周建元二年冬，大寒。

邊陲小鎮上大雪紛飛，雪花順著早市白騰騰的熱氣落在頭頂，化成晶亮的水珠，順著少女俏生生的臉龐滑下，一雙杏仁眼跟山間小鹿一樣，水汪汪的，穿著泛白冒絮的灰襖子，一張臉蛋被迎風吹得皸紅。

巷口的風捲起雪渣子直往人脖子裡鑽，這注定是個不好過的寒冬。

少女踮起腳尖，從掛鉤上取下整扇豬肉，舉起半臂粗的短柄厚砍刀，俐落地先砍下豬頭，刀鋒抬起再向下一劈，案板震了震，砍斷半邊豬脅，手腕一翻，用刀尖剔掉骨頭，餘下淨肉再片成小塊，包好油紙遞給對面的客人。

「蕓娘，妳這力氣可又見長了。」

一旁買肉人嘖嘖稱奇，好傢伙，成年男人殺頭豬都不容易，別看這小姑娘瘦瘦小小，宰頭兩百來斤的豬跟鬧著玩一樣，這有多大的力氣。

看客中有人起鬨。

「蕓娘，將來誰娶了妳，可不愁沒人幹活了。」

蕓娘一抿嘴，眼睛瞪得滾圓，手中的刀往案板上一插，認真地說：「我將來嫁人可不給人幹活，我要吃香喝辣的，過好日子。」

「喲，妳以為妳是個千金小姐嗎？」

「千金小姐有什麼好的？」蕓娘眼睛烏溜溜一轉。「還不是得看人臉色，我要嫁個大官，這輩子享不完的榮華富貴。」

「就憑妳?! 山雞還想變鳳凰，作夢呢！」

一陣哄然大笑，眾人買完肉散去。

蕓娘把收來的銅板攏在手心，仔細地數了幾遍，眼睛瞇成了一條月牙兒，小心地揣進懷裡，又將剩下的邊角下水用油紙包起來放進竹簍，這才收攤離開。

北風呼呼地颳著，風中帶著些堅硬有粗有細的冰粒子，蕓娘抹了把臉，想著今天帶回來的下水，若做成豬雜湯，熱呼呼，白花花，撒上一把香甜的黍子，別提多香了，她嚥了嚥口水，腳下步伐加快。

「蕓娘，快回家瞧瞧！」

剛到村口，白茫茫的霧靄群山中，遠遠就聽到村頭阿婆扯著嗓子喊她。

「妳家門口來人了，好氣派的馬車……」

蕓娘心裡一沈，臉上的笑收起，望著天邊暗沈沈的黑雲積壓翻滾，一場風雪要來了。

黃土砌成的矮牆外停著一輛馬車，拉車的駿馬噴著白氣，霧氣騰騰中，馬皮毛油光水滑，車棚頂上好的皮子在雪地裡鋥光發亮，與這破落的小山村格格不入。

一名中年婦人站在馬車旁，穿著厚實簇新的綢面襖子，在她的身後，跟著兩個短打棉襖的男子，身材魁梧，豎眉吊眼，腮肉低垂。

隨著蕓娘走近，三人的視線都落在了她的身上。

那婦人從蕓娘身上破舊的棉衣掃到通紅的手指尖，再到沾滿泥濘的棉鞋，眼裡的鄙夷一閃而過。

「妳就是蕓娘？」

蕓娘一言不發，只是死死盯著眼前人。

她作夢也不會忘記這張臉，上輩子，她就是被這個張娘子尋回陸家的！

蕓娘本名陸蕓，本該是陸家的小姐，十五年前她娘陸夫人趙氏回鄉祭祖時早產，穩婆嚴氏前來接生，伺機把兩天前才生下的親生女和趙氏的女兒調了包，偷偷把陸蕓丟在山裡，幸好路過的老兵沈青山把她撿了回去，認她為女，她便輾轉跟著養父在這邊地小村裡長大。

前世陸府的人尋來，蕓娘得知自己的身世時還感動了一把，因為養父沈青山已逝，她留在村子裡也是孤苦伶仃一個人，當下就決定要認祖歸宗，本想著以後不用再挨餓受凍，一生無憂，卻沒想到回京後的日子並非如此！

她回到陸家後處處遭人嘲笑排擠，連自家人都嫌棄她，說她是個粗鄙的野丫頭，尋親的人恐怕是搞錯了，最後不想讓她再待在京裡，便把她扔在偏僻的莊子裡不聞不問，最後她就活活病死了……

張娘子見她不作聲，心想她這村姑沒見過世面，眼中的鄙夷更甚，臉上褶子一深，扯出個沒到眼底的笑。

「妳今年多大年紀了？」

「關妳什麼事？」蕓娘眼睛眨了眨。「妳是誰？」

張娘子噎了下，臉上的笑凍在嘴邊。

這姑娘看著軟綿綿，怎麼一張口氣死人？

「我們是從京城來認親的，妳是不是十五年前被收養來到這裡的，我們特來尋妳回京過好日子。」

「回京？」蕓娘眼皮子一掀，清脆道：「沒有啊，你們認錯人了，這裡就是我的家，我沒別的親人，你們快走吧！」

話落，她掠過幾人，直直地就要往屋子裡走。

「誒，妳！等等。」

沒料到這野丫頭這番不給臉，張娘子臉上的笑徹底掛不住了，急急一把拉住她的胳膊。

「姑娘，我們調查的消息不會有錯，妳是被收養的吧？妳就從沒想過自己親生爹娘是誰嗎？那老兵有沒有跟妳提過妳的身世，或是給妳留下什麼物件，那是陸家的信物……」

蕓娘知道他們在找什麼，義父在幾年前意外摔倒，傷重不治而亡，死前跟她交代了一些事，也給她留下了當初撿到她的襁褓，裡面有個刻著「陸」字的長命鎖，前世就是憑著這個她與陸家相認，只不過此生她既然不想與陸府有瓜葛，這東西她自然不會拿出來。

少女甩開張娘子的胳膊，一挑眉，烏溜溜的眼睛瞪得滾圓，像晶瑩剔透的黑葡萄。

「你們到底是什麼人？什麼物件不物件的，什麼京城來的，又是什麼陸家李家的，我看你們是不懷好心，圖我家的房子！」

「誒，妳這臭丫頭怎麼說話的呢，誰要妳這幾間爛草房，別廢話！快跟我們走！」說話間，兩個僕役堵住她的去路，其中一人伸手欲拽蕓娘，卻一把被蕓娘反手扭住他的手臂，用力向外一擰。

「嗷！」

慘叫聲迴盪在小山村內，張娘子身子打了個哆嗦，帕子僵在手上。

見鬼了，這丫頭看著乾瘦，渾身沒幾兩肉，怎麼有這麼大力氣?!

另一人見狀，急忙上前搭手，只見蕓娘瘦弱的身影如狡兔，一個閃身錯開，他只將她背後的竹簍扯下來，裡面的豬腸豬肺灑了一地。

那人連忙後退，捂著鼻子，踢了腳竹筐，一副嫌棄的樣子。

「這麼臭，什麼骯髒玩意兒。」

少女瞪大眼睛，怔怔盯著那雪地上髒兮兮的豬下水，再抬頭，眼裡竄起簇簇火苗。當著幾人的面，她轉身從竹筐裡抽出一柄半臂長的大砍刀。

「妳、妳要做什麼？又哪來的這刀？」

張娘子臉色煞白，身子在雪地裡抖得跟片片雪花一樣。

「這是殺豬刀，專門砍畜生用的。」少女話音冷冷的，手中的刀泛著凜凜寒意。「我說了這裡沒有你們要找的人，再死皮賴臉不走，我可就報官了，到時候，公堂之上好好說說你們怎麼欺負人！」

張娘子噎住了，嘴唇抖動半天什麼話也說不出來。

幾人互相使了個眼色，村子不大，這番動靜已經引得不少村民在自家牆頭門內伸長脖子好奇打探。

這陸府派他們來尋親，本就是件見不得人的私事，現如今這野丫頭如此難纏，再鬧下去，只怕真要鬧到官府裡去叫人傳開了，陸家的臉面也就沒了。

張娘子沒再說什麼，只深深再看了眼蕓娘，轉身帶著兩個僕役灰溜溜地上了馬車。

馬車在雪地裡顛簸著，村莊漸漸遠去，只剩下一片蒼茫田壟，一個僕役掀開了車簾，回頭望了一眼那道瘦削的身影，低聲問道：「張娘子，咱們就這麼回去好嗎？明明打聽到人就在這村子裡。」

張娘子一挑眉。「你瞅她那性子還能讓我們繼續打聽下去嗎？」

車上的人想到這女孩剛剛一身蠻力和揮舞大砍刀的模樣，一時都心有戚戚。

張娘子扶了扶髮髻，話音冷然。「不是咱們不想找，可這找了也有三個月了吧，四處都找遍了，就是沒找到人，現在連一點苗頭也斷了。就先這樣吧，要怪就怪這陸家小姐命不好，這輩子沒有過好日子的福分。」

眺望漸漸遠去的馬車，偏僻的小山村又恢復了平日裡的寧靜，蕓娘立在雪地裡，片片雪花落在肩頭，她心頭卻滾熱，仰天吐出了口憋在胸口的氣。

這輩子她終於不用再回陸家了！

但一轉身，看到地上的一片狼藉，她秀眉皺成一團，眼中滿是心疼，小聲嘟囔。「晦氣死了，跟陸家沾上就沒好事！」

蕓娘緩緩蹲下身子，將散落在地上的豬下水一點一點的撿了起來，這東西回家洗洗還能吃。

忽然，雪地裡有抹血跡吸引她的注意，與鮮紅的豬血不一樣，有些暗淡，點點滴滴，如同皚皚白雪中冒出的朵朵血花，分外刺眼。

蕓娘眉頭一皺，順著血跡走過去，繞過一塊石頭，愣在原地，那裡竟躺著一個少年，大雪覆蓋著他的身體，身上暈出暗紅血跡。

村子地處邊陲，雪才落地即成堅冰，一望千里皆茫茫白雪。這時節邊地經常會有逃兵和流放的犯人，這些人村民說過是不能輕易救的。

突然，蕓娘眼神一瞥，那修長的指節被劃得血肉淋淋，但那指尖在動。

他還活著！

她看著那雪地裡的人半晌，遲疑地蹲下身子，用衣袖在他臉上抹了一把。露出了一張少年氣的臉，五官清秀，眼下長著一顆淚痣，像是這漫天大雪中的一點鮮紅的硃砂，掛冰的睫毛微微顫啊顫，直顫到了人心尖上。

蕓娘屏住呼吸，前世今生，她從沒見過這麼漂亮的人，可是……

蕓娘蜷縮了下手指，偏過頭猛地站起來，可一轉身，就聽到了風雪中傳來的若有若無的呼吸聲，心裡一揪，腳下像是被什麼絆住，一步也邁不開。

罷了，臘月忌尾，看到人受傷，也不是什麼好兆頭，就當作是積德吧。

蕓娘揹他回了家，草屋裡只有一張窄床，她小心翼翼地把人輕放在床上，少年的血沾染得被褥上都是黑紅一片。

她轉過身，在爐火旁坐下，取了塊帕子來，正要替他擦拭。

「咚！」

有個物件從他身上清脆地掉落出來，蕓娘一怔，彎腰撿起那東西舉在火光下看。透過火光，這才看清是塊玉珮，瑩潤光澤，通身亮透，說不出來的好看。

她依稀記得前世在陸府見過一塊御賜的和闐玉，那玉晶瑩剔透，可遠遠也比不上眼前這塊，一翻背面，摸了摸玉珮上的字，「顧」後面刻了個小小的「言」。

蕓娘皺起眉頭，放下玉珮，扭頭朝床上的少年望去，猶豫片刻，她輕輕拉下他的衣領，不由地倒抽了口涼氣。

少年脖子處有個刺配，配涼州屯駐軍重役，這是建元年的規矩，犯了重罪的王公大臣家屬，都要用金針在頸後受墨刑。

流放，建元二年，姓顧……

腦海中閃過前世在汴京時遠遠見過的那個極矜貴的人，蕓娘看著躺在床上的人，腦中像一道驚雷炸起，和記憶中的驚鴻一瞥重疊在一起。

手中的盆砸在腳上，水濺得到處都是，灶上爐子裡的水煮開了，嗡嗡地催命一樣作響，蕓娘心跳得和擂鼓一般快，轟隆隆地似從心口跳到了耳膜處。

天爺啊，她救了個不得了的人！

建元十年，朝上出了個呼風喚雨、權勢滔天的顧首輔，據傳那位大人少時曾因父獲罪流放，脫罪後連中三元起復，血刃仇人，把持朝政數十載，名喚「顧言」！

灶下的柴燒得極旺，噼哩啪啦地在耳邊爆開，像是把蕓娘也塞在爐膛裡烤一樣。

她這哪是救了個人，這分明是救了個閻王爺！

相傳顧言把持朝政之時，就連東宮太子爺都得避道而行，再想到日後這人那些心狠手辣的傳聞，蕓娘哪怕坐在火邊，四肢百骸的骨頭縫裡都竄著陣陣涼氣。

「蕓娘！開門！」

突然，外頭的敲門聲響起，驚起幾隻雀鳥，簌簌的落雪從牆頭落下。

蕓娘望了眼窗外，急忙給床上的人掩上被子，朝著門外喊了聲。「誰啊？」

「沈海，妳大伯。」

蕓娘微微皺起眉頭，起身走到門邊，沈海是她養父的大哥，平日裡並不來往，不知為何今日會來找她。

想著，蕓娘拉開門，門外站著一個穿著破舊棉衣、縮手駝背的中年男子，見她開門，拉住身旁的婦人，急急指著她道：「就她，這就是我大哥的養女，妳看看。」

那婦人頭上插著朵絹花，身穿棗紅花襖，眼珠滴溜溜地把她從上到下打量一遍，半晌微微點頭，用帕子捂住嘴，湊到沈海旁。
「不錯，臉色紅潤，看著是個好生養的。」
聽到這話，沈海手攢進袖裡，眼裡冒出精光，挺起腰板，脖子一伸，臉上的肉抖了抖。
「我就說我小弟撿的這丫頭十里八鄉都挑不出第二個，這親事錯不了。」
「親事？什麼親事？」
聽到沈海的話，蕓娘直勾勾地望向兩人。
沈海嘴一撇，醒了醒嗓子，說道：「妳年齡也到了，我給妳說了隔壁李家溝的阿牛，家裡開春有十五畝地，今天帶媒婆來看看，把日子訂了。」
蕓娘彷彿聽到了天方夜譚，眉毛一挑。「大伯，誰不知道隔壁村阿牛是個傻子！」
那媒婆聽到這話，帕子捂住嘴一笑，上前拉住她的手。
「妳這姑娘，人傻不傻有什麼關係，這年頭只要能吃飽飯，嫁誰不是嫁呢？」
「既然這樣好，那妳自己閨女嫁啊，反正我不嫁！」
蕓娘說完，看那媒婆的笑僵在臉上，她烏溜溜的眼睛一瞪，甩開她的手，向後退一步，雙手扶住門扉就要合上門。
這時，一隻腳卡在門縫處，竟是那沈海。
他臉色陰沈如黑雲，一隻眼擠在門縫裡，咬著牙根道：「死丫頭，當年要不是我那兄弟把妳撿回來，妳早就死了！現在還住著我家的屋子，這恩情妳就是當牛做馬都還不清，讓妳成個親怎麼了？」

藝娘看著門縫處幽暗的人眼，若是前世她遇上沈海這般威脅，必然害怕極了，可現如今她都死過一遭了，還會怕他這些故弄玄虛的手段嗎？

門裡傳來一聲輕笑，沈海一怔，只聽清脆的嗓音從門縫裡鑽出來。

「大伯，當初救我的是我阿爹，養我這麼多年的也是阿爹，這房子是他留給我的，理應是我的，現在你想藉著這些由頭讓我成親，把房子讓給你，門都沒有！」

「誒，妳！」

話音一落，眼前的門狠狠地「砰」的一聲合上，沈海沒來得及避，鼻子吃痛，嗷了一聲，彎腰捂住，緊接著是落鎖的聲音，這動靜震得積雪從院前樹上掉落，又砸了門外兩人滿頭滿臉。

媒婆拍著襖子上的雪，想到剛才的情形，不禁扯了扯沈海的胳膊。

「沈家大郎，這……你家好生厲害的小娘子，要不然，我看這親事還是算了吧！」

沈海揉著泛紅的鼻頭，面色比天邊的烏雲都陰沈，朝著屋子啐了口吐沫。「呸，禮錢都收了，什麼算了！」

說罷，他又上前大力地拍了拍門，積雪簌簌地落在腳下。

「蕓娘我告訴妳，明天我就帶人來下禮，我看妳能跑到哪裡去！」

這聲音傳進屋裡，蕓娘坐到床邊，望著灶膛裡的彤彤火苗，心思跑遠了。

她養父這大兄沈海一貫是個渾人，上一世她去了京城後，他還去陸府打秋風，後來被人轟走了。沒想到這一世她留在村裡，沈海竟把主意打到她婚事上。

蕓娘眉頭微蹙，心裡明白，這親定不能成，可沈海名義上也算是她長輩，叫他拿捏住她婚事，就算這一回不成，指不定還有下一個阿狗阿貓呢。

要不，她逃吧？逃到個沒人認識的地方過活……

可一轉頭，望向窗外紛紛揚揚的大雪，那點念頭又被壓了下去，世道維艱，好歹這裡還有個庇身之所，離開這裡，她活得下去嗎？

「成親……」

蕓娘把這兩個字在舌尖翻來滾去，心裡跟灶膛裡的火苗一樣起起滅滅，忽明忽暗。

思索間目光游移到床上人身上。

微微火苗下，少年的臉龐上了一層薄薄的金光，他眉如遠山，薄唇淺淡，眼下的那顆淚痣，像是寒天冷月裡的孤星，又像是漫天大雪裡的寒梅。

她忽然想起來，前世她見過顧言。

那是汴京上元節燈會時，火樹銀花不夜天，她站在城牆下的人群裡，顧言站在高樓上點燈，身邊王公貴族環簇，他披著一件雪白的大氅，燈下宛如謫仙，她只能呆呆地望著。

那時旁人告訴她，首輔是個大官，很大很大的官，是她作夢也摸不到的人。

電光石火間，蕓娘心裡忽然蹦出一個大膽的念頭。

既然顧言是日後要當首輔的人，為什麼她不現在和他成親呢？

這念頭剛蹦出來，又被她壓了下去，不行，顧言心性涼薄，行事心狠手辣，怕是現在占了他的便宜，日後不得善終。

可心裡又有個聲音說著，怕什麼？他顧言是厲鬼還能吃人什麼的，不就是成個親嘛！再說她與其嫁那傻子阿牛，還不如和顧言成親呢，若是日後他發達了，嫌棄她了，和離了就是。

他顧言可是日後要成首輔的人，有的是錢，分她一些和離錢，她也是不虧的。

這念頭一旦動了，就像梅雨季的雨水，怎麼也止不住了。

蕓娘看了一眼床上的人，咬了咬牙，抓起今日殺豬得的銅板，衝進村裡，敲響了老秀才的房門。

門被拉開，望著眼前白鬚苒苒的老者，蕓娘喘著粗氣，口裡白氣繚繚，眼睛裡亮晶晶的。

「先生，求您幫我寫個東西。」

「與婚書。今顧言與陸蕓結髮為夫妻，恩愛兩不疑，爾昌爾熾，謹以白頭之約，兩不相棄，生當復來歸，死當長相思，此證。」

屋內，灶臺裡的火燒得極旺，少女聲音清脆，坐在床邊輕聲念完，轉過頭看著床上的人。

「我救了你，所以這就算你報答我的，我給你一次選擇的機會，不說話我就當你認了，你可願意娶我？」

自然沒人回應，只能聽見柴火在灶膛裡燒著的聲音，噼哩啪啦，像火星一點一點在心間爆開。

蕓娘睜著一雙杏眼，圓滾滾的，火爐裡的光映在眼裡，似帶著些笑意。

「這是你自己選的，我可沒有逼你。」

她拉起少年修長的食指，在婚書上按下了個如血般鮮豔的指印，自己也在一旁按下指印。

「那從今日起，你我便是夫妻了。」

夫妻，這個詞在舌尖繞了繞，對蕓娘來說新奇又陌生。

上一世她初到陸家，也有人給她說親，只不過後來知道她是鄉下來的，又紛紛嫌她粗鄙，漸漸地也就沒有人再願意理她了。

蕓娘看著少年的臉，以後他便是她的相公了。

先不論別的，這顧言長得真是好看，但就是太單薄了些，這明明看著是風一吹就倒的文弱讀書人，怎曉得日後會成為那麼厲害的人？

少年的眼皮突然動了動，額頭上冒出些虛汗，蕓娘心裡一緊，急忙端坐，怕他醒來，可見他眉頭蹙起似只是有點難受，她趕緊拿起帕子要幫他擦汗，就在帕子碰到他臉上的時候，那雙眼突然睜開。

他的眼神極冷，一張口，像是樹枝刮過地面的聲音。

「妳是誰？」

蕓娘整了整碎髮，露出個淺淺的酒窩，臉上還帶著些紅暈。

「我叫陸蕓，是你娘子……」

話音剛起，一陣劇烈的咳嗽聲響起，蕓娘急忙弓腰伸手給他拍背，可手剛伸出去，卻被他一掌揮開。

「妳要幹麼？」

「哎呀，我是你娘子呢，也不算外人了。」

說著她不管不顧幫他扶背，少年想推開她也沒力氣，眉頭緊蹙，只得任由她去，問道：

「這裡……是哪裡？」

「漳州盧縣。」

「妳可送我去州府謝家，有重謝。」

「你要走？」蕓娘睜大眼睛。「那我怎麼辦？」

「妳……」顧言抬起眼皮，似有些不解。

蕓娘臉色一變。

「我告訴你，我們婚書都簽了，顧言你別想反悔！」

「婚書？」

「喏。」蕓娘把那張紙從懷裡取出來，遞到他面前。

顧言掃了一眼，瞪大眼睛，脖子一梗，竟然噴出了一口血，而後半天沒動，蕓娘一摸鼻子底下，竟是快沒了氣，她心裡一急，這怎麼行，她還沒當上首輔夫人呢，這顧言怎麼可以死，當下打開門就想去請大夫。

可是剛一拉開門，就停住了腳步，年關將近，她哪來的錢去城裡請郎中？可又不能不救顧言，畢竟還要靠他日後發達呢。

如此想著，蕓娘把目光移到她唯一的家當豬圈那邊，母豬阿花還在哼哼直叫，再養兩月，牠就能生小崽子了，生了崽，以後她就不用每日給人殺豬了，可現下已經管不了那麼多。

蕓娘只停了一下，便不再猶豫，拿起刀衝向豬圈。

「哎呀，這人妳再晚來些就沒了。」請來的郎中摸著鬍子，語重心長地說：「本就外傷重，還怒火攻心，沒死就謝天謝地了，少年人多大點事氣成這樣。」

蕓娘覷著床上人的臉色，想著趁人之危成親這事，總有些心虛。

送走了老郎中，她熬好藥，端著藥碗走到床邊。

「你、你……再生氣也得把藥喝了吧，藥涼了就沒大用了。」

床上少年半坐起倚在床頭，卻閉著眼一動不動，像個石頭人一樣，蕓娘把碗湊到他面前。

「喝一口，就喝一口。」

可就在這時，他忽然一揮手，把她手裡的藥碗打翻在地，藥灑得滿地都是，屋裡一片寂靜。

蕓娘愣了愣神，咬了咬嘴唇，蹲在地上，一點一點將破碗碎片攏起來，小心翼翼用布擦去藥汁，手不小心被碎片劃傷也一聲不哼。

再抬眼，床上的人不知什麼時候睜開的眼，又看了她多久。

灶膛裡飄出的零星灰燼中，他眼角眉梢像是被風吹散的暮靄群山，看不清道不明。

蕓娘又起身倒了一碗藥遞給他。

「喏，喝藥。」

他眉頭微蹙，盯著她被燙得通紅的手，聲音低啞。

「妳……為什麼對我這般？」

蕓娘抬頭，火光下眼裡彷彿閃著碎光，如三月春枝頭的花朵，沒有過多的修飾，顫顫巍巍，最質樸卻也最動人。

「因為你是我相公呀。」

「妳怎麼知道我名字？」

蕓娘怔了下，她捧著藥碗，眼神有些游移。

「玉珮，對，我看到你玉珮上的名字了。」

「妳……識字？」

「我阿爹教的，他是個老兵，也是在兵營裡跟旁人學的。」

火光下顧言臉色晦然不清，額頭碎髮遮住眼睛，似乎還想說些什麼，最後卻只是抿了抿嘴。

他接過碗，苦大仇深地盯著碗裡黑漆漆的藥，猛地一仰頭將那藥喝下。

「咳咳。」

隨著胸口的起伏，藥順著下頜流到衣襟內，蕓娘抓起手邊的帕子，剛搭在他衣襟處，忽然一隻涼冰冰的手摁住了她的手，幽暗的眸子閃過一絲慌亂。

「妳做什麼？」

蕓娘抬起頭，自然而然道：「給你擦身子啊，你這衣服都濕了，穿著多難受呀。」說著，她從櫃子裡取出一個包袱，邊解開邊道：「還好我阿爹有留下一些衣服，你看看能不能穿。」

看著蕓娘比劃著衣服，紅彤彤的爐火映照著少年的臉側，蒼白的臉上也染上了一絲紅暈，他微微偏過頭去，嗓子像是風颳過枯樹枝的聲音。

「我自己來。」

顧言接過衣物，卻見蕓娘仍舊一瞬不瞬地看著他，臉上不由得緋色加深。

「妳、妳別看。」

聽到這話，蕓娘眼睛滴溜溜一轉，乾脆扭過身去。

「誰稀罕看你，快換。」

身後響起窸窸窣窣的動靜，伴隨著屋外落雪聲在耳邊清晰地交錯，沒來由地給這蕭索破落的草屋裡添了些人氣。

等了好一會兒，雲娘忍不住開口，拉長了話音問：「好了沒呀，灶上還煮著湯呢，我可轉身了……」

「別、別……咳！咳咳！」

突然聽見兩聲猛烈的咳嗽，雲娘心裡一驚，急急轉身。

顧言面色蒼白，伏在床上咳嗽，雲娘探身過去替他拍了兩下背，低頭看他衣襟還未繫好，正欲幫他把衣服合攏，手剛搭在他的衣襟上一頓，像半截木頭一樣愣住。

少年白皙的胸膛上新舊傷疤交錯，黑紅一片，像是被老牛耕過的水地，沒有一塊好皮，她手下微顫，手指蜷縮又伸展，輕輕撫上少年的胸膛，她聽說流放的罪臣家屬發配前都要杖脊，一日笞四十，三日加一等，過杖一百，五日加一等，不知顧家那般重臣，顧言受了多少苦……

「醜嗎？」

少年這話輕輕的，卻聽著揪人心。

「這有什麼醜的？」沈默半晌，雲娘微微仰起頭，湊到他面前，小聲道：「回頭我給你把臘月的豬脂熬成膏，塗上個把月，這疤痕就全消了。」

「妳……」

顧言望著她，少女也看向他，一雙黑色眸子帶著瑩瑩靈氣。

「顧言，我阿爹當年腿被人打斷了，還是硬生生從漠北戰場挺回來，他說，人只要命還在，就什麼也不怕。我不怕，你怕嗎？」

顧言微微垂下眼瞼，沒說什麼，半晌扯了扯手裡的衣服，低聲道：「褲子我自己來。」

蕓娘直起身子，頓時臉有些發燙，把衣物往他手裡一塞，左顧右盼了一下。「啊，灶要滅了，我去外面扛柴。」

門被慌慌張張地帶上，也把光亮隔絕在外，黑暗的影子裡，顧言垂下眼，手顫顫地抓緊衣服上的溫度。

大雪簌簌地落著，壓在樹上厚厚的一層，蕓娘拎起柴火，抖了抖身上的落雪，她身材嬌小，可是一手能掂起一捆柴火，雙臂緊繃，大步朝著屋門走去。

進了屋，顧言已經換好衣裳站在床邊。

蕓娘眼睛掃了一遍就挪不開了，別說，這長得好看就是占便宜，明明是極簡單的粗布衣，可穿到了顧言身上就有了股出塵的書香氣，倒不像是家道中落的，而是個尊養高樓的少爺。

顧言看到她手上的柴，眉間微蹙，上前兩步，要接過她手裡的柴火，蕓娘卻靈活繞開他，把兩大捆柴往地上一卸，擦了擦額頭上的汗。

少年聽著柴垛砸地的聲音，視線在她身上打了幾轉，微微瞇起眼睛。「妳力氣慣常這麼大嗎？」

「對啊。」芸娘露出甜甜的梨渦。「我自小力氣比村裡的男孩子都大，他們掰手腕都掰不過我。」

說著她就把鍋蓋掀開，冒出裡面的陣陣白氣，她用手搧了搧，鼻子吸了兩下。

「這些活不用你做，要是再病了，我可沒有阿花給你治病了。」

顧言眼神微垂，站在她身後，看著少女的髮旋，有些漫不經心地問：「阿花是誰？」

「我養了三年的母豬啊。」

聽到這話，顧言抿了抿嘴，一時間陷入沈默。

芸娘用木勺在鍋裡攪了攪，舀出一勺什麼，轉身踮著腳，遞到他面前，顧言看著眼底下的勺子，愣了下。

「這是什麼？」

「豬肺湯，郎中說這個能治咳嗽，你嘗嘗。」

顧言拒絕的話到了嘴邊，可對上少女單純希冀的眼神，便鬼使神差地張開了嘴，那湯順著喉嚨吞下去，一股熱流就衝到了心頭。

「好喝嗎？」

這豬肺煮得簡單，到嘴裡味道極其寡淡，可少年垂下眼瞼，認真地點點頭。「好喝。」

話音一出，蕓娘眼睛彎成了月牙，嘴邊的笑容像是豔陽天裡的白雲，又軟又亮，乾淨得一眼就能望到底。

這時，外面一陣門響猝然響起。

「蕓娘快開門！我帶人來了！」

蕓娘笑容收起，順著聲音望去，眉間染上些惱色，轉頭對上少年淡然的眼睛道：「你就在屋子裡待著，不要出去。」

她沿著雪覆蓋的小院走了出去，看著被敲得顫抖的門板，秀氣的眉頭越皺越深，雙手一推，門被推開，門外的人差點一個趔趄栽進來，不是沈海還有誰？

蕓娘順著他身後望去，還站了一堆人，提著七、八個箱子，烏泱泱地跟天邊的烏雲一樣聚在雪地裡。

「快！把東西送進去，別誤了時辰！」

見門開了，沈海穩了穩身子，扯著嗓子朝身後揮了揮手。

那些人聽到話，七手八腳地抬著東西湧到門邊，蕓娘腳下動了動，削瘦的身子堵在狹小的門邊，這隊伍就跟籠子裡的雞一樣，被嚴嚴實實地擋在了門外。

沈海扒開人群，站在蕓娘面前，濃厚的眉毛冒著火氣，說話間兩腮抖動，語氣帶著一股狠勁。

「誒，蕓娘妳今兒要是再胡鬧，我可就不客氣了。」

「胡鬧?!」

蕓娘站在門邊，秀麗眉毛一挑，揚起清秀的臉，眼神大大方方地望向眾人，像是從春寒料峭裡剛破土的嫩草，在雪後的日頭下微微泛著光。

「我說了不嫁！」

沈海聽到這話，渾濁的小眼睛睜得滾圓，粗脖通紅，揚聲道：「不嫁？哪還能由妳做主。」

「由不得我做主，也輪不到你做主。」

「蕓娘妳什麼意思？」

「這親我結不了，見官吧。」

沈海臉皮一耷，眉頭皺成黑深的溝渠，眼睛瞇成了一條縫。「見官？妳要做什麼？」

蕓娘把頭一抬，掃過門前眾人，揚起下巴，清脆道：「我成親了，再成親便是要見官。」

這話如平地驚雷，震得在場人目瞪口呆，一時間人群裡交頭接耳，響起些竊竊私語。

沈海直愣愣看著蕓娘，張著嘴，半天說不出話來，過了好一會兒才迸出一句。「成、成親?!什麼時候？」

蕓娘看了他一眼，一字一句道：「就在昨日。」

「胡說八道！誰許妳成親的？」

沈海臉色鐵青，腮幫子鼓起，雙眼冒火死死盯著蕓娘，跟雪地裡餓了三、四天的禿鷹一樣。

蕓娘從懷裡掏出婚書，抖了兩下，亮在眾人面前。

「我自己嫁的，天地為媒，還有王秀才寫的婚書，白紙黑字，雙方都摁了手印的。」

沈海看到那婚書，好似晴天霹靂當頭一擊，又像被人從頭到腳澆了一盆涼水，還來不及說什麼，身後罵聲四起。

「好你個狗老漢，你不是說你姪女未成親，現在這是什麼？退親！我們走！」說著眾人紛紛抬起東西要走。

沈海兩眼一黑，急急忙忙拉住身後的人，轉身看向門邊的蕓娘，一股怒火衝上心頭，手裡一揮，將那婚書打在地上。

他臉色漲得通紅，扯著嗓子大聲道：「定是這丫頭騙人！她說她成親了，可大夥看看，人呢，人在哪兒？拉出來我看看。」

蕓娘面對眾人質疑的目光，冷聲道：「他病了，不方便出來見人。」

寒天裡，沈海嘴裡吐沫星子與白氣混和在一起，手指著她。「還說成親了，連個鬼影子都沒瞧見，妳以為妳陸蕓算什麼東西，讓妳成親是看得起妳，妳若是日後年齡大些，就是個沒人要的破鞋，無父無母的死丫頭，活該餓死在世道裡，無依無靠，不得好死……」

這話像刺扎在蕓娘心裡，可那說話的人還在喋喋不休。

「吱呀……」

話音未落，身後門被拉開，沈海的話音戛然而止，像見鬼了一樣看向蕓娘身後。

雪花在昏暗的天空中飄落，一隻修長的手彎腰拾起了那張婚書，抖了抖上面暈濕的雪漬。

蕓娘看清來人，用袖口抹了抹眼角，抽了抽鼻涕，眉頭微微蹙起，帶著些鼻音。

「誒，不是讓你在屋裡待著嗎？怎麼出來了，你病還沒好，又受涼了可怎麼辦？」

顧言沒動，只是看著她的臉，輕輕搖搖頭。

他抬手用手背笨拙地擦去她眼角的淚痕，剛剛還明亮的眼睛，這時霧濛濛的，眼淚不停地在眼眶中打轉，跟她的人一樣，帶著一股倔勁。

人群中一時沒了聲音，眾人都在暗自打量那門邊的少年，眼睛都錯不開，就這氣度、這模樣，十里八鄉見百來家少年郎哪個有這模樣的，怕是城裡的頂富貴人家都養不出這般矜貴的氣度來。

「你……你……」沈海臉上青白相加，眼神不住地掃過兩人，最終落在少年身上，怒目圓睜。「你是誰？」

「他……」

蕓娘剛想開口，卻被少年牽起了手，他掃過門前咄咄逼人的眾人，身板挺直，擋在她面前，如清風凜凜，為她驅散這蕭瑟寒冬裡的風雪。

「我是她相公。」

第二章

天色陰暗，北風絞著雪砸在肩頭，人群像是雪地裡聚在一處尋食的雀鳥，咕咕唧唧地交頭私語。

蕓娘一愣，抬眼看著面前少年風雪中挺拔的背影，一時怔在原地。

沈海嘴巴哆嗦了半天，憋得滿面通紅，梗著脖子從嗓子眼擠出話。「你、你們這是私相授受！這婚事我不認！」

漫天大雪中，少年立在門邊，薄薄的眼皮一抬，抖落些寒氣，清朗的聲音迴盪在門前——

「有婚書為證，有女納婿，復逐婿而納他者，杖六十七，後夫同其罪，女歸前夫，不許贅婚。」

聽到這話，眾人倒吸一口涼氣，面面相覷。

朗朗乾坤，這是大周律啊，這於平民百姓而言便是天了，這少年郎看著面皮白淨跟天仙似的，怎能面不改色說出這般駭人的話？又有哪個尋常人家會把大周律這般熟記於心？

沈海左右環顧，也沒了底氣，恨恨掃過兩人，但還伸著脖子道：「呸，少在這裡嚇唬人！不就是識得兩個字，我也讀過兩日書，十三、四年前沒錢拜主考，連縣試的門都沒進去，這世道窮人讀書有什麼屁用？我那小兄弟倒是命好，家裡掏家底給他買了軍籍，結果還不是斷了條腿，一家人在這裡喝風餓肚皮！」

聽到這話，蕓娘眉毛一挑，抬眼越過顧言肩頭，目光炯炯，聲音清脆。「大伯，說話要憑良心，我阿爹是拿了錢買軍籍不假，可歷歷軍功在冊，拿命博回來的錢都給了你，若不是你自己喝大酒賭錢，家裡也不至於破落至此！」

沈海把手攢在袖子裡，一撇嘴，不屑道：「就那兩個錢，夠幹些什麼！」

「你！」

聽到沈海這般渾話，蕓娘眉毛豎起，眼睛睜得滾圓，胸膛上下起伏，捋起袖子就要上前，卻被人一把拉住手腕。

「十三、四年前？」

蕓娘一怔，顧言輕輕嗤笑一聲，嗓音清冽舒展開。

「那便是開元三年左右了，開元年初禮部侍郎就奏請聖人廢主考舉薦，凡習舉業之人都可參試，哪來不能參加科舉一說？」

沈海面色一僵，抖了抖嘴唇，眼神閃爍。「你、你個毛頭小子，知曉些什麼！」

顧言眉毛一挑，卻沒打算放過他，眼裡露出輕蔑，慢悠悠道：「再說十三、四年前你也有三十好幾了吧，可連個縣試都沒過，學的什麼聖人之言？」

人群中響起哄然大笑，沈海的黑臉脹紅得如豬肝一般，那送禮的幾人夾在人群中，更是面色為難，本就是這沈海拉媒作保的事，現如今這姑娘親都結了，嫁的還是個讀書識字的，看來就氣度不凡，沒得惹一身官司，其中一人訕訕開口。「沈大郎，這、這親事便算了吧。」

話音將落，不待沈海再說些什麼，看熱鬧和提親的人群都如寒鴉般漸漸散去。

沈海環顧四周，自知這親事是徹底黃了，臉色鐵青融在這夜色中，離開前，惡狠狠在兩人身上打了個轉，甩頭啐了口吐沫。

「好啊，你們今日笑我沒出息，我倒要看看，妳找的這相公將來能有多大能耐！」

「那你且等著瞧吧！」蕓娘立在門邊，對著沈海挺胸抬頭道：「我相公日後必定做官，做大官！」

黑色的夜幕落在田壟上，村莊四處升起裊裊炊煙，山裡遠遠地迴盪著狗吠聲，大雪紛紛揚揚，掩去一地雜亂腳印泥濘，也掩去剛才的一場鬧劇。

蕓娘雙手掩住門，將外界的一切紛擾阻隔在外，她抬眼看著身旁身姿雋秀的少年，屋裡灶下些許微光從門縫裡透出來，映在他白皙如玉臉側，帶著些橙黃的暖意。

想到剛才顧言挺身而出，在眾人面前替她辯言，蕓娘眼睛彎成了月牙，眉毛都要掛到了天邊的雲端，止不住上挑得意。

顧言看到她這副模樣，想到了以前府裡養的圓臉狸貓，高興的時候就是這般狡黠模樣，就差蹭人豎尾巴了，唇邊不由得也帶起了個弧度。

「妳高興什麼？」

「我高興你說的那些話啊。」

蕓娘眼睛晶亮，往他身上瞄去，這顧言倒也不像日後傳的那般面冷心狠、薄情寡義嘛，不枉她費心盡力救他一場，要知道還從沒人這麼護著她呢，這麼想著，她忍不住扒拉著他的胳膊。

「誒，顧言，你剛才說的話能再說一遍嗎？」

少年看著她搭在胳膊上的手，清秀的眉毛一挑，微微抬眼，碎光像是在眼裡散開。「我剛說了些什麼嗎？」

說罷，轉身向屋內走去，蕓娘一愣，急忙小跑碎步跟在後面。「誒，你說了的，你說你是我相公！」

少年拉長了音調，閒散道：「妳聽錯了。」

「我沒聽錯！」

蕓娘剛追到門邊就停在原地，少年立在屋子裡，負手而立，明明是簡陋的茅草屋，卻如巍巍高山，皎皎寒月，不知怎得又和記憶中那城牆之上的人影合在一起，又想到他剛才人前熠熠生光的模樣，彷彿他天生合該是那個樣子……

「怎麼了？」

顧言見她停在門邊，溫言問道。

蕓娘咬咬嘴唇，就著微微火光，抬頭撞進他眼裡。

「顧言，咱們離開這裡吧，依你說的，去找州府謝家，讓你讀書、考功名。」

顧言愣了下，望向門邊的少女，她仰著臉，那能一眼望到底的清澈眼神裡帶著絲倔強。

「沈海說的話雖然難聽，可他也沒說錯，你要出人頭地，就不能待在這小村子裡。」

顧言沈默了下，半晌緩緩道：「妳怎會認定我一定能出人頭地？」

蕓娘眼睛一轉，總不能說她見證過一遍，知道他日後定能飛黃騰達、位極人臣吧？嘴裡的話磕磕絆絆。「那、那是自然的，我陸蕓看中的人，還會有差啊。」

顧言怔了下，微微垂下眼。

「那妳可想好要跟我一起走？」

蕓娘急了，跨步走到他面前。

「怎麼，你還想甩掉我不成！」

少年垂下眼瞼，睫毛微微顫抖，投下一圈陰影，聲音輕飄飄。

「那婚書不是妳我真心簽的，若是日後……」

「我不管！」蕓娘打斷他，偏著腦袋，數著指頭掰扯著。「不是你說的嗎，有婚書，有大周律……」

「我不是這個意思。」

顧言眸色幽暗，眼底柔光褪去盡是冷意，他輕輕拉開衣領，露出光潔脖頸側黑乎乎的墨刑印跡，張牙舞爪，寒氣逼人，似是一道森冷枷鎖扼在咽喉，時刻提醒著他過往的遭遇。

「妳救我回來的時候也看到了吧，我是流放罪臣之後，雖然被特赦撿回一條命，但稍有不慎，仍是傾覆之禍。」

少年話音漸消，嘴唇微抿，臉色陰霾叢生，蒼白皮膚泛著寒光凜凜。

蕓娘看著那墨刑，說不害怕是假的，前世今生她都不過是一個小鄉村走出來的姑娘，哪曾接觸過這種世家興衰、朝堂大事，一時間不知道該說些什麼。

顧言瞧著她這副模樣，心裡有絲了然，嘴角勾起自嘲的弧度，將領子拉起，微微垂下眼。

到了晚上睡覺時，蕓娘添了把柴，轉身再從牆角抱著乾草鋪在地上，她躺在草垛上，雙眼閉起來，可窗外北風嗚嗚咽咽地颳著，吹得這本就破落的草屋四面透風，那爐火時起時滅，根本沒幾分溫度。

蕓娘翻來覆去，把被子裹得緊緊的，可那風還是見縫就鑽，四肢如同墜進冰窖一樣，直打擺子。

「上來睡吧。」

她睜開眼，床上的顧言睜著眼睛，一片清明，不知半夜不睡覺看了她有多久。

蕓娘咬咬牙，頭搖得跟撥浪鼓一樣。

「不行，你還受傷著呢，我晚上睡覺不老實，怕擠到你……」

顧言冷冷道：「妳要是凍病了，可又要花錢了。」

聽到錢，蕓娘瞬間沒話說了。

顧言說得對，窮人家還講究些什麼？她起身抱著被褥躡手躡腳地走到床邊，顧言往陰影裡挪了挪，蕓娘沿著床邊躺下，把被子裹成了蠶繭，小心翼翼地翻了個身，露出一個圓圓的腦袋。

她這個角度正好能看見顧言的側臉，少年半張臉隱在黑暗中，那顆淚痣若隱若現，沒來由地想起門邊他與她說的那番話，她想像不出來，顧言到底經歷過了什麼，才成為現在的這般模樣，如若沒有顧家那些事，他必定也是汴京城裡意氣風發的少年郎。

「妳看什麼？」

「看你生得好看。」

屋內爐火漸暗，一時間沒了人音，半晌，蕓娘悶悶的聲音響起。

「顧言，我曾問過阿爹後不後悔當兵，倘若當初沒有當兵，阿爹就不會殘了條腿，也不會落得家徒四壁。我阿爹同我說，做事沒有回頭路，做了才知道對錯，這話如今我也說給你聽，我雖然不過是個村姑，那些朝堂的事我也不懂，可我與你成了親，不管你將來遇到了什麼事，我自是要與你一起擔當。」

她直直望向他的眼睛。

「顧言，我既認定了你，就不怕你拖累我。」

少年沒作聲，臉色晦暗不清，狹長的鳳眸微微眯起，火光在眼裡時起時滅，一隻小手輕輕搭在他手上，那不是他慣常見過的女子細軟白嫩的手，反是手面粗糙，遍布薄繭，指節還總是被凍得通紅，可此刻那手的溫度卻讓他手裡發燙，屋外北風把窗紙吹得呼呼作響。

「明天我得早起去趕集，上次豬肉賣完了還剩好些肉皮，我都做成肉凍了，等明天賣了錢，咱們就準備進城去。」

說話間，少女話音漸弱，細碎的鼾聲漸起，微弱的火光晃動，他抬手輕輕擦過她圓圓的鼻頭、豔紅的唇邊，溫溫熱熱，手順著臉側滑下。

少女在夢中有些難受，微微喘息了下，嘴裡囈語著兩句夢話。「顧言，讀書，做大官……」

少年一愣，錯神間她翻了個身把他的手壓在臉底，她渾身散著熱氣，柔軟得心裡發燙。

他眼瞼微垂，手指抽了兩下沒抽出來，乾脆也不動了，任由她枕著，眼神清明地合上了眼。

隆冬清晨，趕上一月一次的大集，盧縣早市不到五更就已經喧譁起來。

此時天邊泛著霧濛濛的白，各家已攤開了鋪面，招牌幡幌高高掛起，寒冬的霧氣和吃食的白煙交錯蒸騰，混著漸亮的日頭緩緩散開。

「喲，這不是陸蕓嘛，可好久沒見妳趕集了，聽說妳大伯要把妳嫁給那傻子啊？」

蕓娘坐在板車上，剛到集裡就聽到這麼一嗓子，她順勢瞥了眼，麵攤後面站著五、六個小姑娘，為首的穿著一身簇新的紅花襖子，幾人咬著耳朵，面上都是看笑話的神色。

這些都是十里八村的小姑娘，不知為什麼總是看她不順眼，蕓娘眉毛一揚。「我當是誰呢，齊二姊，怎麼沒拿妳家的麵粉把自己抹白些再出門？」

「妳！」

齊二姊甩著粗辮子，黝黑的臉上帶著絲難堪，鼓鼓的胸膛上下起伏。

她是黑了些沒錯，不像這陸蕓，明明也是成天風吹日曬，幹著各種農活累活，卻長得白嫩水淨的，這兩年出落得越發好看了，十里八鄉誰不知道她陸蕓長得好啊，要不是因為她家實在太窮，怕是想去提親的人會把門檻都踏破了，惹得多少鄉里姑娘心生妒意，偏陸蕓也是個倔性子，連句軟話都不會和人講。

「陸蕓，妳少得意……」

話音出了個頭，齊二姊看到陸蕓身旁的少年，眼珠子都不動了，濛濛晨光中，那人影動了動，她就怕一眨眼，風一吹那人就跑了。

蕓娘不理會她，輕巧地跳下板車，轉身卸下兩個大木桶，彎下腰一手拎起一個，雙臂掄圓，穩穩地朝旁邊的攤位走去，可走到半路，眼前落下個黑影。

她抬眼，只見齊二娘黝黑的臉上飛著兩坨紅暈，眉眼含春。

「誒，蕓娘那是誰？好俊俏的小郎君啊。」

蕓娘看了眼前面的顧言，再掃了眼周圍的大姑娘小媳婦，一個個踮起腳，跟那春日頭牆外抽出的花朵一樣，妳推我擠，巴巴地望著那人。

今早的市集她本是要自己來的，畢竟顧言身體還未痊癒，得多休息，只是顧言堅持來幫忙，沒想到倒引起了騷動，她心裡一急。哎呀，顧言是她撿來的，這還沒當官賺錢呢，就這麼多人惦記，這怎麼行?!

蕓娘索性把手裡的木桶重重地落到地上，驚得眾人一愣，紛紛回過頭看她。

「看什麼看！都回家看妳們自己男人去！」她娥眉一揚，挺起胸脯，雙手叉腰，擲地有聲。「那是我夫君！」

齊二妹嘴微張，眼睛瞪得滾圓。「妳、妳夫君？陸蕓，妳什麼時候成親的？」

蕓娘脆聲道：「就這幾日。」

齊二妹不服氣。

「妳少胡說，妳臉大手糙的，力氣比男人都大，窮得都吃不上飯，誰會看得上妳？」

蕓娘下巴一揚，五官都飛了起來。「那他就是喜歡我臉大手糙，力氣跟男人一樣，寧可吃不上飯也要同我在一起，昨晚我倆還睡一個被窩呢。」

「陸蕓妳！妳！真不害臊！」齊二妹面色赤紅，抖著帕子的手指著蕓娘。

蕓娘翻了個白眼。

「我自己相公幹麼要害臊，再說看不上我，難不成看上妳啊，也不對著水缸看看自己那張大黑臉。」

說著，她又提起木桶，橫衝直撞地朝齊二妹身側擠過去。

「讓開！別擋路。」

齊二妹閃躲不及，一個踉蹌，一頭撞在了身後的板車上，好好的新襖子蹭出幾個烏黑的大泥點。

她臉色漲得通紅，跺了跺腳，衝著前面人背影帶著絲哭音喊道：「陸蕓，妳別得意，今日管集的是李大，可有妳好受的！」

蕓娘頭都沒回，聲音像隻雀鳥一樣高高飛起。「我怕他什麼，妳管好妳自己吧。」

顧言扭頭一看，只見剛剛吵完架走來的蕓娘，沒了那飛揚的神采，低眉耷眼，小臉皺成一團，嘴裡嘟囔些什麼。

「今兒真是不走運，怎麼偏就遇到那里胥李大。」

「里胥怎能管這市集？」

蕓娘瞥了顧言一眼，對這達官貴人家出身的公子表示鄙薄。

「就盧縣這小地方，什麼族長里長都是一夥的，什麼他們都能管，之前我與阿爹擺攤，那李大見我阿爹腿殘，故意多收二十文的攤費，阿爹不肯，便起了爭執，這才結下了梁子。」

少年蹙著眉頭，聽了這話似乎在想些什麼。

蕓娘開始忙了，將木桶掀開，露出裡面滿滿的皮肉凍，這是她半夜就爬起來用賣豬剩下的邊角料煮的，足足熬了三、四個時辰，放在屋外涼透，現下泛著晶瑩剔透的光澤。

蕓娘切了一小塊，遞到顧言嘴邊，顧言眉眼愣了下，看了眼街上人來人往，還是微微張開嘴，那肉凍就滑入了嘴裡。

「是不是滑滑嫩嫩的？」

見顧言輕一點頭，蕓娘抿抿嘴，唇邊露出一抹淺淺的梨渦。

「妳呢，妳也吃了嗎？」

顧言想到早上那一碗稀得能照見人影的黍子湯，怕是填不飽什麼肚子。

「我不吃。」

蕓娘搖搖頭，彎腰把蓋子小心翼翼地合上。

「這都是要賣的，你要覺得好吃，回頭我再做給你吃。」

顧言一怔沒作聲，剛吃下的那口皮凍冰冰涼涼像是堵在胸口，怎麼也下不去。

天邊日頭被積雲籠起來，霧濛濛中飄起些小雪，市集上旁人家的鋪子都是招幡飄揚，客人絡繹不絕，但皮凍攤子前卻是冷冷清清。

「豬皮凍，現做的豬皮凍～～」

蕓娘搓了搓手，哈了口白氣，眼睛盯著來往的人，偶爾扯上一嗓子，可過往行人匆匆，這聲音被掩沒在叫賣聲中，個把時辰還沒賣出多少，不由得有些垂頭喪氣，扭頭看向身側的人。

「你說，今天要是賣不出去可怎麼辦？」

少年掃了她一眼，轉身朝巷口走去，蕓娘不知道他要做什麼，只是睜大眼睛，見他撿起地上的石子，又尋了塊旁人鋪子扔出來的破木板，俯身在那裡一筆一畫寫下「豬皮凍」三字。

那字寫得又大又有力，筋骨流暢，好看得緊，寫完，顧言搓了搓指尖，將石子扔掉，拎著木牌立在攤子前面。

蕓娘眼睛一亮，繞著攤子走了兩圈，這牌子一立起來，這攤子就像有了主心骨，在人來人往的街頭上瞬間支稜了起來。

「顧言，你這字寫得真好。」

她抬頭望向少年，眉眼彎彎，小雪輕輕揚揚如柳絮飄落，少年也不自覺地彎起嘴角，彷彿將這隆冬寒風吹散。

「賣皮凍～～」

蕓娘賣力地喊著，終於陸陸續續有些客人來了，開了張生意就好做了些。

到了晌午，對面食肆裡坐滿了人，好些人過來買些冷食帶過去吃，蕓娘的皮凍攤也連帶熱火起來。

「老闆。」

一個人影在眼前落下，蕓娘沒抬頭，低頭去切那肉凍。

「要幾兩？」

客人急忙擺擺手。

「不是，我不買皮凍。」

不買肉凍？蕓娘抬起頭，納悶地看向來人。

「那你……」

那客人戴著方正的巾帽，指著攤子前立著的木牌問道：「我想問妳這招牌是請哪位先生寫的？我有封書信，還想煩勞代筆。」

蕓娘一愣，沒想到顧言的字還能招來生意，她望向身邊人，顧言清秀的眉頭微蹙，還沒張嘴，就被蕓娘拉了過去。

「那是我家相公寫的，信嘛倒可以代寫，不過……」

蕓娘眼睛彎彎，顧言看到她這副模樣，知道是她腦子裡又在打什麼古靈精怪的算盤了，果然——

「報酬不能少，還得找個遮風擋雨的地方讓他慢慢寫，要有熱茶熱飯。」

那客人笑了笑，拱了拱手道：「這是必然的，必不會虧待這位小先生的。」

顧言聽到這話，微微皺眉，望了望陰陰沈沈的天色和這風雪中破破爛爛的小攤，有些遲疑。

「沒事，快去吧。」

蕓娘推了他一把，顧言向前走一步，回過頭，立在那裡，他抿了抿嘴，欲言又止地又看了她一眼。「有事叫我。」

天色越來越低，那灰色成了暗黑，小雪成了大雪，寒風捲著雪花紛紛揚揚飄在空中，這隆冬時分，本就冷得怕人，再飄些雪花更是格外寒意刺骨。

「筆法結構嚴正，意境呼應，渾然天成，小先生這字著實是下過苦功夫的啊。」

客人在那邊喋喋不休，顧言沒說話，只是目光有意無意看向窗外。

街上的雪越下越大，紛紛揚揚的，瑟瑟寒風中，一個瘦瘦小小的身影站在雪裡，她賣的那東西大抵賣不了幾個銅板，頭上、肩上覆著一層白，冷得直搓手跺腳。

「觀你這書法，有沒有想過做個筆墨營生……誒，小先生？」

客人發現對面的人壓根兒沒在聽他說話，順著他目光從窗外望去，不遠處少女臉蛋通紅，可那臉上總帶著笑，看著那笑，就像是日子裡的丁點盼頭，彷彿再苦也甘之如飴了。

「喲，這麼大的雪可真是不容易啊。」客人拍了拍桌子感慨道：「都說少年夫妻最是情深，娶了個這麼能吃苦耐勞的小娘子，小先生當真是好福氣呀！」

「你要的東西寫好了，就這樣吧。」

顧言不欲多言，推了東西急著起身要走，客人急忙拉住他胳膊，又掏出張帖子。

「等等，我再補些銀錢，請小先生再留一幅字，我做名帖用。」

顧言眼裡閃過一絲不耐，但也無可奈何，只是才又坐下執起筆，突然有人過來了。

「不好了，小郎君！陸蕓她、她……」

聽到有人喊蕓娘的名字，顧言筆下一頓，墨點暈染開來，舒暢的字跡撇出去一筆，像是一團繞在一起的疙瘩，看得人心煩意亂，一旁的客人心疼地大呼小叫。

原來蕓娘在市集出事了，齊二姊急忙跑來搬救兵，而此時顧言已擱下筆，猛地起身，從窗戶望去，只見不遠處攤子旁不知什麼時候圍了一圈人，人群交頭接耳地不知在說些什麼，可就看不到那個嬌小的人影。

「怎麼回事？」

顧言目光冷了下去，聲音湛涼。

齊二姊心裡一駭，這小郎君初看起來俊俏得緊，可拉下臉來的時候怎麼這麼讓人害怕，那眼神活生生地要吃人一樣。

她嚇得直哆嗦兩下，指著外面人群，話都說不流利了。「那、那李大來巡視，蕓娘，蕓娘她快把人揍死了！」

此時市集上——

「瘋婆娘，妳那破肉凍哪值兩個錢？」

「就是值錢，比你的命還值錢！」

少女清脆又倔強的聲音在漫天飛雪中響起，人群嘈雜，一時間拉扯勸架聲不斷。

「別打了，蕓娘，再打就真出人命了！」

顧言扒開人群看到的就是這副景象──陰沈沈的天色下，長風捲著雪落在被砸得七零八碎的攤子上，招牌被一折兩半扔在角落裡，木桶傾倒在地，塊塊肉凍混著雪化成的爛泥裡，任人踩來踩去。

人群中間讓出一塊空地來，蕓娘腳下踩著一個鼻青臉腫的男子，手裡拿著挑木桶的長竹竿，眼睛瞪得滾圓，那扁頭竹竿抽在男子身上，便聽一聲凌厲的風響混著皮肉綻開的悶響，圍觀眾人倒吸一口涼氣。

「你給我賠錢！」

蕓娘平日裡總是笑咪咪的眼裡冒著火光，今日碰見李大，她本想著給兩個錢忍一忍就過去了，誰知這李大竟然貪得無厭，開口就要兩百文，不給就搶，還把攤子砸了個稀爛，這她就不能忍了，她生如草芥，可也不是誰都能上來踩個兩腳的，上一世她就被人欺負死了，這一世她不好過，誰都別想好過！

想到這，蕓娘心頭那把火燒得更盛，又高高揚起手裡的竹竿，卻突然被人一把抓住手腕，她一驚，轉頭撞入少年慣常淡然的眼裡，心裡那提著的氣瞬間散去半截。

「你怎麼回來了？」

顧言蹙起眉頭，掃過這一地狼藉，蕓娘卻只推了推他。

「你往一邊站，別讓我動手傷到你。」

「好妳個陸蕓，妳還想對我動手？」

趁著這空檔，李大已被幾個打手攙扶著從地上爬起來，一抹鼻子下的血，氣怒地指著她罵！

「我不過是要妳兩個攤子錢，妳竟然要往死裡打我，今日妳若不當著全縣人的面給我下跪磕頭賠禮道歉，我定要妳好看！」

蕓娘冷冷笑了笑。「聽聽你說的這話，這是什麼世道，明明是你砸了我的攤子，為什麼還要我給你賠禮道歉？」

「什麼世道？」李大嗤笑一聲，彷彿聽到了天大的笑話，接過一旁人的帕子擦了擦額頭，啐了口血吐沫，齜牙咧嘴地道：「陸蕓，妳不過是賤民一個，我可告訴妳，我舅舅是盧縣縣丞！今日妳敢打我，就要付出代價，要麼賠禮道歉，要麼再也別想在盧縣做生意！」

蕓娘眉毛一挑，咬咬嘴唇，那李大看她這副模樣，臉上揚起得意之色。

「怕了吧？怕了還不快跪……」

「走就走！」蕓娘話都沒聽完，一把拉住身邊的顧言。「咱們走，誰稀罕在這裡做生意！」

顧言只是淡淡地瞥了李大一眼，便移開了視線，周圍的人都在看著他們，低聲說了幾句什麼，讓開了一條路。

那李大一愣，被落了面子，臉色漲得通紅，氣急敗壞地拉長嗓子，踮著腳罵道：「陸蕓，妳是天生的窮命！這輩子就別再踏進市集一步！」

兩人身形漸漸消失在街邊，雲陰沈沈壓下來，看熱鬧的人群也如潮水般散去，早市又是那副熙熙攘攘的模樣，大雪將所有的痕跡都掩去。

「我們走！」

李大晃晃悠悠地被人攙扶著，他揮了揮手，讓身邊人散開，深一腳淺一腳地走到背街巷口，一輛馬車正停在那裡。

車伕見他來了，敲了敲車門，低低報了聲。「娘子，李里胥來了。」

李大看了眼那馬車，抹了把臉，低眉順眼地走近，恭敬地叫了聲。「報張娘子安。」

車門微動，簾子掀開，從裡面探出個人，定睛一看，竟是那已經說要走了的張娘子。

她上下打量了眼李大，不由地皺起眉頭。「怎麼弄成這副樣子？」

李大垂著頭，聽到這話，扯了扯打爛的嘴角。「陸蕓那小娘們下手太重了，差一點命都要搭上了。」

說話間，牽動傷口作痛，不由得倒抽了口涼氣，張娘子拿帕子揮了揮，略覺得眼前這鄉下小吏上不得檯面，皺起眉頭道：「你可看清了？」

李大慌慌地點點頭。

「看清了，陸蕓身邊確實跟著一位俊俏少年，還到處跟人說那是她相公。」

「這丫頭倒是有點意思。」

張娘子眼睛一轉，本來她是要走了，可後來越想越覺得這事蹊蹺，那陸蕓不過是鄉野丫頭，怎麼戒心那麼強？一反平常，而且像知道些什麼似的，恰巧到了縣城，她就託人回頭再打聽一下，這麼一打聽更蹊蹺的來了，就這麼兩天功夫，陸蕓竟然成親了，還是跟一個來歷不明的少年。

「張娘子，妳說你們陸家在京城官做得那麼大，跑到我們這打聽一個孤女做些什麼？」

李大覷著她的臉色問道，不久前張娘子找上門時他就有些納悶。

然而張娘子聽到這話，眉毛一挑，眼角眉梢都透著冷意，李大被她這眼刀一刮，不敢再言語，但因今日又是被蕓娘打，又是做事不落好，心裡到底有幾分不痛快。

這時，一張銀票遞到他眼前，他眉毛一抬，望向張娘子。

只見她笑盈盈地道：「你之前不是說陸蕓還有個親戚？」

李大眼睛一轉，把銀票塞進懷裡，臉色好上幾分，搓了搓手。

「算不上什麼正經親戚，是她養父的兄弟，是個爛賭棍，叫沈海。」

「沈海……」

張大娘眯起眼不知在想些什麼，望著那寒風吹過巷口，想著那日抬進陸府晃晃悠悠的宮轎，長風裡帶著些紙錢燒化的味道。

她沈聲道：「去，把那沈海給我找來。」

陰沈沈的天被黑染透，冒著夜色中最後一絲光亮，門被吱呀一聲推開，帶進些風雪，驚起幾隻牆頭小憩的雀鳥。

一個瘦小的身影冒著黑走進來，她哈了口氣，搓了搓手，彎腰往灶膛裡塞了把柴，掏出火匣吹了吹火星，點點暖紅隨著繚繞的白煙照亮了灶膛。

「都怪我。」蕓娘看著那灶下的火星，眼角眉梢低垂，垂頭喪氣地道：「這下可好了，路費也沒了。」

顧言進了屋，看到的就是她這副噘嘴垮肩的樣子，哪還有剛才揍人的半點神氣。

蕓娘嘴裡絮絮叨叨嘟囔著。「我倒是不後悔揍他，李大那種人就是欠揍！可現在把他得罪了，這以後去盧縣做買賣都不行了……」

他聽著只微微垂下眼瞼，沒有說話，默默合上門，將風雪擋在門外，撣了撣袖口，一股寒風吸進嗓子眼，掩住嘴，輕輕咳嗽兩聲。

蕓娘聽到這咳嗽聲，轉過頭才發現顧言臉色發白，急急湊過來，話音帶著幾分小埋怨。

「可有哪裡難受？是不是在雪地裡受了風寒？我原本不是讓你在茶樓等我就好嗎？幹麼衝出來站在那兒受凍。」

顧言蹙起眉頭，他也不知自己是怎麼了，明明才認識她不過兩三天，也知道她力氣大不會輕易受委屈，可一聽到她有事，心下只想過去站在她身邊。

「算了，不想那些了。餓了吧？我去做飯。」

蕓娘倒是心大，沒注意到顧言的神色，她轉身藉著些光亮，搬開糧缸的蓋子，可一愣，缸裡清清亮亮，比臉都乾淨。

蕓娘抿了抿嘴，她倒是忘了，早上出門前煮的那黍子湯就是家裡最後的存糧了，原本想著今日賺點錢能買些糧回來呢，結果……

想到這，她臉上不由得帶上些愁色，突然眼光一瞥，看到灶臺下有塊紅薯，她眼睛一亮，彎腰撿了起來。

這紅薯不知放了多久，皮皺皺巴巴、黑黑土土的，可這時在蕓娘眼裡，這紅薯就是最好的了。

她把紅薯捧在手裡吹了吹，塞到灶爐裡，爐膛裡的火燒得旺旺的，過沒一會兒，烤紅薯的味道便從灶下飄出來，焦糊香甜，滿屋子染得都是。

蕓娘用木棍把烤紅薯掏出來，用袖口墊著遞給身後的人。

顧言看著眼前她忙活半天不過巴掌大的紅薯，淡淡問道：「妳呢？」

蕓娘噈了噈口水，搖了搖頭，眼睛晶亮地道：「你吃，你生病呢，多吃點，我不餓。」

可話音剛落，肚子響起清晰響亮的「咕嚕」一聲，顧言抬起眼皮，蕓娘的臉在爐火下照得通紅。

她扭過頭去，眼睛不看他，只恨自己肚皮不爭氣，在顧言面前出了醜，要是他覺得她就是個吃貨，打心底瞧不起她可怎麼辦？

正胡思亂想間，半塊紅薯遞到蕓娘面前，冒著騰騰熱氣。

「妳不吃，我也不吃。」

她抬起頭，怔怔地望著他，顧言抿了抿唇，沒說什麼話，她喏喏地道：「那、那我就吃一口啊。」

蕓娘接過，小心地吹了吹，撕開了烤脆的皮，一口順著那金黃燦爛的瓤上咬下去，就像是咬住了冬日裡天邊的太陽，酥爛綿軟，嘴裡的甜味從舌尖一路蔓延到心裡，幾乎要從上揚的眼角溢出來。

顧言垂眼看著她這副模樣，這才輕輕地咬了口手裡的紅薯。

可說來也奇怪，總覺得這紅薯沒她手裡的好吃。

風雪瑟瑟，兩人坐在這半黑的屋子裡，就著盞燭燈吃著手裡的紅薯，牆上兩個影子交錯，像是孤獨的路上有了依靠。

「顧言，該喝藥了。」

吃完紅薯，蕓娘將熬煮好的藥遞給顧言，看著他一飲而盡，放下空了的藥碗，心裡卻實實在在犯了愁。

這隆冬風雪交加，本來就沒賺錢的路子，今天她又把李大得罪得狠了，顧言的身子還沒好呢，得好好養著，總不能日日吃紅薯吧。

錢，錢，錢……現下去哪裡可以湊到錢呢？

夜深了，蕓娘犯了難，躺在床上盯著四面漏風、黑乎乎的房頂想得出神。

突然，蕓娘靈光一閃，想起前世汴京的達官貴人們說過，漳州有一種冬草，可以入藥，極為珍貴，市價不低，不少人會上山採來賣，可偏偏這冬草生長在嚴冬時節，常常是大雪封山的時候，山路崎嶇，增加採摘的難度。

但這山路她熟悉啊！蕓娘激動地坐起來。

顧言睜開眼，看向身邊的人，微微蹙起眉，沙啞輕問。「睡不著嗎？」

蕓娘扭過頭看他，小臉映在爐火下紅彤彤的，黑夜裡兩眼放光。

她拍拍胸脯，信誓旦旦道：「顧言，我們明天不用再吃紅薯了，你相信我，我一定能把你餵得白白胖胖！」

天邊泛白，公雞嘹亮的報曉聲圍繞著山村轉了幾轉，把這偏僻山村從沈沈的黑夜裡拉了出來，映著山頭上雪停後的初陽，四處冒起些白茫茫的炊煙，一天又拉開了序幕。

顧言睜開眼，腦袋有些發沈，他這幾日一直睡得輕淺，昨夜卻不知是累了，還是喝了那藥的作用，竟然昏沈沈地睡著了。

他轉過頭，身邊空空盪盪，哪還有人影，手摸到被褥連絲溫度都沒有。

屋裡屋外安靜得過分，只有那灶膛裡的柴火還微弱地燒著，顯然是有一陣子沒添柴了。

他起身拉開房門，立在門邊，沒了那總是繞著他打轉的清脆話音，院子裡也是冷冷清清，他輕輕蹙起眉。

看來蕓娘是出門了，可天寒地凍，積雪未消，這麼早她去哪裡呢？

忽然，有人敲門。

「蕓娘！蕓娘！」

顧言抬起薄薄的眼皮，目光微沈，一揚眉頭。

這聲音他還記得，不就是蕓娘的那個什麼大伯嗎？

沈海站在門外，掂了掂手裡的點心熟食油紙包，眼睛四下一環顧，縮著個腦袋鬼鬼祟祟，生怕被人看到一樣。

可門裡半天沒動靜，他不由得有些心急，伸長脖子順著門縫探了探，抬起手，又要叩門，門「哐噹」一聲被推開，他一個踉蹌差點撲到地上，急急把手裡的東西抱在懷裡。

顧言長身玉立在門邊，如玉般的面龐冷得看不出陰晴。

沈海撣了撣褲子，堆著笑露出兩顆大黃牙。「姑爺，藝娘呢？」

聽著這聲姑爺，顧言眉頭微挑了下，不動聲色道：「她有些事出去了。」

沈海的笑容頓了頓，繼而又接著問道：「哦，出去了，那她去哪了啊？幾時回來啊？」

顧言沒說話，只打量著眼前的人，那眼神從上到下，再從下往上。

沈海被打量得渾身不自在，嚥了嚥口水，陸藝這小相公，小小年紀，像是那冰雪捏出來的人一樣，喜怒不上臉，光這麼看都有股壓不住的勁，沒來由讓人心裡發虛。

半晌，顧言終於清冷開口。

「可有什麼事？」

沈海強忍著心虛，眼珠子在眼睛裡打了個轉，張嘴道：「也沒什麼，那個……上回的事是我這個做大伯的不對，回去我想了想，既然你們已經成親了，以前那些事就算了，雖說你們這親事倉促了些，但做長輩的，總是要表點心意，畢竟以後還是一家人不是？」

話音重重落在一家人上，沈海舉著手裡的東西就蹭著門邊往院子裡走。

顧言沒有說話，而是偏過頭，若有所思地看著沈海的背影，緩緩地把門合上。

沈海進了屋，把手裡的東西往桌子上隨手一放，眼睛開始四下打量起來。

蕓娘屋裡的家當極其簡單，灶臺前擺了張桌子，靠著牆角的只有一張床，唯一能多放點東西的就是那床邊的木櫃……

沈海的眼神四處晃悠，直到身後響起腳步聲，這才轉過身，慌慌張張地移開目光。

顧言一進屋把沈海慌張的神態盡收眼底，看了眼那櫃子，又淡然收回目光。

沈海轉過身，雙手揣到袖口裡，乾笑著在桌邊坐下，把話頭扯開。

「誒，姑爺，還沒問過你是哪裡人啊？」

顧言眉毛一揚。「汴京。」

「哦，京城的啊。」沈海把話題拉開，態度又殷勤熱絡幾分。「那以前家裡做些什麼營生啊？」

「有幾畝薄田。」

「有田產啊，那好啊，哎呀，真不錯啊。」沈海眼裡放光，追著問道：「家裡幾口人，父母可還健在？」

顧言淡淡道：「沒了，就剩我一人，田也賣了。」

沈海話當場被噎在了嗓子眼，笑也僵在臉上，一時間咳嗽兩聲，拿起桌上的碗想喝口水，倒了倒，裡面卻沒有一滴水。

他搖搖壺，說道：「姑爺，給打點水吧，天沒亮走了幾里山路過來的，嗓子乾得慌。」

顧言揚了下眉，瞥了他一眼，接過水壺，轉身走了出去。

沈海探著腦袋看著窗外顧言的人影到了院子裡，突然急急起身，先是在灶臺下彎腰找了找，又把床上的被褥都掀起來，一無所獲，他眉頭皺起來，目光落到那木櫃上。

他上前將櫃子一把拉開，只見裡面放著幾件舊衣，他翻找著把舊衣都扔了出來，終於在角落看到一個包袱，那包袱看來有些年頭了，綢面上的連理枝花顏色都暗了，但那上好的綢緞還是和這堆舊衣格格不入。

沈海雙眼發光，一把抓起那個包裹，裡面的東西散落在地上，有幾塊絲綢布料，還有一個硬硬的東西泛著金光，他心下大喜，拾起來正要看個究竟，突然，憑空出現一隻手摁住他的手。

沈海身子一僵，猛地抬頭，對上不知什麼時候去而歸返的顧言。

他低頭冷冷地問：「大伯在找什麼呢？」

這聲大伯叫得沈海渾身一顫，下意識地想把那金色的東西攥在手心裡，可壓著他的手越發使勁，少年手勁如鐵箍一般，讓他動彈不了分毫。

沈海右眼皮一跳，這少年看著文文弱弱，怎麼還是個練家子？只好示弱道：「我、我就看看，姑、姑爺別誤會。」

少年眼皮撩了下，眼裡卻寒意逼人，聲音依舊淡淡的。

「把東西放下。」

「怎麼，有什麼東西不能看的，難不成家裡還藏了什麼寶貝不成？」沈海臉上的笑掛不住了，咬著牙根說。

少年聽著這話，面上神色未動，映著窗外積雪的冷光，那雙眼像是能穿透人心。

沈海心下一凜，在這人面前，他彷彿從裡到外都被看得徹徹底底、一乾二淨。

但一想到自己來這裡的任務，他心裡一橫，死活不肯放開手，可不過片刻間，卻覺得一陣鑽心的痛從指尖傳來。

沈海低頭一看，顧言竟然硬生生把他的手指一根根向後掰去，俊俏的臉龐依舊面無表情，可就是透著一股森森陰氣，沈海睜著眼似能聽到自己手指骨承受不住的斷裂聲。

他常年混跡賭場，見過不少亡命賭徒，也見過動輒斷人手腳的催債人，可眼前這少年的駭人不比那些人來得少。

關鍵是做這些事的時候，似乎從那如玉般的臉上看不出絲毫變化。

沈海心裡終於有了怕，臉上一片蒼白，急忙把東西丟開，惶恐地大呼起來。「我不看了！再也不看了！天不早了，我該回家了。」

顧言看了他一眼，緩緩彎腰從地上把東西拾起，攥在手心裡，聲音沒什麼起伏道：「不送。」

沈海捂著手指，哪裡還敢看他，低著頭只想跑出這院子，可剛一拉開院門，正和門外的蕓娘打了個碰面。

「誒，你……」

蕓娘睜大眼睛，話還沒說完，就見沈海推開她，連滾帶爬地跑出了院子，她再一抬眼，都出了村口。

蕓娘心裡納悶，這沈海大清早的來做什麼，還是這副模樣，糟了！別是趁著她不在家跑來欺負顧言吧！想到這裡，她急忙衝回家一探究竟。

第三章

蕓娘匆匆跑進屋，站在門邊喘著粗氣，看到顧言在屋子裡正慢條斯理地收拾東西。她掃了眼桌上用過的茶壺和碗，急忙上前扯住他的袖口來回檢查。

「顧言，沈海是不是又來欺負你了？傷著沒？你跟我說，我找他算帳去！」

顧言眉毛一挑，輕輕搖搖頭。

「沒，他是送禮來了。」

「送禮?!」

蕓娘一掃桌上的油紙包，狐疑地聽著這話，真是天上下紅雨了，那三分錢買塊燒餅還得看厚薄，沈海會送禮給她？

顧言回頭打量著她滿身寒氣，棉鞋上沾滿了泥，微微垂下眼瞼，看似漫不經心開口。

「妳去哪了？」

蕓娘這才卸下身後的竹簍，抹了把額頭上的汗，將裡面的東西掏出來，捧在他面前，眼睛亮晶晶的，一副獻寶樣地說：「我進山了！顧言，你看我採了好些冬草，還有株大的呢，把這些賣給村裡的郎中，咱們就有錢了。」

顧言打量了下窗外，遠處的山色壓在積雪之下，雖說這山離村子也近，但也有四、五里的山路，那她豈不是天還沒亮就走了？

化雪的日子連待在屋子裡都冷，更別說在山裡了，這時節山裡還多孤狼，黑燈瞎火的，她一個人去採藥，膽子也太大了些。

想到這兒，顧言突然有些心煩意亂，雋秀眉頭微微蹙起來，可偏偏眼前人沒注意到，只自顧自嘰嘰喳喳地說著。

「我跟你說啊，我打算這幾天再去山裡幾次，多採些草藥回來，這樣我們進京的路費就不用愁了……啊！」

說話間，蕓娘邊把水舀進水盆裡，忽然不小心扭了下腳，身子一歪，水盆砸在地上，四濺的水順著石板地流開。

門邊的顧言立刻回過頭，往她全身上下一掃，似乎注意到什麼。

他快步走近，死死盯著蕓娘的腳。

「妳腳怎麼了？」

「沒、沒什麼，就是山路滑，摔了一跤。」

蕓娘眼神閃爍，連忙彎下腰要拾起盆子，可腳踝一陣刺痛突地襲來，她直直向前栽去，蕓娘本以為自己會摔倒在地，睜開眼卻發現撲進了個溫暖乾燥的懷裡。

顧言沈著臉把她扶到一旁坐下，伸出手輕輕掀開她的褲腳，只見她腳踝烏黑一片，腫得像個饅頭一樣，上面還冒著細細的血珠，觸目驚心。

「怎麼弄的？」

少年說這話聲音輕輕地，那雙鳳眼在爐光下深邃寧靜，兩人靠得又近，清清涼涼的嗓音就在她耳畔。

蕓娘屏住呼吸，覷著眼打量著顧言，她早上摸黑進山，歲暮天寒，山上積雪皚皚，她腳下一滑，便扭到了腳，但蕓娘自小在山裡跑來跑去，倒也不覺嚴重，可是不知為何現在顧言一問，她反而像做了什麼見不得人的事一樣緊張。

她心虛地嚥了口唾沫，把話岔開。「也不是什麼大傷，沒事的。」

顧言抿了抿嘴，見她微微偏過去的臉，心裡不由帶了絲無名火氣。「這就是妳昨日想的辦法？」

蕓娘縮著腦袋，雖然顧言話音平平的，但也感覺得出來眼前的他心情不大好，可她又實在摸不著頭緒他為什麼心情不好？

她上山採藥賺錢，他生什麼氣？可這話也只敢在心裡嘀咕，誰叫顧言日後會做大官呢，她還指望他以後讓她發大財，沒必要現在惹他不高興。

蕓娘抬頭眨了眨眼，軟軟地道：「這辦法是好的，只是難免有些小意外嘛，沒事的。」

顧言看了眼她這副模樣，心裡那點不明不白的陰霾壓了下去。

他將她緩緩拉起來，讓她倚著自己坐到床邊，蕓娘抬起腳，把鞋子踢掉，襪子前面暈出了絲絲血色。

她向前彎身，伸手褪到一半，那後面的襪子與棉褲褲腳費力纏在一處，蕓娘吃痛往回縮了下腳，少年俯身用修長的手指輕輕把邊角拉開，指尖劃過她冰涼的腳背，似被火點著一樣隱隱發燙。

「不用，不用，我自己來就是了。」

蕓娘急忙縮了下腿，顧言偏過頭，火光餘輝中那顆淚痣隱隱綽綽。

他看著她倒抽著氣，用清水擦過腳下傷口，那腳比世家女子大了些，腳趾圓潤，細細光潔的腳踝如上好的羊脂玉，只是前面那一抹紅礙眼了些。

她耳朵後方有些泛紅，這時倒是不好意思了，想當初她看他身子的時候可不是這樣的。

「疼嗎？」

顧言垂下眼瞼，輕輕地問，睫毛抖動，灑下一片陰影。

蕓娘齜牙咧嘴地把腳趿進鞋裡，站起身來來回回走了兩圈，嘴裡嘟囔著。「不疼，摔一跤算什麼？我以前還從馬上摔下來過，歇兩天自己就好了，連我阿爹都說我皮實。」

說著她還想在顧言面前跳兩下，可剛落腳沒站穩又是一扭，竟直直朝著少年撲去，顧言還沒反應過來，被眼前一個黑影砸著，兩人一起栽到床上。

一陣慌亂，顧言悶哼一聲，再睜開眼，有股熱氣伏在他胸口，跟個火爐一樣。

蕓娘從他身上手忙腳亂地撐起身子，眼神飄過去。

顧言眉頭輕蹙，似乎有些難受，臉色是慣常的蒼白，火光下顯得有幾分柔弱，連那淚痣都更添脆弱，她心裡頓起愧疚，這是又誤傷到顧言，急忙湊到他面前。

「哪裡疼？我是不是撞到你傷口了？」

說著就要掀衣服查看他胸前的傷，卻被他一把抓住手腕，那手涼得跟從夜裡冰面下撈起來的一樣，從手腕傳到背後，讓蕓娘打了個寒顫，緊接著身子一傾，天旋地轉，就顛倒著翻了個面。

少年撐著身懸在她面前，一片陰影落了下來，兩人面對面，呼吸靠得極近，近得她都能數清他那細密的睫毛，少年幾縷青絲垂在她脖頸處，搔得她有些微微發癢。

「我沒事。」

話音方落，那片陰影豁然移開，蕓娘猛地坐起，不知為什麼舌頭有些發直，眼神瞄著那火光，有一搭沒一搭地道：「沒、沒事就好……誒，那沈海除了來送禮外還說了些什麼嗎？」

顧言頓了頓，把她那副情態盡收眼底，淡淡道：「沒說什麼，就是找東西。」

蕓娘細眉一挑，找東西？這沈海慣常夜貓子進宅，能有什麼好心思？

「他找什麼？」

顧言從懷裡掏出個東西，蕓娘訝異地微微張開嘴。「這、這長命鎖怎麼在這裡？」

看她一副緊張模樣，顧言把玩兩下長命鎖便放在桌子上。

開元年間時興新生兒滿百日送長命鎖，以祈驅邪辟災、祛病延年，她手裡這塊上刻福祿如意金鎖，倒是京城官宦世族最時興的。

這麼想著，他目光又往床邊人身上繞了一圈，眼睛微微瞇起。

蕓娘倒沒注意到顧言的目光，她把長命鎖收起來，心裡又驚又疑。

沈海找這東西做什麼，莫不是在賭場又輸了錢來這裡拿東西抵債？可也不該啊，這長命鎖是有關她身世的信物，除了她死去的阿爹沒人知道有這個東西，沈海怎麼會知道？又到底找這東西做什麼呢……

夜色中，寒風呼嘯聲陷入漫漫長夜，萬物沈寂之際，卻帶著些隱約的躁動和不安。

此時，村外官道旁不起眼的樹林裡停著一輛馬車，馬車外打著一盞燈籠，燈籠在風中晃了晃，現出另一面寫的「陸」字，在黑夜裡發出微弱的光來。

沈海老老實實站在那燈籠光亮下，佝僂著背，雙手攢進棉襖裡，垂著腦袋不時覷探那被風吹得晃動的車簾。

「你可看清了？」

「看得清清楚楚的，好大一塊金子做的長命鎖，沒想到陸蕓那妮子還藏著這麼個好東西。」

沈海說話間眉飛色舞，口沫橫飛，可渾濁的眼睛卻始終繞著車廂裡的人打轉。

車裡人沒了聲音，過了半晌，一隻手掀開簾子。

「你想個辦法去把那東西拿來，自然少不了你的好處，還有……」那人盯著他道：「我要陸蕓在這村子裡待不下去，你可能辦到？」

沈海被燈籠的光晃了晃，眨了眨眼。「貴人，這頭一件事還好辦，左右不過是個物件，可這第二件事……那陸蕓怎麼說也是我小弟養了這麼多年的丫頭，就算是塊石頭，也難免有了些感情，我們總歸算一家人，要我把事做得這麼絕，不大好吧？」

賭鬼還說真情話，當真是個笑話。

張大娘唇邊勾起一抹冷笑。「沈大郎，你在賭坊裡把你兄弟的賣命錢輸得一乾二淨的時候，怎麼不說這話？」

沈海聽到這話，面皮一緊，立即縮回眼神，不敢再吱聲，只聽耳邊落下音——

「你那些爛帳我可是清清楚楚，少在這裡給我拿捏裝樣子，我是需要你辦事，你可別把自己真當個東西，這事成了，有你好處，這事要不成……你這命留著也白搭。」

夜風颳過耳邊，車伕一揚鞭子，車輪轆轆轉動，吱呀吱呀地隱入黑夜中的官道上。

好一會兒後，留在原地的沈海抬起頭，豆大的眼裡閃著陰狠的光，像條毒蛇一樣在暗處吐著信子。

傍晚，天邊只剩下一抹紅，碎碎地壓在寒雲下，層疊的遠山如隱藏在濃稠的墨後，村子裡炊煙四起，一算日子才想起來今天是年夜，蕓娘從村頭的郎中家門出來，眼角眉梢都帶著喜氣，邁開步子朝家的方向走去。

點點幽光帶著年夜裡的飯菜香，她抽了抽鼻翼，走在村子裡，聽著一路上人家屋裡傳出來的嬉鬧聲，陡然想起阿爹在世的時候，過年還有幾分年氣，現如今已經幾年都是只剩自己一人，孤零零的，心裡有幾分失落。

可一轉過彎，遠遠看到一個高高瘦瘦的身形拉長了影子站在家門口。

蕓娘愣了下，這才眼睛瞇成了條月牙，遠遠地搖著手，喊道：「顧言！」

他聽到她叫他，立時抬眼望著她，清冷的眉眼在這年夜裡也染上了些人間煙火味。

「慢些跑，妳腳還沒好。」

「沒事，都不疼了，你瞧我今兒賣藥賺的錢！」蕓娘得意地把銅板在錢袋裡晃了晃，聽著那銅錢聲，打著算盤道：「等明天天亮了，我去割些肉，咱們也過個年。」

顧言看著她，少女光淨的臉龐映在皎皎月色中，淡淡道：「起風了，進屋吧。」

爐火映在烏黑斑駁的牆上，蕓娘側著腦袋，眼睛都快瞇起來了，手下還數著銅錢。

顧言端著藥碗坐在床邊看她數錢，來回就那麼幾個銅板，她都數了一晚上，人都犯迷糊了，還要摟在懷裡數一遍才放心，這行為他不甚理解。

「數來數去不都那麼多嗎？」

「你不懂，興許數著數著就數到有漏的呢。」

蕓娘打著哈欠，總算把錢袋往棉衣內側裡一塞，圓圓的腦袋縮進被子裡，只露出一雙眼，在被子裡迷迷糊糊嘟囔著。「看來這法子行得通，後幾日我再去山裡多採些藥，就不愁你讀書的錢了。」

說著睏意襲來，蕓娘腦袋跟個漿糊一樣，連什麼時候睡著了都不知道。

她好像作了個夢，這夢又長又冷，她又回到了最後在陸家莊子裡的時候，她染著惡疾躺在冷冰冰沒一絲人氣的屋子裡，懨懨地望著窗外那一方高牆，暗自下定決心，若有一日得以離開陸府，就再也不回來了。

一轉眼，這夢又換了個場景——

鐘鼓樓的鐘聲從遠處傳來，上元夜裡，汴京城裡萬家燈火。

她戴著一個獠牙面具，擠在人群中，點點燈火中看見了那個長身玉立的人，他穿著朱紫貴官公服，從頭到腳沒有一處不透著驕矜貴氣。

她追了上去，可那人竟是越走越遠，只留個背影。

「顧言！」

他怎麼不認得她了呢？蕓娘著急地喊出聲。

可不知誰推倒了那燈架，一場大火在眼前著了起來，四周響起驚呼聲，熱度越來越高、越來越熱……

蕓娘痛苦地猛地睜開眼，從夢中驚醒，還沒來得及平復心情，隱隱約約的鼻尖飄過些火星子的味道，她轉頭一看，屋裡的火勢染紅了眼，腦子一下子清明起來，焦急地推了推身邊的人。

「顧言、顧言，快醒醒，起火了！」

陣陣熱浪襲來，屋外也響起鄰人陣陣驚呼喊叫聲，不知從哪起的火，火勢發了瘋似的四處亂竄，蕓娘急急地趿上鞋子，慌張地想離開屋子，但眼前四周都是紅彤彤的一片，燒得人心慌，正不知所措之際，一隻冰涼的手拉住她的手腕，她轉過頭，少年眼神從昏暝到清明不過一瞬間，彤彤火光照在臉上，他拉住她就往外衝。

蕓娘跌跌撞撞跟在他身後，穿過燒得正熱烈的屋子，剛踏出門，四周溫度驟降，屋外夜裡的涼風吹過脖子窩處的細汗，她這才鬆了口氣。

可就在這時，她臉色一變，手在棉衣上下一摸，跺了下腳。「唉呀，糟了！長命鎖！」

此時顧言去到另一邊關注火勢。

這突如其來的火災十分蹊蹺，顧言瞳孔放大又收緊，搜索著眼前的線索，眸子裡映著火光，滾滾濃煙如野獸般張牙舞爪，在夜風中肆無忌憚地吞噬著一切。

背後響起幾聲驚呼，他轉身一看，發現蕓娘又衝進屋裡，他驚得立即跟上。

蕓娘衝回火場，濃煙擋住了她的視線，哪都看不清。

她跌跌撞撞摸到床沿，掀開枕頭，胡亂摸索一通，直摸到溫熱的長命鎖才鬆口氣，轉身正要衝出去，忽然，眼前影影晃晃，蕓娘心下一凜，屋裡有別人！

那人喘著粗氣，臉上被熏得灰頭土臉，可蕓娘還是一眼認出這猥瑣臃腫的身影，不是那前幾天上門鬧事的沈海還有誰！

火光裡，沈海撞見蕓娘，眼裡也閃過一絲慌亂。

可等看到她手裡的東西，轉眼那眼神就化成凶狠，皸黑的手一把抓住蕓娘手裡的長命鎖，喝道：「把東西給我！」

蕓娘眼裡映著通紅的火，急急攥緊長命鎖。「不給！」

「妳！」

頭頂響起木頭斷裂的聲音，沈海一驚抬頭，年久失修的屋頂在火海中搖搖欲墜。

「咚！」

一根燒斷的木頭倏然掉落在眼前，他猛地鬆開手，後退一步。

但蕓娘就沒這麼好運氣了，她手上正使著勁，猛地鬆開，身子向後一晃，木梁正好帶著火星子砸在她腿上，轉眼間，一道大火隔開她和沈海。

沈海還想上前搶東西，可是熱浪撲面，灼熱滾燙的瓦礫碎渣簌簌從頭頂掉下來，他不甘心地望了那火海中的人影一眼，轉身朝門外跑去。

蕓娘只覺得周圍又燙又燒，她將長命鎖揣在胸口，慢慢挪動身體，剛要站起身，就覺一陣刺骨鑽心的痛，砰一聲，她坐倒在地，腳踝的傷口早已被撕裂，鮮血直流。

大火中揚起的黑色灰燼令蕓娘臉色蒼白，口鼻窒悶，眼前的火焰如催命惡鬼朝她撲來，四處都燙得要命。

她會被燒死吧。

蕓娘心裡陣陣發虛，就像站在懸崖邊一樣，意識一個勁往下墜。

可她這輩子還沒活出個名堂來，她也沒過上吃香喝辣、榮華富貴的好日子呢，她怎麼能就這樣死了呢？

昏沈沈之時，一方濕潤冰涼的帕子捂住了她的口鼻，她抬眼落入少年的眼中，像是掉落懸崖後看到了扔下來的一根繩子，她反手抓住他的手。

少年一身狼狽，身上頭上落滿了黑色灰絮，轉身就把她揹在背上。

蕓娘伏在他身上，鼻尖聞到少年身上帶著夜風裡的寒氣，啞著嗓子像隻貓仔一樣虛弱地道：「顧言，我要死了吧？」

「死不了。」少年冷靜的聲音在耳邊響起，反覆道：「妳死不了。」

蕓娘蔫蔫地伏在他脖頸後，那瘦弱的背上凸出的骨頭硌得她胸口作痛。

火勢越來越大，可他卻弓腰揹著她，一步步穿過炙熱的火海，明明是短短一段路，卻將她重新帶回人間。

「救出來了！」

「人救出來了！」

不遠處火勢還在燒著，猛烈的火光照亮了天邊，這意外的火災在這偏僻的山村可算是件大事了，屋子前聚集了好些圍觀的人，有救火的也有純粹湊熱鬧的。

鄉親們七手八腳地把蕓娘從顧言背上接下來，蕓娘坐在土路邊，接過人群中遞過來的一大瓢水，一口氣灌了下去。

冰涼的井水下肚，蕓娘渾身打了個寒顫，把反胃的火星子味壓下去，這才深深呼出口氣，腦子裡的昏沈也逐漸褪去，意識清醒起來。

她看著身側站在黑夜裡的少年，微喘著氣，心裡說不出什麼感覺。
他為什麼回去？那麼大的火他不知自己也會很危險嗎？
思緒正亂時，突然一個聲音在人群裡響起。
「蕓娘，蕓娘，可還好吧？」
蕓娘轉過頭，睜大眼睛，只見一個熟悉的人影撥開人群快步走來。
張娘子面色關切，目光無意掃到蕓娘身旁的少年身上，想必這就是陸蕓找的那小相公，目光偷偷瞥向暗夜裡的人影，雖然這少年草履粗衣，但就這氣度、這模樣，可不像是這鄉下能養出來的。
可只掃了一眼，那少年似有些察覺，目光微抬，冷冷地像箭一般淩厲射過來。
張娘子急忙收回眼，捂著帕子，伸手就來扯蕓娘褲腳。
「唉呀，傷得這般重，得趕緊叫郎中瞧瞧。」
蕓娘先是一怔，隨後蹙起秀眉，這張娘子怎麼走了又回來？
前世明明只來尋了她一次，這一世怎麼還不依不饒起來，可妳說陸家對她似有什麼親情，前世卻又是那般對她？難不成，難不成，回陸家這事，還有她前世不知的隱情？
蕓娘越想越心疑，把腿往回一縮，撥開她的手，秀眉一挑，故意道：「妳是哪位？」
張娘子臉上的笑一頓，看著蕓娘，訕訕收回手。「是我啊，張娘子，妳可記得我？」

「張娘子？哦，張娘子，我記得。」

蕓娘抬眼，朗聲道：「就是那天堵在我家門前，指使僕役欺負我的那個人。」

聽到這話，四周村民目光朝她聚集而來，張娘子笑僵在嘴邊，一旁的顧言聽到，微微抬起臉，眼神在兩人之間一掃視，眉頭微微蹙起。

「那天是下人莽撞了些，蕓娘妳別往心裡去，都什麼時候了，妳還說那氣話，我也是始終都放心不下妳，才又轉回來找妳，幸好有回來。」

說著，張娘子瞟了眼不遠處已燒得不成樣的草屋。

「妳瞧，屋子都燒了，妳又受了傷，妳一個姑娘家接下來可怎麼辦？」

蕓娘聽到這話，如秋水般的大眼睛在寒風中眨了眨。「關妳什麼事？」

「誒，妳……」張娘子一噎。

蕓娘從一旁撿了根破樹枝撐著，顫顫巍巍地站起來，全然不像剛剛經歷了場生死大火。

「顧言，咱們走，省得有不知打哪來的人在這邊嘰嘰喳喳，聽得心煩。」

誰吵鬧，那自然說的是她了。張娘子一怔，沒想到屋子被燒了，蕓娘是這番反應。

她伸長脖子，對著兩人背影喊了聲。「誒，蕓娘，妳不跟我走，妳這副模樣能去哪兒啊！」

可那人影跌跌撞撞就是沒回頭，四周村民聚集，這麼多人看著，她也不好再追上去。張娘子眉頭緊皺，手裡絞著帕子，她是萬萬沒想到這陸蕓會如此決絕，把她屋子都燒了，竟然還不跟她走。

無可奈何，她只能眼睜睜看著那消瘦的身影，帶著絲決絕逐漸隱入黑夜之中。

蕓娘和顧言就這麼一路走到村口，蕓娘站在土坯上，回頭呆呆望著遠處黑煙和餘灰飄揚的景象，跟漫天雪花一樣。

夜色深深，火光已經變得微弱，這生她養她的地方現如今被一把火燒了乾淨，只留下淡淡的黑和燒焦的廢墟。

面前就是出村的路，可是黑夜裡看不清方向，這下好了，可真是後邊回不去，前邊不知道去哪，進退兩難。

這火顯然有問題，八成還跟那沈海有關，可此時的她已無力細想和追究什麼，如今事實就是她已無家可歸了，似乎她從沒走運過，上輩子是，這輩子也是。

她有些失落地低聲道：「顧言，我的家沒了。」

顧言看她眼耷拉著，心裡微微觸動，一挑眉望向天際，淡淡道：「命還在，會再有的。」

蕓娘聽到這話一愣，看向身側的人。

是啊，顧言可是從死人堆裡爬出來的，沒有誰比他更有資格說這話。

她抿了抿唇，小心翼翼問：「顧言，你、你剛怎麼又衝進屋裡了，不害怕嗎？」
他聽到這話，微微一頓沒說話，半晌，少年眉毛一挑，鳳眸在火光餘溫中看向她。
「妳將來想做些什麼？」
「我……」
蕓娘頓了下，望向天邊，此時天際露出些淡白曙光，微亮曙光揭開了黑夜。
她想做什麼？
似乎前世今生從沒人這麼問過她，她亦從沒想過。
可若真要說起來也是有的，她想過著不被人欺負取笑的好日子，吃得飽穿得暖，活得有底氣，活得堂堂正正的好日子。
「我想好我要做什麼了。」
蕓娘眼角飛揚起來，吐出一口熱滾滾的白氣。
「我要天天吃香糖果子，能喝肉湯、吃白胖胖的大餅子，讓那些曾欺負我的人都看到，雖然沒有爹娘可依靠，但我陸蕓一個人也能活得好好的！」
聽到這願望，顧言到底沒忍住，肩膀抖動兩下。
蕓娘一揚眉。「你笑我？」
「沒。」

那一把火燒掉了過往，也燒掉心裡最後的牽掛，蕓娘迎著朝陽，風帶起些碎髮，她轉過頭望著他。

「顧言，你要讀書。」

顧言神色微斂，一挑眉，沒料到她怎麼就講到他讀書的事上，淡淡道：「不急……」

「誰說不急？」他要是不去讀書考功名，她怎麼過好日子？

想到這兒，蕓娘挺起胸膛，舉起手裡的樹枝往南邊一指，拍板定案。

「就這麼決定了！漳州城，走，顧言，咱們讀書去！」

「你怎麼辦事的？」

官道旁的樹林裡，天黑夜深，四下都是靜悄悄的。

沈海的身子又向下躬了幾分，嘴唇發白地辯解道：「張娘子，我、我本來都拿到了長命鎖，但那妮子拚了命不給我，這麼大的火，我、我要不是跑得快，也就沒命了。」

「沒用的東西！」張娘子臉色陰惻惻的。「活該你活成這副樣子，叫人瞧不起。」

沈海聽著這話，臉色沉入了黑夜之中，垂著腦袋，眼神閃爍，嘴邊還是硬拉出幾分殷勤的笑，手搓了搓。「張娘子，那說好的錢……」

張娘子本就心煩，看到沈海這副猥瑣模樣，更覺礙眼。

「事情辦成這樣還想要錢，還不快滾！」

沈海聽到這話，臉上的笑消失了，頓時怒火中燒，縮了半天的手終於伸出袖口，原來他手上竟然拿著一把明晃晃的刀子。

張娘子罵完後散了些火氣，轉身正要上馬車，突然身後響起一聲慘叫，她猛然轉過身，只見車伕被沈海捅了個對穿，跟冬天裡的枯草一樣無聲無息倒在了馬車旁。

望著地上的血，張娘子身子向後退了退，臉色煞白望向沈海。「你、你想做什麼？」

「臭婆娘，老子給妳幾分臉，妳還蹬鼻子上臉了。」沈海走近，一把將刀子架在她脖頸上，啐了口吐沫。「老子幫妳辦事連命都快搭上了，妳還想賴帳，我看妳是不要命了！」

「給，給，你要多少我都給。」說著，張娘子掏出錢袋，被沈海一把搶走，在手裡掂了掂。

「倒是不少，看來這什麼勞什子陸家還真是個大戶人家。」

沈海眼睛一轉，看向張娘子。

「說！你們找陸藴那妮子到底做什麼？還有你們拿那長命鎖要幹麼用的？」

「這、這……」張娘子眼神閃爍，支支吾吾。

沈海有些不耐煩了，又把刀子往她脖子上頂了頂。「說！」

張娘子感覺到那刀口的威脅，舌頭都直了。

「我說、我說，那長命鎖是陸家的信物，陸、陸芸可能是陸大人的親生女兒，陸府的真千金小姐！」

夜色漸漸落下，一輛騾車悠悠駛進漳州城。

城中四處樹立著彩樓，招揚的風幡下懸著幾盞火紅的梔子燈，更夫穿梭在熱鬧街頭巷口，拉長了清脆的梆聲向著夜深處隱去。

騾車駛到東大街北側的州署門前緩緩停下，芸娘嘆了口氣，總算是到了，從盧縣到漳州城有二十里的山路，騾車坐得她腳都麻了。

芸娘伸展開腿腳，手扶著板車上的貨物，蹭著邊下了車，落地的時候腳踝的傷口還是泛痛，身子沒站穩，輕晃了下，一隻手搭過來，她眼睛微微彎了下，扶住少年的胳膊，偏過頭，瞅著門前那對半人高的石獅道：「顧言，是這兒嗎？」

顧言站在她身側，輕輕瞥了眼氣派的州署府邸，待她站穩，鬆開手走到門前赤紅的八角燈籠下，輕輕扣了扣門環。

紅門吱吱嘎嘎拉開條縫，從裡面探出半個腦袋，短打粗衣，眼神往燈下的兩人上一掃，聲音順著夜風悠悠飄過來。

「你們是何人啊？」

顧言道：「故人之子顧言求見謝大人。」

八角燈被風吹過，那光轉著圈晦暗的打在頭頂，門房從上到下掃過兩人身上泛白的舊棉衣和沾滿泥的鞋面，臉垮到嘴角，神情帶著幾分倨傲。

「什麼故人，我家謝大人可是漳州刺史，豈是你們這種人要見就能見的，半夜不睡覺，扯個名頭在這裡發夢，快走！」

說著就要關門，蕓娘眼疾手快地擋住門。「誒，不過叫你傳個話，指不定謝大人就見了呢。」

那門房嗤笑，話音從門縫裡傳出來。「笑話，我家大人公務繁忙，每日求見的人能排到街角，若是每個你們這種窮酸都見，豈不是跟蒼蠅臭蟲一般沒完沒了！」

說完，大門「砰」的一聲在眼前重重合上，帶起些厲風颳過臉，蕓娘細眉一挑，就要再抬手敲門，卻一把被拉住，她回過頭，只見顧言神色沈淡，眉頭微蹙。

「今日太晚了，先找個地方過夜再說。」

蕓娘心裡雖氣那門房狗眼看人低，但瞥了眼空盪盪的街道和沈沈夜色，知道顧言沒說錯，漳州城可不比盧縣，過了夜半是有宵禁的，要是還在大街上亂晃，會被抓走打板子，還是先找個落腳的地方再做盤算。

離開前蕓娘回頭望了眼這豪庭廣廈的州署府，不禁想起了前世汴京城裡見過的高門大戶。

她眼睛烏溜溜一轉，撇了撇嘴，到哪兒都是一樣的，看著都錦繡繁華，誰知道裡面住的是人是鬼呢。

夜色沈靜如水，挑水的挑夫從石板上路過，水桶裡的水晃悠悠地響在夜裡，深一腳淺一腳地向著巷深處走去。

蕓娘腳傷還沒好，走路慢慢的，顧言也有意無意地放慢了步子，兩人走在石板路上，夜風吹過，溫度驟冷，城裡的人家都關門閉戶了，路上沒有見到行人，唯見點點燈火從門窗裡透出來。

終於在一個不起眼的街角找到一間亮著燈的小店，櫃檯後的店小二見來人，睜著惺忪的睡眼，藉著冒黑煙的油燈，懶洋洋地翻開店簿。

「要幾間房啊？」

本來身上就沒什麼錢，蕓娘想都沒想就說：「一間。」

店小二聽到這話，抬起眼掃了兩人一眼，一看是對年輕男女，那眼神頓時在晦明的燈下泛起揶揄曖昧，本來蕓娘倒也沒多想什麼，畢竟在家裡她也因為地方小，而跟顧言睡一張床，可被這小二意味深長的一眼看得一下子便明白了什麼，臉色有些熱烘烘的燒起來，鬼使神差補了句。「我們成親了。」

話一說出口才覺多餘，蕓娘咬咬唇，有些懊惱。

正經姑娘家誰會沒成親跟男人住一間房啊，這補充反而顯得她有些心虛似的，如今顧言也是她名義上正式的相公，她心虛個什麼。

顧言幽幽瞟了眼燈光下蕓娘泛紅的耳根，只覺得她現在才覺出些不好意思來，也不知道該說是心思單純還是遲鈍。

蕓娘掏了十幾枚銅板換了間小小的單間，雖然陳舊陰暗了些，但好在今夜有個遮風擋雨的所在。

她吹亮那桌子上的油燈，小二送來滿滿一壺熱水，蕓娘打到盆裡，細細地撩起水擦臉。

「顧言，你要找的那什麼謝大人可靠嗎？」

顧言撣了撣身上的寒氣，拿了兩個粗茶杯涮了涮，沏上些熱水，那水沸騰，陣陣白氣漫過雋秀的眉眼。

他淡淡道：「謝眺曾任翰林院學士，開元十四年，督察院御史清查參謝家謀私，我祖父念舊情保了他的命，後來謝朓舉家離開京城，赴漳州任刺史，這便是交情。」

蕓娘洗完了臉，把帕子擰了擰，遞到他手裡。「那這麼說，你們家之前還挺厲害的。」

顧言捲起袖口，接過帕子慢條斯理地擦著手指。

「我太公是軍中參政出身，後拜國子監祭酒，我祖父仕途蒙蔭，官拜內閣大學士，我父親開元年初狀元出身，拜戶部尚書，官至御史侍郎，四世三公，累世經學。」

蕓娘聽到這兒，直咂舌，好傢伙，她前世只聽人說顧家因支持舊太子被落罪，可不知顧家在落罪前如此的顯赫。

她嚥了嚥口水。「那、那豈不是謝朓當年還欠著你們家的恩了？」

「話是這麼說。」顧言起身把帕子在水裡擺了擺，整整齊齊地拉好，捏起茶杯倚著牆坐下。

「但這世上情義最不值錢，我顧家有權時黨生皆俯首，可當顧家出了事，那群人比聞到腥味的鬣狗跑得都快，方知世人哪來的情義，不過是逐利而來。」

蕓娘聽到這話，沒來由地又想到陸府待她的態度，雙手撐著腮幫，望著油燈，嘆息道：「可不是，哪來的什麼情義……」

顧言上揚的桃花眼在幽幽燈光裡泛著些朦朧，修長的手指在杯盞口上打著轉，內心倒是有些意外，蕓娘生在鄉野，平日說話慣常直來直去，喜怒哀樂簡簡單單就在臉上，可跟她說這些道理，由淺入深她竟也能聽得懂，就像是一汪清泉，泉水泠泠，任由堅石擋路，她也輕輕綿綿化成萬般繞指柔，打個轉，找個縫，不知不覺的就鑽進心裡去。

「不過倒也不怕。」蕓娘下巴擱在手背上，眼裡映著豆丁燭光，清脆道：「今兒見不到，咱明兒再去，明天不見，就後天再去，遲早見到那謝大人為止，這世上沒有做不來的事，你說是不是這個理？」

顧言目光幽幽，嘴角抿了抿，眼裡清寒散去，被光亮染上些暖意。

他搓了搓指尖，眉梢一挑，緩緩起身，手搭上衣襟。

蕓娘一怔，隨即想起剛剛那夥計說的話，臉忽然一下就燒起來。「顧言，你、你做什麼？」

顧言手頓了下，挑了下眉。「夜深了，脫衣服睡覺。」

蕓娘臉紅紅的，扭到一旁。「你、你背過去脫。」

顧言瞥了她一眼，依言走到床邊，背過身將衣服解了下來，蕓娘偏著頭，盯著燈光裡那人影模模糊糊，穿著一層薄薄的中衣，隱約能看到纖腰長腿，還有筆直的肩背。

顧言把衣服掛到一旁架子上，在床邊坐下，衣襟微微散開，氤氳的燭光裡少了白日裡幾分清明，眉眼在夜色裡朦朧混沌，就連眼下那顆淚痣都帶著些繾綣的意味。

「不睡覺嗎？」

顧言見她呆呆地還坐在那裡，似老僧入定真打算在那裡坐一晚上似的，微微一挑眉。

蕓娘的臉又更燒了幾分，慌慌張張地起身，眨了眨眼。

「睡，這就睡。」

說著，蕓娘走到床邊，顧言往外挪了挪，蕓娘不敢看他，只低著頭坐在床沿脫鞋，然後縮著腳往床裡邊爬去，她翻了個身，臉紅紅地面朝牆裡躺著，聽著床板輕微的動靜，感覺有人躺在了身後。

蕓娘偷偷扭了下身子，牆上的影子重疊在一起，她仰著頭，看到顧言倚在床頭，歪著頭看她這副彆扭樣子。

既然被抓了包，蕓娘乾脆翻身回來，大大方方地看向顧言，兩人不說話，就這麼看著彼此。

顧言長得真好，細長濃密的眼睫毛像小蒲扇在光下灑下一片影子，鼻子也挺，以前村裡的老人常說，鼻挺的男人桃花多，要她看，顧言長得這副模樣，要不是家裡突逢變故，必定也是個招蜂引蝶的。

「怎麼，不放心我和妳睡一處？」

看她臉時而紅時而又蹙眉想些什麼，少年一隻手撐起額頭，碎髮繞過手腕，揶揄地說。

聽到這話，蕓娘一撇嘴，伸著腦袋，烏黑的頭髮散在枕頭上。

「我不放心些什麼？你力氣還沒有我大，一副瘦巴巴的模樣，風一吹就倒了。」

顧言聽到這話，眉毛微挑，伸腰閒散道：「哦，原來我在妳眼裡就是這個模樣。」

「不過……前日在火場裡，你把我揹起來的時候挺厲害的。」

顧言一怔，抬眼看她，蕓娘側著臉，水盈盈的眼中映著他的影子。

「顧言，我那時都以為自己必死無疑，要死在那火裡了，可你突然出現了，那時我就在想，有你在我死不了，這輩子我們一定能活下去，一起好好的活下去。」

第四章

黎明時分，黯藍的天邊升起了抹黃，相接的邊際泛著些模糊的光暈。

東街州署的車馬在寒風裡叮噹作響，州署府大門被拉開，門房打著哈欠，一抬眼就見那晨光裡拉長的一高一矮人影，他蹙起眉頭，不耐煩地張嘴罵。「怎麼又是你倆啊！走！走！大人一會兒要去公署，別擋著道啊！」

「誒，你！」

蕓娘搓了搓凍僵的雙手，對著這依舊狗眼看人低的門房，心裡也有些窩火，剛要走上前去理論，卻被人一把拽了回來。

身旁的人遞過去一塊玉珮，話音裡帶著幾分與年紀不符的冷靜。

「去報，顧言求見。」

那玉在晨曦微露裡泛著瑩瑩光澤，不是尋常物件。

門房終於正眼瞧了面前人一眼，覷著少年如玉的面龐，多了幾分謹慎，清了清嗓。

「那個……大人這會兒將要出門，要真想拜會，晚些再來吧。」

話音未落，馬蹄聲「噠噠」從街頭那邊駛來停到大門前，門裡傳出悠悠人聲。「哪個不長眼的大清早在那邊叫嚷，不知道大人要出門嗎？」

門房臉色一變，立馬垂下了眼，弓腰側身立在門邊。

幾個人影浩浩蕩蕩從門裡走出來，蕓娘站在門邊的石獅旁，略有些好奇地伸著腦袋，裡面的人緩緩走出來，為首的人體態瘦長，一身褐色公服，形色肅然。

他一露面，車伕就立刻擺出一個五方凳，那人看都沒看兩旁，蹙著眉頭，一腳就蹬上了車板。

這時，他身後一個微胖的人吊著臉，訓斥道：「怎麼了，大清早在州署門前這般吵鬧，叫人看到像什麼話！」

門房挨了罵，囁喏地說：「是、是有人要拜訪大人，拿了塊極好的玉珮作信物，還說什麼是故人之子……」

那穿公服的人鑽進車裡的背頓了下，猛然抬頭，目光如炬，凌厲地朝著兩人射來。

蕓娘見那目光只輕輕掃過自己，便停在顧言身上，兩人的眼神似在這清晨獵獵寒風中打了個交錯。

顧言勾起嘴角，挺著背抬手作揖，清朗的聲音迴響在長街上。「拜見謝大人。」

謝朓定在原地，眯起眼睛，仔細地在晨光裡勾勒出少年的身形，先是不可置信，再是一點點沈下去，眼神複雜，糾結沈思許久，最終把那點光壓在歲月侵蝕的眼角，側過臉對旁人道：「無關人等，把人趕走。」

「聽到沒，還不快走！」

「誒……」

兩人被門房推開，馬車從兩人身旁擦肩而過，向著路口越駛越遠。

蕓娘踮著腳伸長腦袋望，直至再也看不到那馬車了，才回過頭，對著顧言道：「誒，他怎麼就這麼走了？可我瞅那謝大人的眼神分明是認識你的啊。」

顧言面色未變，他直起身子，瞟了眼那車子遠去的方向，淡淡道：「不是不認識，是不敢認，誰都希望從前是乾乾淨淨的。」

蕓娘一愣，眨了眨眼，好像聽懂又好像沒聽懂。

但不妨礙她理解當下的狀況，那就是投靠謝府這條路走不通了。

她犯了難，因昨天住店把錢都花完了，現下她口袋可比臉還乾淨，怕是再多一個銅板都掏不出來了。

兩人走到正街上，街市正熱鬧，各種食物攤冒著白騰騰的熱氣，叫賣聲、車馬聲順著天邊的日頭爬了上來。

走到個餛飩攤邊，蕓娘只瞟了一眼，腳下便走不動了。

那餛飩煮得白白胖胖，在鍋裡起起伏伏間冒著股肉香來，湯麵上浮起油亮的光澤，讓人移不開眼。

「餓了？」

顧言瞥見她眼睛都快掉進鍋裡，停住了腳步。

蕓娘恍然回神，顧言不問還好，一問她肚子就咕咕叫了起來，這幾日為了趕路，都是只啃乾糧，連頓熱飯都沒得吃，偏那老闆拿著個笊籬還一個勁地招呼著。

「小娘子，喜歡吃就叫小郎君給妳買一碗吃，我這餛飩可是祖傳的手藝，咬一口包妳滿嘴香。」

「不、不用了。」

蕓娘擺擺手，扯著顧言要走，顧言卻拉住她的手腕，在攤子上坐下，回頭揚聲對那餛飩攤老闆道：「店家，給煮上兩碗。」

蕓娘一聽，急急攀住他的胳膊，眼睛瞪得圓圓的。

「顧言，我們窮得只能喝西北風了，哪來的錢吃餛飩？」

顧言目光微涼，從筷籠裡抽出一雙筷子，用熱水澆了澆後遞給她。

「妳且吃妳的，我自有辦法。」

雖然顧言這麼說，但蕓娘兜裡沒錢，心裡很是忐忑。

可不多時餛飩端了上來，這餛飩是豬肉白菜的，咬下去一口肉汁暈開在舌尖，香香嫩嫩，那湯頭還加了幾滴芝麻香油，吃了餛飩再呷口湯，從嘴巴到喉嚨眼都是香的。

蕓娘本就餓著肚皮，幾口餛飩下肚，把什麼擔心都忘了，等到端起碗把湯都喝了個精光，這才發現眼前人不見了。

她放下碗，擦了擦嘴，才看到他碗裡餛飩沒動，湯都涼了，人卻沒了蹤影。

他去哪裡了？

難不成、難不成顧言走了？

蕓娘抬起眼在市集裡掃了一圈，人頭攢動中，哪裡有顧言的影子？寒風擦臉而過，剛吃餛飩的那口熱氣在心頭已下去，一時間只剩下不知所措。

店老闆見到她這副模樣，也順嘴問道：「小娘子，可吃好了？妳家小郎君呢？」

蕓娘絞著指頭，咬著嘴唇。「他，他……」

她心裡也沒了底，莫不是、莫不是顧言早就想好要走了？

蕓娘看著街道上人來人往，晨光打在腳底下，每個人都行色匆匆，彷彿有做不完的事，使不完的勁，只有她孤零零地坐在一旁的小板凳上。

也是，她一窮二白，顧言想走也是自然，他熟知大周律，想必區區一紙婚書也困不住他……

蕓娘想得明明白白，可就是覺得剛才吃下去的餛飩堵在心口，噎得發慌。

她垂著腦袋，想著前世其他人對她說過的話。

是了，她自小在鄉村裡長大，是個粗人，還不會說話，老戳人心窩，怎麼會有人受得了她？

蕓娘的手把裙邊越抓越緊，彷彿自己在跟自己較勁兒，突然，眼前的光有些變化，長衫掩著一雙布鞋緩緩出現在眼底。

「吃好了嗎？」

熟悉清冷的聲音在耳邊響起，蕓娘怔了下，緩緩抬起頭，看向來人，眨了眨眼。

「怎麼了，哪裡不舒服嗎？」

顧言瞧她怔怔看著自己，臉色蒼白，吃個餛飩怎麼白日見鬼了一般？

「沒、沒。」蕓娘急忙起身，一把拉住他的胳膊。「你去哪了，我、我以為……」

以為他走了，就像他在雪地裡被她撿到那時般突然出現，又會在某個時間默默離開……

「還要吃嗎？」顧言垂眼看她，看來沒事，怕不是沒吃飽？

蕓娘心有餘悸，急忙搖搖頭。「不吃了，再也不吃了。」

天知道，她只不過是吃了碗餛飩，就差點弄丟了個相公，未來的大靠山。

顧言瞧著她緊張兮兮的樣子，像是突然明白了什麼，他站在原地，瞥了她一眼，似暮春之初的清寒化在眼底，頓了下，淡淡道：「我沒走。」

蕓娘一怔，看顧言從懷裡取出錢袋給餛飩攤老闆結了帳。

「顧言，你、你哪來的錢？」

少年站在晨光裡，目光流轉，從骨子裡透出些溫潤來。

「我把自己的玉珮當了。」

蕓娘心裡頓時像是被什麼東西狠狠地揉了下，一時所有的話都堵在嗓子眼，一句也說不出來。

顧言原以為有錢她便會高興，可見她聽到這話，連平日的笑臉都沒有了，不禁微微蹙起眉頭。

蕓娘只是睜著大眼睛看著他，雖然她沒問過，可也知道能讓顧言流放千里都帶在身邊，上面刻有他姓名的玉珮，對他而言必定是極珍貴的東西。

可現如今，就為了讓她吃碗餛飩就當了？

都說人窮見人心，前世今生，蕓娘從沒被人這般待過，一時間心裡又酸又漲。

阿爹在時也只求有口飯吃就行，至於她喜歡什麼、不喜歡什麼，窮人家哪來那麼多心思，光活著就已經夠費勁了。

「你……」蕓娘咬了咬嘴唇。「誰讓你賣的，真是個養尊處優的少爺！」

顧言一怔，看著蕓娘將錢袋拿了過去。

「那玉珮是多值錢的東西，讓人家誆了都不知道。」

說完，她擼起袖子，四下一望，朝著當鋪氣勢洶洶地走過去。

顧言眼睛瞇了瞇，慢悠悠地跟了上去。

「哪個騙我相公東西的？」

櫃檯後的夥計被這嘹亮的聲音一震，一抬眼是個圓臉少女站在門邊。

當鋪的掌櫃趕忙提著直綴弓腰出來。「小娘子，火氣這麼大，可有什麼事嗎？」

蕓娘眼睛瞪得滾圓。「掌櫃的，我相公剛來這裡當了一塊玉珮，你可還有印象？」

掌櫃瞥了眼她身後清俊的人影，眉頭一皺。「這……」

他剛還慶幸今日撿到了寶，那玉珮一看就是宮裡出來的好東西，價值連城，到手了哪還有吐出去一說。

就在他猶豫間，小娘子細眉一挑，又說道：「我家這不爭氣的，背著我拿東西出去當，回去我還要收拾他呢！你要是今兒個不把東西退給我，可別怪我在這裡鬧啊！」

掌櫃抬眼瞧了眼這小娘子身後那個「不爭氣」的相公，丰神俊秀，氣度不凡，哪裡都不像會輕易被騙的人啊。

「小、小公子……」

顧言微微垂下眼，清清冷冷道：「我聽我娘子的。」

當事人都這麼說了，掌櫃只得咬咬牙承認。「有是有……」

「掌櫃的，你別為難，我也不虧你，我拿別的東西跟你換。」

掌櫃愣了下，就見那小娘子將一塊純金長命鎖拍在櫃檯上，雖說這鎖不及那玉珮看著精貴，倒是真金實銀的物件，掂起來有些分量。

顧言站在身後，微微一愣，想到那日她豁出性命衝回火場找那長命鎖的模樣，眼神掃過她。

「小娘子，妳可想好了？」掌櫃輕輕問道，要是她再三番五次來鬧，他可是招架不住。

蕓娘垂下眼，手中握著自己的長命鎖，心裡猶豫了下，雖說陸家待她不好，但畢竟這長命鎖是從小傍著她長大的東西，也算是一點念想，當真要給別人又有些捨不得。

可一想到，開春就要科考了，總不能讓顧言和她一起居無定所、吃了上頓沒下頓吧，再說，她這輩子也下定決心不回陸家了，留著這東西並沒用。

想到這兒，蕓娘咬了咬唇，沒再猶豫，把手裡的長命鎖決然地遞了出去。

「掌櫃，我想好了，只管當就是了！」

「按理說以你們提的那價錢，我是不會介紹這間屋子的，可到底與你們有些眼緣，我才領你們來。」

牙婆扭著身子，腰間的鑰匙串叮咚作響，她手向前輕輕一推，「吱呀」一聲門被推開。

蕓娘一腳跨過門檻，走到屋子裡，回過頭喊了聲。「顧言，進來啊，還站在那做什麼？」

窗外灑進的光影似有微塵浮動，顧言倚在門邊，低頭摩挲著手裡的玉珮。

他本想著賣了這玉珮換些錢過日子，算是還了蕓娘的救命之恩，可沒想到這傻姑娘竟把玉珮拿回來，把自己的長命鎖賣了。

剛在牙行裡她又不知累繞了幾圈，一路風風火火地找房子，似乎已經把剛才當鋪裡的事丟到了腦後。

說來也奇怪，她總是不在意為他做了些什麼，對他好就似天經地義一般。

「顧言！」

屋子裡的人又喚他，顧言一挑眉，把玉珮收進懷裡，一腳踏進了屋子。

蕓娘緩步在屋子裡走來走去，嘴裡念念有詞。「你瞧這樣好不好？東邊堂屋透光，擺張桌子你可以看書，西邊屋子用來做灶房，灶臺不對人，也不會再熏著你……」

顧言摸著窗框，眼簾微垂，輕輕地問：「當了那長命鎖換間破屋，不後悔嗎？」

蕓娘不明白他怎麼還惦記著這事，對她來說，這錢現在雖然是花在顧言身上，但日後可是要還的，自然值得。

「不後悔，給你的就不後悔。」

說完，她輕輕推開窗，一股涼風送了進來。

院子裡有棵梅樹，長長的枝枒探進了窗裡，她輕輕碰了碰那花苞，有風過，吹落幾片花瓣，恰巧落在她髮邊，花襯人嬌，她毫不自知，只扭過頭道：「到開春了可以在窗前種些夜香花，不用管它自己就會長一大片，到時你就在這裡讀書，滿屋子都是香味。」

顧言走過去，立在窗前，瞥了一眼。

「夜香花恐怕不行，這地方太陰，容易招蚊蟲，倒是可以種些忍冬，一年到頭都能看到些綠。」

話音將落，他微微俯下身子，蕓娘不知他要做什麼，不自覺縮了下脖子。

可白淨修長的指尖捏起那削薄的花瓣，輕輕在指尖那麼一揉搓，像是把她也捏在指尖輕揉慢撚，逸出淡淡花香。

他看著她半晌，眼下的那顆淚痣分外勾人。

「還真是個傻姑娘。」

「你才傻呢。」

明明年關剛過，天還泛著寒氣，蕓娘卻覺得熱氣騰騰，忙移開眼。

「那就選定這裡了，我去簽書契。」

蕓娘逃難一樣快步走出屋子，臉上的熱也褪了下來，暗道顧言長得好就是占便宜，要是她真是十五、六的小姑娘，恐怕連魂都叫他拐走了。

蕓娘轉身就和牙婆簽訂了房契，有了地方住便該過生活了。

將屋子裡大概安置了下，顧言說去書肆看看，一來為考試買些書，二來找些筆墨活計做。

於是兩人便分頭行動，蕓娘獨自去市場買糧食，剛在米行秤了幾斗粟米，就聽前面傳來鬧哄哄的聲音。

她順著音望去，只見數十名粗壯男子在街上推推搡搡，所到之處攤販紛紛如見到洪水猛獸般匆匆避開。

「怎麼了這是？」

蕓娘抱著米探頭朝外邊瞟了兩眼。

米行老闆看到這情況，深深嘆口氣。

「這些人都是街上的混混，今年莊稼收成不好，有些田莊大戶就夥同這些混混乘機抬價，上次官府整治過，抓了些人，可到頭來，大戶買通小吏，又把這些混混給放了出來，你們快走吧，要是讓他們看見我賣糧食要惹麻煩的。」

初來漳州，蕓娘自是不想惹這麻煩的，可來不及出門，只見一片陰影落在米行門前，蕓娘一抬起頭，看著來者不善的幾人，抱緊懷裡的米。

「你們要做什麼？」

幾個混混把米行給圍了個水洩不通，兩旁小攤販紛紛散去，為首那混混面黑鼠目，正巧堵住蕓娘去路。

「誰許妳買米的啊？」

蕓娘細眉一挑，還未開口，米行老闆迎出來，一個勁地弓腰賠笑。

「各位，怎麼才隔了幾日又來了？今兒還不到交錢的日子吧。」

混混掃了眼門前的招牌，指著那牌子上的價錢囂張道：「我不是說了，你這一斗米至少都要十五錢，不然不准賣。」

米行老闆為難道：「這、這我一家老小也是要吃飯的，價抬得那麼高，米陳了都賣不出去啊。」

「賣不出去？」那混混眼睛一轉，陰惻惻地向老闆身後一掃，就看到了蕓娘懷裡的米袋，豎起眉毛道：「這不是賣出去了？她買了那便要補錢。」

錢？

蕓娘現在最缺的就是錢，一聽誰跟她提錢那就是要她的命。

那混混伸手想搶她懷裡的米袋，她立時反手一把抓住他的手腕，那小混混一怔，正要用力，卻被藝娘向後一掰。

「啊！」

他痛喊一聲，作勢要撲上來，藝娘再順勢向後一拉，一個大男人生生被個小姑娘拉了個趔趄，重重地撞向一旁堆放的米袋上，「砰」一聲，隨後又一頭栽在了地上。

人群中響起陣陣驚呼，其他混混見狀作勢要衝上來，就在這時，一行皂吏湧進米店，最後面跟了個穿官服的人。

米行老闆立即變了臉色，慌慌行禮道：「知事大人！」

混混們見來人了，也紛紛不敢動手，立在一邊，地上的人暈暈顛顛從米袋下爬起來，惡人先告狀道：「知事大人，這小娘們動手打人！」

藝娘忍不住也開口辯駁。「明明是你……」

但那混混顯然經歷過很多次這樣的事情，立刻插嘴喊道：「空口無憑，誰看見了啊？」

藝娘眉頭越皺越深，掃了眼四周，只見米行老闆縮著脖子，像個鵪鶉一樣，偏過腦袋不敢多說話。

知事大人眉頭一皺，看著這哄哄鬧鬧的情景，乾脆也不判誰對誰錯，直接抬手指著藝娘道：「把她帶回衙門去！」

米行外圍觀的人紛紛搖頭唏噓，那混混身後有大戶作保，就算被帶回公府，只要交點錢不過關兩天就放出來了，可憐那小娘子了，攤上了這些事，驚動官府可就難善了了。

此時米行外聚集了更多的人，足足把路堵掉大半，一輛馬車正行駛過這條路前，此刻也只能被迫停下，馬車裡坐著的謝眺皺起了眉，問道：「前頭怎麼了？」

車伕道：「大人，有人鬧事，前頭路堵了，知事大人正在處理，大人要不要繞道？」

忙了一天公務，此刻聽到有人鬧事，謝眺只覺得一陣頭大，本欲讓車繞道，可是剛要放下簾子，餘光掃到人群圍觀的米行，看到了一道熟悉的身影。

她是……

謝眺看到了蕓娘，認出她是早上隨顧言前來找他的身旁人，不禁眉頭微蹙，對著外邊的車伕道：「先等一下。」

他得看看這是什麼情況。

與此同時，米行裡，皂吏朝著蕓娘走去，就要伸手拉人，可就在這時——

「且慢！」

一個聲音從人群嚣雜中穿透而入，眾人回頭，只見一個清秀挺拔的少年帶著兩本書從人群中走進店裡。

他撩起眼皮，冷冷掃過在場的人，目光落在皂吏抓著蕓娘的手上，眼神頓了下，對那知事大人道：「大人，我家娘子蒙昧，不知做了何事引得這番興師動眾？」

那知事大人身邊的皂吏瞥了他一眼，喝道：「你是什麼東西，也敢這般與大人說話，當街尋釁滋事，自是該抓。」

「尋釁滋事？」

顧言微微一笑，清淺靦覥。

「大人怕是抓錯人了，我家娘子一貫膽小不經事，柔柔弱弱，性子最是溫和不過，連隻螞蟻都掐不死。」

聽到這話，蕓娘輕挑了下眉，默默把剛剛推人的手縮在身後，無辜地配合顧言眨了下大眼睛。

米行老闆和混混都瞪大了眼睛，好傢伙，這小郎君不是光天化日說胡話嗎？這小姑娘剛一把就將人推倒了，哪裡柔弱無骨？還連螞蟻都掐不死？

人群中則是響起竊竊私語，多是看到個十五、六的小姑娘被欺負偏向蕓娘的，畢竟民怨積累已久，少不了心裡憤憤不平起來。

混混見情勢不對，急忙站出來說：「一斗米十五錢，她買了米，沒給夠錢，自是不能走的，大人我也沒做錯！」

只聽得輕笑一聲，混混一愣，只見那少年直起身子，眼神寒意逼人，看向他悠悠道：

「十五？你可知，汴京城的米一斗不過才十三錢？」

聽到這話，知事心裡一緊，他正色審視起眼前的少年，只見他作了個揖，話音異常冷靜。

「大人，我娘子買個米被人相脅事小，可漳州偏隅之地何敢米價比汴京還高，傳出去知道的是這些潑賴哄抬米價，欺行霸市，不知道的還以為是大人授意，幫他們掩飾罪行，剝削鄉民……」

「大膽！」

知事面色一變，急急喝住。

顧言只是輕輕抬起眼，意味深長道：「我也知大人本意不是如此，但大人想想那胥吏欺官的事還少嗎？到頭來長厚受其挾制，莫敢伊何。」

知事聽到這，臉色沈如水。

他把這些話聽進了心裡，上面的人不介意這些大戶和鄉黨勾結糊弄百姓，但非常介意被糊弄。

這些大戶養的混混平日裡欺負百姓倒可以睜一隻眼閉一隻眼，但如今事情鬧大，這些混混還是這副弄虛作假的樣子，可就真是不把官府放在眼裡了，若是鬧上去，說他漳州城知事都管不住米價，到時倒楣的就是他了。

知事深深看了眼顧言。

「年輕後生，不知天高地厚，有些事說著明白，但沒那麼容易做。」

顧言垂下眼，輕輕道：「大人說得是，可如果這世上的事都那麼容易，那也就不用做了。」

知事臉色如鐵黑，掃了那幫混混一眼，眼底如陰天裡堆積的黑雲翻滾。

這事是有些難辦，可到底他把顧言剛才那些話聽了進去，權衡利弊，當然還是命重要。

知事心下一橫，對著眾人厲聲道：「把這些地痞無賴都給我帶回去！」

四周人皆是一愣，還沒反應過來，那混混已經被皂吏推推搡搡、罵罵咧咧押著帶走。

見此情形，米行老闆看蕓娘的眼神都不一樣了，待官府的人離開後，還恭恭敬敬地將她和顧言送到門邊。

走在回家的路上，蕓娘抱著米袋，看了眼顧言手裡的書，疑惑地問：「你怎知我在米行出了事？」

顧言瞥了她一眼，回道：「我正抄著東西呢，就聽街那邊說，有位小姑娘把個大漢給揍了。」

這話似曾相識，蕓娘不自在地清了清嗓子，怎麼她三番兩次在顧言面前都是這副模樣？眨巴了兩下眼睛，盡力無辜道：「我、我也沒使勁，誰知他那麼不經推。」

顧言淡淡一笑，桃花眼微微上挑，瞥了她一眼。

「嗯，我信。」

信？他信了才有鬼呢。

蕓娘一挑眉，她雖然性子直，可這好壞話還是聽得出來的，這顧言分明是揶揄她呢。不過，看在這人剛幫她解圍的分上，她就不與他計較了。

兩人回到剛租的屋子裡，開始動手收拾起來。

這房屋顯然是好久沒人住了，邊角窗臺積滿了灰，清掃後，蕓娘再鋪上新買的被褥，鬆鬆軟軟的，帶著些晾曬後的清爽味道，讓這屋子裡有了絲煙火氣。

算著該用飯的點，蕓娘便將白天裡買的粟米下鍋，不過半晌，熱氣騰騰的白粥就出了鍋，就著一碟香油拌好的霉豆腐，這便是一餐家常飯。

蕓娘捧著碗坐在燈下，看了半天，卻不動筷子。

顧言洗完手拿著帕子擦手，瞥了她一眼。

「怎麼了？」

蕓娘掃了這屋子一眼，感慨道：「我只是沒想到，這麼快我就又有家了。」

顧言頓了下，微微垂下眼，宣德門前的血色腥味彷彿在鼻尖縈繞，自那夜太子宮變後，「家」這個字對他來說恍如隔世。

蕓娘一邊用筷子攪著粥，往日情懷化在細碎言語間。

「我從小和阿爹相依為命，以為村子裡的兩間茅草屋就是家了，後來阿爹走了，我才明白，有屋子不是家，有人才是。現在我不是一個人了，我有屋子住，能吃飽飯，還有同我一起吃飯的人，這可不就是有家了？」

說完，她轉過身來，一雙亮亮的大眼睛盯著他。

「顧言，你說是不是？」

顧言抿了抿嘴，長長的睫毛在油燈下落下一片陰影。

不知該說她容易滿足，還是心思簡單？有瓦遮頂，有粥填肚，就覺得是個家了，可偏她這麼說著，讓人不忍將這單純的念想打破。

「誒，對了，我還備了一個東西。」

顧言一挑眉，只見蕓娘從袖口裡掏出個本子，看來像帳本。

「這是從哪裡找來的？」

「我剛掃屋子的時候在角落裡撿到的，想是前任屋主留的。」蕓娘邊說著，朝顧言伸了伸手。「把你今日買的筆墨拿來。」

顧言不明白她要做什麼，起身取來筆墨放在桌子上。

他撩起袖口把筆架在蕓娘手裡，眉梢在油燈下一挑，問：「可要我給妳磨墨？」

「那便辛苦你了。」

蕓娘煞有介事地點點頭，一點也沒謙讓。

顧言挑了下眉，量好水倒進一個空碗裡，取墨塊慢慢研磨，邊磨邊打量著蕓娘，只見她臉色肅穆地在本子上寫著些什麼。

到底是沒忍住，他湊近了些。

「賣阿花，二兩；上山採藥，一百錢；長命鎖，三十兩……」

「這是些什麼？」

「帳目啊，人情換成錢，這是你欠我的，日後可都是要還我的。」蕓娘咬著筆桿，歪腦袋道：「不對，不光是你欠我的，我還得把你為我做的也記上，這帳才公平。」

說著，蕓娘埋著腦袋，吭哧吭哧繼續寫著，嘴裡還嘟嘟囔囔。「幫我解圍退婚，算二十錢好了；進火場救我一命，嗯……這得記個一百錢……」

一條條聽下來，像是條條暖流緩緩在燈光裡疏散，顧言瞇起狹長的眼睛，真是想不到才短短一個月，兩人已經經歷了這麼多事。

「還有那餛飩，十文錢……今日幫我辯解脫身，算個五十錢吧……」

可顧言越聽越琢磨出點不對頭來，怎麼他欠的都是幾兩幾兩地算，到他還的時候就是幾十錢、幾錢的還，這得還到猴年馬月去？

似注意到顧言眼神不對，蕓娘瞥了他一眼，理直氣壯道：「你別起疑心，我可是再公平不過了，你瞅瞅，一條都沒漏，你可別想賴帳。」

顧言掃了一眼那密密麻麻的帳本，正想說就這點東西，自己也不會賴她。

可話沒出口，就聽有人敲門，燈下蕓娘和顧言神色都是一怔，這麼晚了誰會來呢？

顧言斂起神色，瞥了眼敲門聲傳來的院子，摁住要起身的蕓娘，淡淡道：「我去。」

蕓娘見顧言起身走到黑乎乎的院子裡，打開木門，人聲順著夜風飄進屋裡——

「謝大人請郎君到州署府相見。」

蕓娘一怔，心裡隨著夜風打著轉，看著眼前涼透的米粥，心裡直犯嘀咕，那謝朓不是早上裝作不認識顧言，怎地晚上就要見顧言了？

夜入州署府，廊腰縵迴間偶然有僕人低著頭提著燈從眼前走過，梅花樹上掛著紗燈，風一吹，透著朦朦朧朧的光亮，屋子裡的說話聲細細碎碎地傳出來。

「許久不見。」

謝朓背對著顧言，拉長了音，在書桌前踱了幾步。

「今日你在鬧市說的那話倒有些意思。」

顧言一挑眉，只盯著桌上燈外的綃紗垂下眼沒有回話，不知謝朓今天在哪裡看到了他，不過有些話聽聽就好，反而是說這話的目的才值得細思。

謝朓瞥了他一眼，負手道：「開元年初，我離京的時候，也是這麼個寒冬將過的日子，出京那日你祖父顧閣老站在長亭對我說『謝朓啊，別管你做了什麼沒做什麼，在聖人眼裡，你我不過皆是蜉蟻，走了就別再回來』。」

說到這兒，謝朓話音頓了頓，回頭看向顧言。

「這話如今我也說給你聽，早上我一見你，即知你是來求我的，但我不能幫你。」

顧言一挑眉。「大人不試試，怎麼知道不成呢？」

謝朓嘆了口氣。

「顧言，顧閣老幫過我，這道理我才說給你聽。你顧家一夜覆滅，亦大道所至，事有合宜，有些事合該你遭了，那就只能嚥下去，過你該過的日子。」

「該過的日子？」顧言微微撩起眼，眼角眉梢有些嘲弄，眼神卻泛著森森寒意。「大人覺得我該過什麼樣的日子？」

謝朓一頓，看向他，語重心長道：「反正離官場遠一些吧，你我只不過是蜉蝣，若有出事那一日，誰都跑不掉，熙攘繁盛，順應而活，這才是世理。」

「順應而活？」顧言嗤笑一聲。「大人可知邊戍流放每日要受多少杖？四十五杖，皮破肉爛不人不鬼，可顧言還活著，那便是天容我，鯤鵬展翅九萬里，不見蜉蝣萬千，待等到蜉蟒撼樹那時，便是改天換日之時。」

謝朓聽到這話，面色肅然，半晌沒出聲，眼裡有著猶豫。

「你待如何啊？」

顧言收起眼底的寒意，面色淡然。

「我要大人為我科舉做擔保。」

謝朓沈下氣，來回踱了兩步，案桌上的香籠升起淡淡的煙霧，把人的心思也帶得縹緲起來。

他回頭審視著跪著的少年。

「太子一夜之間死得不明不白，景王和裕王一點風吹草動都盯著不放，我若這回幫了你，對我有什麼益處？」

顧言抬頭，直直望進他眼裡，眸子如暮春驚蟄的雨水，透著絲絲涼意，薄唇輕啟。「若將來大人有難，我願保大人闔族性命安康。」

天色漸晚，一盞飄搖的燈隨著馬車緩緩從遠處駛來劃破黑暗，到了漳州城門下，那馬被車夫一拉，停了下來。

車伕壓低了眉眼對車內的人說：「小姐，到漳州了。」

馬車裡響起嬌縱輕揚的聲音——

「安歌，要我說啊，妳為找這妹妹也是費盡了心思，縱使妳不是姨母親生，憑著這份心，表妹若真找了回來，這輩子都應對妳感恩戴德。」

聽到這話，車裡又傳出個溫婉入骨的聲音，輕輕柔柔融在風裡——

「春兒，話可不能這麼說，我畢竟不是夫人親生的，到底不能和妹妹相提並論。」

說著車簾被一隻如蔥白的手掀開，燈下露出一張精巧的鵝蛋臉，眼如秋水，像極了江南水鄉漫散的煙雲，只需一陣風，那煙雲就化成了一汪柔柔的水，任誰看著都不由得軟下了心腸。

陸安歌掃了眼不遠處城門邊，暗暗夜色裡有人影立在寒風中，見到馬車便緩緩走來，直走到馬車前，恭敬道：「見過大小姐、表小姐。」

陸安歌迫不及待地問：「可真找到我妹妹了？」

那兩人立在車邊，縮著腦袋，身子藏在陰影裡，見不得人一般，可當馬車上的亮光晃過，陰暗處的角落照得一清二楚，這兩人赫然是張娘子和沈海。

聽到問話，張娘子動了動身子正欲回答，沈海陰惻惻刮了她一眼，張娘子臉色泛白一頓，趁著這功夫，沈海貓著腰上前。

「小姐，是真的，小的親眼見過那人的長命鎖，那麼大個、純金的，還有龍鳳呈祥的花紋，上面刻了個『陸』字。」

陸安歌聽到這話，耷下眼皮，眼神在燈下波光流轉，透著一絲陰狠，可抬起眼，彷彿剛才只是錯覺一般，依舊是那副柔弱的模樣，對著沈海微微點了點頭。

「你做得很好，我妹妹現在人在哪裡？」

沈海抬起臉，咧嘴諂媚的一笑，殷勤道：「小的給您打探清楚了，陸蕓也進了城，剛租了個房子，就在東街巷口……」

第五章

顧言從州署府出來，浩然長空一片黑色寂寥，天外相接的地方泛著些青紫的白，像是漫漫黑夜後，終於望到的一點點盼頭，他深深呼出一口氣，繼續朝前方黑夜中走去。

此時的蕓娘則在東街巷的屋裡，趴在桌上，撐著腦袋，心裡直犯嘀咕，顧言怎麼都這個時辰了還不回來，外面漆黑一片，她眼皮沈沈地不住往下墜。

終於響起推門聲，她猛地抬起頭，看到顧言夾裹著一身寒氣走進屋子裡，急急起身關切。

「回來了，你吃東西了嗎？我把粥給你熱一下。」

顧言見到屋子裡豆大的燈光，心中一暖，說不上是什麼滋味，就像是黑夜裡有點光亮，即使微不足道也能驅散嚴寒昏暝。

「不用了。」他一把拉住她的手腕。「妳怎麼還沒睡？」

顧言的手帶著黑夜裡的寒氣，像個冰坨子一樣，蕓娘打了個激靈，揉了揉迷濛的眼。

「你還沒回來我放心不下，去了這麼久，那謝大人同你說了些什麼呀？」

顧言瞥了她一眼，挽起袖子，倒了點熱水進盆裡，把手浸進去，淡淡道：「他答應今年可為我鄉試做擔保。」

蕓娘臉上一喜，眼角壓不住的雀躍。

「那你豈不是能參加考試了？」

顧言一挑眉，光下幽幽看著她。

「也不盡然，要想考試，現下還差個業師。」

業師？蕓娘一愣，隱約想起當初沈海來鬧事的時候說顧言沒有出頭之日，也提過業師這個詞，可到底這是個什麼，她並不知，圓圓的眼睛轉了下，問向身旁人。

「什麼叫業師？」

「凡科舉當有受業師，授兼經、論、策法，按大周律新頒的科舉論，如若沒有業師則不能參加科舉。」

顧言這麼一說，蕓娘就聽懂了，她皺起眉頭，略一思索說：「以前聽村裡的老秀才說過縣學裡有老師，要不然你就入個縣學……」

「不是說進就能進的。」顧言微微垂下眼，輕輕搖了搖頭。「縣學要看戶籍檔案，我家的案子還沒結清，進不了。」

這可就難辦了，洗漱後，蕓娘躺在軟軟的新被褥上，側躺在一邊，心裡琢磨著，好不容易見到那謝大人，又有了擔保，現如今只差個業師就能參加科舉了，怎麼都不能放棄。

趕考之路困難重重，也不知道前世顧言一個人是怎麼一路過關的，不過算一算，前世顧言科舉的時候確實比現在晚了幾年，想必也是因為自己的背景處處被人刁難吧。

「怎麼了？」

顧言往灶爐裡添了些柴，屋子裡被火熏得暖暖的，他回過頭見蕓娘躺在床上，直直地伸著胳膊腿，跟床燙人一樣，抱著團被子來回翻滾，眼角眉梢耷拉著，一副憂心忡忡的模樣。

「我在想要是真找不到老師，你今年開春的考試怎麼辦？」

顧言垂下眼。「這倒也沒什麼，不過就是緩一、兩年。」

「這可不成。」蕓娘猛地坐起來。「兩年也不短，你大好年華，何必白白耗在這裡受苦？」

最重要的是，錯過這回科舉，那她怎麼早日做大官夫人？她豈不是也要繼續跟著他吃苦受累？她才不要。

蕓娘想到這，雙手捧住顧言的手說：「你聽我說，你家的事不是你的錯，從來都不是！所以你千萬別犯傻，隔兩年才考科舉，現在有機會就要想辦法把握住，別辜負了自己的多年苦讀！」

官宦世家栽培自家子弟比之百姓寄望更深，從小就為了進入官場做準備，顧言自然也很急切，聽到這話，藉著微弱的光靜靜地打量著她，目光幽幽深深不知想些什麼。

倒是蕓娘望著那屋子裡微弱的火光，腦海中忽然閃過一道靈光，業師、科舉……前世認識的一個人劃過心頭。

她猛然抬起頭對顧言道：「對了！我想起來有一個人也許能做你老師，你可知道崔曙崔老先生？」

「原翰林院學士崔曙？」

「正是他。」

顧言微蹙眉，看著她。「崔曙舊曆十三年已經辭官隱居，妳怎會認得他？」

蕓娘連忙搖了搖頭，說道：「不是我認識，是我阿爹認識，崔曙當過定州府參軍，我阿爹當年還因為救他而斷了一條腿，故而兩人有過命的交情，我阿爹去世後他還專程趕來弔唁。」

蕓娘緩緩回憶著，其實前世她根本沒注意到這一號人物，只知道是阿爹的故友，是個做官的，可後來到了京城，這位老先生就起復了，召為太學博士，主張以文載道，即使後來朝堂動盪，這位老先生也足足七十多歲才辭官，是實打實名滿汴京的大學者。

她後來遇到崔大人的時候，他還多次提點關照她，說只要她願意，就幫她離開陸家找個好人家嫁了，可那時她被陸家的繁華迷了眼，白白負了這位老先生的好意。

聽到這話，顧言一怔，這崔曙通經史、工詩文，早年就在汴京享有盛名，只是性情孤僻，恃才傲物，這才辭官歸隱，沒想到蕓娘還有這段機緣。

顧言沈吟片刻，鳳眸微挑。「妳可知他現在在何處？」

「可巧了。」蕓娘輕輕一笑，笑盈盈看著他。「這崔老先生現在就在漳州。」

天際微微泛起白光，雖說眼瞅著大寒將過，就是立春了，可是這倒春寒也是冷得厲害。早上起，天邊積攢著些暗淡不清的陰雲，那雲邊捲著些冷風翻滾著，彷彿隨時就要從天邊夾著風雪壓下來。

天雖然冷，但蕓娘想著今日要和顧言去見那崔老先生，她還是早早從暖和的被窩裡爬起來。

穿戴齊整剛走到門邊，她一摸袖口，轉頭對身後喊道：「顧言！鑰匙落屋裡了！」

顧言聞言，本來要跨出門的腳一頓，轉身又回到了屋子裡。

蕓娘轉身走向院門口，伸手剛推開門，卻不料門口站著兩個衣著華麗的年輕女子，其中一人見門打開，立時上前一把抓住了她的手。

「妹妹，我可終於找到妳了。」

蕓娘一愣，緊接著一個囂張跋扈的聲音在她耳邊響起——

「安歌，她就是姨母的親生女兒嗎？長得也不怎麼樣嘛。」

她一掃面前兩人，眼裡閃過晦暗不明的光。

先頭說話的那人不是別人，正是搶了她的身分，在陸家長大的假千金陸安歌。而至於後頭這驕橫之人，是陸家夫人姪女，譚春兒。

「春兒別胡說。」陸安歌又轉向蕓娘說道：「妹妹，都怪我不好，這麼晚才來尋妳，讓妳受苦了。」

陸安歌話音真切，晨光打在她臉上，一看就是尊養出來的小姐，膚色白皙，像豆腐花裡才打出來最細膩的白膏。

蕓娘已認出她來，一直沒說話，只在心裡偷笑。

陸安歌在外人面前，總是一副柔弱可人的樣子，可你要真信了她這副模樣，那可真會被啃得骨頭渣都不剩，上一世她便傻乎乎地信了，才落得那般下場。

前世，她初到陸家，陸安歌便以長姊之姿對她百般親近，她那時對她深信不疑，可是陸安歌卻利用她這份信任設下了圈套。

為了把她趕出京，陸安歌使出了惡毒的計謀，在一次宴席上故意讓下人將她騙到了一間屋裡，與陸安歌訂婚的吏部之子林賀朝獨處，屋裡還點著催情香，雖然她最後仗著力氣大，迷迷糊糊順利逃了出來，沒發生什麼事，可自那以後，她的名聲也徹底壞了。

之後陸安歌多次有意無意地編排她的不是，從此她便成了眾矢之的，連親爹娘也對這狀況置之不理。

後來，陸家嫌她在京丟人，她這溫柔至極的好姊姊提了個兩全其美的法子，就是將她送到別莊裡待著，這一待就是三年，最後終於活生生病死。

「妳是傻了是不是？怎麼不說話！長得膀大腰圓，一副天生蠢才樣，我說安歌啊，別是找錯人了吧。」

譚春兒在旁邊百無聊賴地扯著嗓子，用手指撥弄著被鳳仙花染得通紅的長指甲。

聽到這話，蕓娘垂下眼，如果說陸安歌是害人於無形的溫柔解語花，那譚春兒就是一隻橫衝直撞亂咬人的瘋狗。

雖說她們是表姊妹，但上一世，譚春兒也沒少欺辱她，不僅瞧不起她，又貪慕虛榮，因陸安歌與吏部大人之子訂了親，便巴巴地討好，總之，她最後落到那般任人唾棄的境地，也少不了這位好表妹的「功勞」。

這輩子再見兩人，她心裡仍舊厭惡至極，她果斷地從陸安歌手裡抽回手，附和道：「對，妳們一定是認錯人了，我不認識妳們，也真是晦氣，怕是因為過年少拜了神，大早上出門淨遇到些不乾不淨的東西。」

「誒，妳個村姑說誰不乾不淨呢？」譚春兒放下手，眉毛一挑，目光射向蕓娘，揚高語調，咄咄逼人。

倒是陸安歌從剛才的愣神中緩過來，柔柔地拉住譚春兒的手腕，微微搖搖頭。

「表妹，妳莫生氣，妹妹是突然見到陌生人心裡發慌，才會說這些話。」說著，她又泫然欲泣地轉過頭，抹著帕子對蕓娘道：「妹妹，妳別往心裡去，我們是妳的家人，特意來尋妳回去認祖歸宗的，剛才如果說了什麼不好聽的話都是無心之過，我們為了妳好……」

「為了我好？」蕓娘眉一挑，越發不悅了。

陸安歌用手絹擦拭眼角的動作一頓，淚眼婆娑地看著眼前的人。

只聽蕓娘不耐地揚聲道：「妳大清早在我家門口哭哭啼啼的，旁人不知道的還以為我家出了什麼事呢。」

蕓娘話頭一轉，又向著譚春兒道：「還有妳，張嘴閉嘴就是蠢才、村姑，說話這般不客氣，我倒是想問問，妳是哪門子的千金小姐？」

「妳、妳竟敢這般對我說話！」

蕓娘挑了挑眉毛。「難不成妳是什麼貴人，只許妳說別人，別人對妳就說不得嗎？」

「妳！」

譚春兒已氣得滿面通紅，話音引來晨間出門的街坊和路過行人圍觀，一時間眾人聚在一起，目光在幾人身上來回打轉，指指點點不斷。

蕓娘一掃譚春兒這副氣急敗壞的模樣，心下也覺得好笑，上一世自己怎麼會叫這麼個沒腦子的人拿捏住了？

再看向陸安歌，陸安歌只是略頓了下，隨後又柔聲道：「妹妹，妳莫要說氣話，我知道妳心裡還是埋怨我們來晚了，但不要因為這個嘔氣，我們都調查清楚了，妳有陸家的信物，就是我們陸家的小姐，現下在這裡無依無靠……」

蕓娘突然截斷她的話。「等等，誰告訴妳我無依無靠？」

說到這，人群中的街坊說道：「就是，蕓娘家裡不是還有她相公嗎？」

「相公？」陸安歌一愣，眉頭緊蹙，聲音猝然緊張。「妳、妳成親了？」

蕓娘揚起下巴，與她拉開些距離。

「對，我成親了，我有自己的家人。」

陸安歌垂下眼簾，輕咬著下唇，驀地抬頭，眼中閃過一道銳利的光芒。

「蕓娘，妳一定是被人騙了！」

蕓娘冷眼望著她。「我被誰給騙了？」

陸安歌瞇起眼睛，上前一步，聲音真切誠懇。「那哄妳成親的人啊！」

譚春兒在一旁冷冷的出聲。

「安歌，好言難勸該死鬼，妳管她做甚？妳當她這鄉巴佬能嫁個什麼樣的人，必是那窮苦的腳夫破落戶，醜陋不堪，行為粗鄙，極不堪入目之……」

話音戛然而止，屋門被推開。

「怎麼了？」

一道冰冷的聲音從身後傳來，譚春兒抬起頭，看清來人的那一刻，像根木頭一樣愣在了原地。

譚春兒平日在京裡最愛看話本，原以為話本裡面寫的面如傅粉、身姿雋秀都是假的，沒想到如今這俊美郎君就活生生地站在她面前，尤其是那雙鳳眼，波瀾不驚之間似含著春風化雨，讓人一對上目光就像是栽進去一般，進去就出不來了。

陸安歌一看來人，眼神迅速低垂，秀長的眉頭緊緊皺在一處，餘光細細打量著面前兩人。

蕓娘看著顧言，嘴裡一撇，不耐煩道：「大清早來了些不相識的人。」

顧言掃過門前的兩人，又看著氣鼓鼓、眼角眉梢都帶著不耐煩的蕓娘，輕描淡寫道：「既不認識，不理會就是了。走吧，莫要為這些人耽誤時間。」

「也是。」

蕓娘點點頭，轉身就要和顧言離開。

「誒，蕓娘！妳……」

陸安歌弱柳扶風地急急追上兩步，顧言停下腳步，冷冷瞥了她一眼。

只消這一眼，那眼裡的寒意像是穿透陸安歌心底，順著四肢百骸的骨頭縫兒一點點升起來，縱使晨光明媚，但這眼神卻是沒一絲溫度。

等回過神，那人影早已走遠，陸安歌收斂眉眼，掃了一眼四周圍觀的街坊，把紗帽放下，回過頭看向譚春兒，那譚春兒竟然還癡癡地望著那身影的去處。

陸安歌微微蹙起眉，小聲叫道：「表妹？表妹？」

譚春兒這才回過神來，臉上先是浮起紅暈，後又慘白，咬了咬唇。「她一個粗鄙的村姑怎麼配得上那般郎君。」

陸安歌瞥了眼譚春兒的神色，想到剛才顧言那寒意凜然的神色，眼裡閃過一絲精光。

天邊壓著陰沈的雲終於化成了細雪，紛紛揚揚落在肩頭，蕓娘髮上沾染了些雪片，她眉頭緊蹙，邊低頭悶聲向前走，邊想著剛見到的陸安歌和譚春兒。

上一世她去到京城才見到這兩人，沒想到這一世，她明明沒去京城，她們竟然找上門來了。

可這就奇了怪了，若說找回她是真為了讓她認祖歸宗，可上一世她回去後，陸府的人也沒對她多好，可如果不是為了這個目的，又是什麼原因，導致張娘子和陸安歌紛紛前來找她呢？

這麼想著，蕓娘腳下沒注意，微微一絆，正要往前倒的時候，一隻手扶住她的胳膊，蕓娘從思緒裡驚醒，正巧落在顧言眼裡。

「在想什麼？」

蕓娘覷著顧言，陸家那攤子事暫時還是不要告訴顧言為好，支支吾吾道：「沒、沒想什麼……啊！崔先生的宅子到了。」

說著蕓娘急匆匆地大步向前走去，顧言安安靜靜地望著飄雪中倉皇的背影，微微垂下眼，跟在身後。

崔曙的宅子在城郊山半腰，遠遠望去連著三、四間的屋舍，白茫茫的雪色中隱約可以看見那大門兩旁泛舊的紅楣，屋簷青瓦飛簷高高翹起，一盞細篾做的油紙燈籠掛在屋簷下，隨風輕晃。

蕓娘冒著風雪走到門邊，拍了拍衣裳，正要叩門，突然聽到一個聲音。

「你們是誰？怎麼敲崔先生的門呢？」

蕓娘一愣，抬眼望去，門邊不遠處走來個長袍厚襖年輕書生，身後還跟著個弓腰小廝，左右手掂著厚厚實實的紅木盒子。

「我問你們話呢，你們打哪裡來的，敢敲先生的門，還不知趣點自行離去？」

蕓娘打量了他一眼，見他抖抖袖口上的落雪，就要舉手敲門，她伸出手一把擋住。

「那你又是什麼人？為什麼能敲崔先生的門？」

「我家公子是今年縣試的案首張式，哪是你們能比的，快快讓開。」

小廝提著東西擠了過來，那書生張式聽到這話，拉拉衣領，抬起下巴，清咳一聲，斜睨蕓娘和顧言一眼。「崔先生這般大家，不是阿貓阿狗都能隨便見的。」

「貓貓狗狗」的蕓娘一挑眉，默默地站在顧言身旁，看那人恭敬地敲了三下門，過了片刻，門被拉開，一個小書童穿著厚襖子，手縮在袖籠裡站在門邊。

「問小先生安。」張式拱手俯了一躬。「學生乃去年年末縣試案首，特來拜見……」

「沒聽說過，先生最近身體抱恙，恕不見客，請回吧。」

說完，「啪」一聲門合上，話音戛然而止。

「噗！」

蕓娘沒忍住，捂住嘴笑出聲來。

張式轉過頭，臉上紅白交加，目光陰霾。

「妳笑我？」

「沒啊。」蕓娘斂起笑意，眨眨眼睛，指著天上道：「我只是笑剛才有隻鳥，不知天高地厚地直直往天上飛，誒，你猜怎麼著，掉下來了。」

「妳！」

張式上前一步，顧言卻微微擋住，冷冷看向他。

張式抬眼看他，上下打量後，輕蔑一笑。「兄臺，可有名諱啊？」

「顧言。」

張式囂張一笑。「這名字倒沒聽過，就憑你們也想敲開崔先生的門？」

顧言看著他這副狂妄模樣，落雪中帶些冷意，完全不想多加理會。

蕓娘烏溜溜眼睛一轉，上前擠開那小廝，小廝驚呼。「誒，妳……」

她拍拍門，這回倒是快，小童打開門，一張包子臉皺起來，嘟嘟囔囔道：「不見，先生說了不管來人是誰都不見……」

蕓娘俯下身子，從袖子裡極快地摸出一個本來給自己做零嘴的柿餅塞到他嘴裡。「甜不甜？」

小童眼睛眨了眨，嚥了嚥口水。

蕓娘一笑。「你去跟崔先生說，盧縣蕓娘求見，沈青山是我阿爹。」

小童把柿餅取下來，偷摸地塞進袖籠裡。

「那可說好，我只負責說，先生不見可不關我的事。」

「好，你只管去。」

「哼，作什麼夢！我家公子都見不到先生的面，你們更不可能！」小廝在一旁不屑道，說完跟在張式身後就要離開。

這時，門被猛然拉開，那小童小跑出來，氣喘吁吁地揚聲道：「姑娘！崔先生要見妳，請趕緊進去吧！」

張式猛然停住腳步轉身，吃驚地瞪大眼睛。

「你、你說什麼？崔、崔先生要見她？她、她……」

小童把手攢進袖籠裡，揚起圓圓的小臉，帶著稚氣道：「我家先生說了，快把蕓娘姑娘迎進來，屋外冷，別凍著了。」

聽到這話，蕓娘拉住顧言就要往門裡走，可就在腳下臨跨過門檻時，她突然一頓，回過頭眨了眨眼，嘴邊露出甜甜的梨渦。

「誒，張案首，下這麼大的雪，天寒路滑，慢走啊。」

說完蕓娘轉身和顧言一起進入大門，身後落下清脆的關門聲與張式氣急敗壞的叫罵聲。

「崔大人，他們都能進，憑什麼我不能進？我可是縣試童生第一名，今年春闈我必拔得頭籌，大人為什麼不肯見我？」

「公子！」

「別拉我，這個誰是叫顧言是吧！好，今年春闈我就等著你，一日天池水脫鱗，且看你我誰能高中頭名！」

漸漸地那聲音混著風雪夾雜在一處，壓在白茫茫的積雪之下，混沌得聽不清了。

小門童領著人進入一間屋子，來到書房外，遠遠地就能聞到那熏人的炭火味。

小門童恭敬地在門簾前作揖，稚氣青澀地揚聲道：「大人，客人來了。」

「快請進來。」

蕓娘示意顧言先待著，由她先進去看看情況。

她側過身，撩開厚實的棉布簾子，暖烘烘的熱意驅散了一身寒意，她一腳跨進了屋，彎起眼睛，微微屈膝做了個萬福。「陸蕓見過崔大人。」

她說完放眼望去，這屋子十分簡樸，一張几案、幾排塞得滿滿堂堂的書櫃，書櫃旁掛著一張雪中梅竹圖。

崔曙站在几案前，厚胸駝背，寡淡的眉眼間因為長年皺起，有兩道深深的輪廓，搭上那花白鬢髮平添幾分肅然滄桑。

他轉過身，看到來人，鬍鬚抖動幾下，眼角壓出幾分細長褶皺。「蕓娘，妳倒是比三年前見的時候長高了些，這些年過得可好？」

蕓娘揚起圓圓的臉，閃著大眼睛道：「崔大人，這些年蕓娘要說過得好也好、過得不好也是不好。」

「可是受人欺負了？」崔曙眉頭隆起，嘆了口氣。「都怪老夫糊塗，當年應在妳阿爹後事處理完就帶妳走。」

蕓娘搖搖頭，望著屋子裡燒得通紅的炭盆，輕輕道：「大人，我阿爹若是前腳走了，蕓娘就走，將他一個人留在盧縣多孤單啊，再說有我逢年過節給他掃墓說說話，也算有個人給阿爹解悶。」

崔曙看了她一眼，撫了兩下鬍鬚，點點下巴。

「好孩子，不愧妳阿爹養妳這麼多年，不過妳阿爹清貧，也沒留下什麼錢財，這幾年妳是怎麼過日子的？」

蕓娘眨了眨眼睛。「大人，你難道忘了蕓娘生來力氣大。」

「記得，但妳一個小姑娘……」崔曙側過頭，疑惑地看向蕓娘。

蕓娘咧嘴一笑。「我在市集做生意，還給人殺豬呢。」

「殺、殺豬？」崔曙一愣，目光複雜地道：「蕓娘啊，在市集謀生可不是簡單的事，十分辛苦，這幾年……可有人給妳說親啊？」

「有啊，那沈海給我說過一個傻子。」蕓娘偏過腦袋，崔曙聽後眉頭蹙起。「不過被我給趕跑了。」

崔大人點點頭。「嗯，這事做得有理……」

「後來我在雪地裡撿了個人成親了。」蕓娘輕快地道。

「咳咳。」屋子裡忽然響起一陣咳嗽聲。

蕓娘急忙上前幾步。「崔大人，您怎麼了？捂著心口做什麼？」

崔曙扶著桌角堪堪站穩，舉起茶盞呷了口熱茶順下氣，這才抬眼看向蕓娘。

「妳、妳剛說什麼？妳撿了個人成親了？」

蕓娘點點頭，聞著落在鼻尖的淡淡炭灰味，唇角浮起淡淡的笑。「說到這兒，我還想求先生幫幫我的夫婿。」她轉頭朝外喊道：「顧言，你進來吧。」

話音將落，門口那厚棉布的簾子被掀開，來人帶著一身風雪寒氣進了屋子。

崔曙一抬眼看清來人，單薄的眼皮一動不動，瞳孔放大，微駝的背像半截木頭杵在原地，眼前彷彿浮現那日宣德門邊慘淡的日光，降真香的香味從宮中甬道裡傳出，顧家滿門鮮血淌過朱紅宮門前的青玉階，唯有那小小少年挺直脊背，跪在那裡。

宦海沈浮多年，他從未見過那麼一雙清明的眼睛，彷彿那慘白中唯一的黑，靜得讓人膽戰心驚。

「怎麼是你？」

顧言垂下眼，頭上還帶著些潤濕的雪漬，恭敬的躬身作揖。「顧言見過崔大人。」

崔曙眉頭深深皺起，凌厲地抬起眼。「蕓娘，妳可知妳嫁的夫婿是個什麼人？」

顧言聽到這話，目光寧靜，倒是蕓娘目光炯炯映在窗外雪前，依舊笑盈盈的。

「我知道啊，大人，我知他家裡出了點事，可總會過去的。」

「過去?!」崔曙手背在身後，在屋裡快速踱步來回。「妳想得太簡單了，顧家是舊太子謀反的幫兇，犯的可是不忠不孝的大罪，聖人寬恕了顧言一個，沒讓顧家無後便已經是大恩了，蕓娘，妳同他攪和在一起做什麼？」

「崔大人，您這話說得不對。」蕓娘揚起頭。「我阿爹說過，這世上沒有不落的太陽，也沒有翻不了盤的事，我既已嫁給了他，便信他，他是我相公，我幫他也是合情合理，只希望大人也給他一個機會。」

「妳……」崔曙氣得很，偏又捨不得罵蕓娘，轉頭深深瞥了眼顧言。「你同我進書房來！」

兩人進了書房密談。

屋外的風雪颳過窗櫺，發出尖刺的嗚咽聲，崔曙來回踱步，臉上的神色如一窪化不開的死水，沈沈悶悶，在光下時明時暗。

顧言立在桌前，燭臺昏暝的光拉長了影子映在窗紙上，隨著門縫裡透進來的涼風搖搖晃晃。

他微微垂眼，聲音帶著絲寒意。

「我知先生顧慮些什麼，先生且當放心，顧言自當保蕓娘安康。」

「你拿什麼保？」聽到這話，崔曙猛然停下腳步，深深看了他一眼。「我且問你，若你回京，你是否要為顧家翻案？」

顧言抿了抿嘴，淡淡道：「血海深仇，自是要報。」

「那不就是了！」崔曙拍了下桌子。「你顧家如此下場可是聖人親自下的旨，你要如何翻案？這仇怎麼報？」

顧言微微抬眼，瞅著那燭臺將要燃盡的燈芯，靜靜道：「日落西山暮，當要看別處。」

崔曙一把抓起桌上的書甩到他臉上。「你狼子野心！」

顧言偏過臉，修長的食指一抹嘴角的紅印，撩起薄薄的眼皮，涼薄道：「做狼比做狗好。」

「你、你！」崔曙袖口顫動，話音裡有著懊惱。「自我從宣德門前見到你時起，我就稟聖人說不能留你，可你祖父到底是留了一手，用那絕筆青詞博得聖人憐憫，換得你保住性命，我崔曙這輩子沒服過人，可就服你顧家這揣測人心之術，可今日你要我送你上青雲，來日是要我崔曙做千古罪人嗎？」

「罪人？」顧言輕笑了下，緩緩說道：「大人做了這麼多年的官，難道還看不明嗎？故事怎麼寫，不取決於寫故事的人，若有一天我成了看故事的人，那便是大局為重，天下民生，何罪之有？」

崔曙聽到這話，一時間臉上青白交加，扶住桌角，敦厚的身體直發抖。

「滾！你、你枉讀聖賢書，心術不正，給我滾出去！」

天邊捲著雪飄飄搖搖落在院子裡，蕓娘本來撐著下巴坐在門檻上等顧言，卻只聽「砰」的一聲，書房的門從裡面被重重合上，而顧言站在門邊，孤零零的。

蕓娘急忙起身跑上前，拉住顧言袖口，一眼瞅見他白皙臉側上的紅印，踮起腳，伸手輕輕撫了上去。

「誒，這邊怎麼了？」

將要碰到的時候，顧言倒吸了口涼氣，卻沒有避開，任由身旁人用指尖拂過傷口，眼神在她身上徘徊，剛才的凌厲和寒氣也散去。

他沒有回答她的話，只輕輕道：「手這麼冰，怎麼不在屋裡等？」

「我坐不住。」蕓娘探著腦袋，順著門縫偷瞧著屋子裡的光亮。「怎麼了？崔大人不收你嗎？」

顧言垂下眼，淡淡道：「不收。」

「為什麼？你資質這麼好，難不成是嫌咱們沒跟旁人一樣帶著禮物前來？」蕓娘歪過腦袋。「不該啊，崔大人不是那種人。」

「蕓娘，」顧言望著她，一字一言道：「這世間有比窮更可怕的東西。」

蕓娘愣在原地，不解地望著飄揚大雪中的顧言，只聽他嘲弄一笑。「這大概便是我的命吧。」

雪落在腳下，顧言轉身，卻被一隻溫暖乾燥的小手拉住，那清脆的聲音在身後響起。「顧言，我陸蕓這輩子，偏不信命，我只信我自己。」

蕓娘再次看了眼那屋子裡的亮光，如果現在就這麼走了，那可真沒人肯給顧言做業師了，再一想到剛見到的張揚跋扈、假惺惺的陸安歌與譚春兒，難不成這輩子她離了陸家，就真不能活出個人樣嗎？

她不信，為了那未來的榮華富貴，她得搏一把。

蕓娘咬了咬嘴唇，轉身走到院中，正對著崔曙的書房門，雙膝一曲，「砰」一聲跪在雪地裡。

顧言僵在原地，眼前似被寒氣繚繞，一時間竟分不清是這風雪的冷還是心中的冷，眼裡只見那嬌小的身影跪在茫茫大雪裡，為他苦苦求情。

「崔先生，蕓娘也不是挾恩求報，只是想請先生念著情分，給顧言一條活路。我知您素來清正，不肯沾染是非，可這世間又不是非黑即白，崔先生，就當是蕓娘求您了，就幫顧言一把。」

屋子裡傳出年邁的聲音，像是枯枝攢著的最後一絲力氣。

「蕓娘，世間沒黑白但人心有對錯，妳且回吧。」

「先生，蕓娘不知道什麼對錯，但如果想要知道這事到底是對還是錯，只有走下去才知道。」蕓娘抬起頭說著。「今日先生不出來，我就跪在這裡不走。」

說完，蕓娘俯身長拜不起，瑩潤的額頭就這麼貼在雪地裡。

見她如此堅持，顧言只覺得面皮上是冷的，心頭卻是說不出的百般滋味，他曾以為、曾以為世間不會再有人這樣待他……

他不禁喃喃道：「蕓娘，不用這樣……」

蕓娘悶悶道：「用，怎麼不用？我要讓你順利去考試，讓你做大官，讓你終有一日能站在人前揚眉吐氣，站在太陽下笑得開心。」

顧言目光微閃，指尖微顫。「蕓娘，我這一生已注定不能見光……」

「我說能就能，人活一世，總該有個希望。」少女揚起臉，話音穿透這風雪，一字一句道：「顧言，你給我記住，縱使全天下的人都不看好你，辱你罵你嫌棄你，還有我陸蕓要你。」

顧言一怔，望著眼前質樸青澀的少女，像是在這寒冬漫天大雪中有人用溫暖的手握了握心臟，讓熱血順著受盡苦難的身體流遍全身。

書房裡，崔曙聽到屋外蕓娘的喊話，抬眼透過窗紙觀察院子裡的人影，長長地嘆了口氣，燭臺上的火苗明暗不定地映在臉上，昏暝中像是這風雪中飄搖的江山，又像是那位宮裡臥在病榻上的耄耋老者。

其實他也明白，太陽要落了，世道要變了，只不過有時候，人想得明白，和做不做是兩回事。

崔曙沒來由地想起自己在定州經歷過的翻天覆地那一夜，因聖人抽調軍餉建太真宮，軍隊斷糧，差點活活餓死在定州，士兵起了暴動打起來，若不是蕓娘阿爹沈青山斷了條腿救他，他早死了。

前半生他用來讀書，可後半生卻一直在學做人，後來發現會做人沒用，因為世道根本就不會變，乾脆辭官隱居，可這世道真是裝聾作啞就可以不聽不看的嗎？

崔曙想到顧言剛剛那番話，望著那微弱的燈燭，心裡有了動搖。

蕓娘不知道自己跪了多久，四肢百骸快凍成冰，一點感覺都沒有了，不知什麼時候，一個挺拔的身形籠在她面前，替她擋住了漫天風雪。

她抬起頭，眼睛上沾著雪花的睫毛顫了顫，望向眼前模糊的人影。

他俯下身子，冰冷的手拉住她的手。「起來。」

蕓娘搖搖頭，身子向下一沈，咬著嘴唇倔強道：「我不走，今日崔大人不收你，我就不走。」

顧言看著她抿抿嘴，鳳眸微閃，垂下的手捏緊又放開，沈默片刻，終於站起身來，冷冷道：「陸蕓，我不需要妳為我做到這樣。」

蕓娘一怔，抬眼看他，顧言站在面前俯視著她，連那顆淚痣在雪裡都似泛著冷意。

他語氣涼薄地強調道：「妳救了我，這恩情我自會還，可妳不要有其他心思，就算妳為我做得再多，妳不過是個鄉下孤女，日後我高中後平步青雲，妳只會是我的拖累，妳要明白，妳我終究不是一路人。」

顧言目光幽暗，崔曙有一點沒說錯，他憑什麼保蕓娘？這是條不歸路，他自己走就行了，他要夠狠，狠到把一切不該有的念頭都斬斷。

蕓娘一怔，顧言是怎麼了，怎麼突然變了個態度？

「什麼不是一路人，我們都成了親，你是我相公……」

「成親？」顧言輕輕嗤笑，話音帶著涼氣。「蕓娘，成親不過就是一紙婚書，妳懂情愛嗎？」

情愛？蕓娘想到了前世戲園子裡那些咿咿呀呀，你拉著我、我拉著你的戲文，誰沒看過，但這重要嗎？在她心裡，男女情愛可沒有填飽肚子重要，於是她抬起頭，毫不畏懼地迎向他。

「我懂，我為什麼不懂？我就是喜歡你才同你成親的。」

顧言目光微閃。

「妳我之前根本沒見過面，妳說妳喜歡我？」

蕓娘心裡一緊，別是顧言發現了什麼吧，眼睛一轉，急中生智道：「那、那有什麼？我在雪地撿到你的時候就喜歡上你了，不然我怎麼會同你成親？我只是怕你醒來後嫌棄我是個鄉下姑娘，家裡窮，脾氣也不好，所以、所以從來沒說過而已……」

說到這裡，生怕顧言不信，她抬起眼直直望著他。

「何況後來你處處幫我，替我趕走沈海，還救了我的命，一路來到漳州過日子，我心裡早就樂開了花。」

顧言看著少女明亮的眼神，心裡的堅硬似乎有了條縫隙。

「我也知道我對你來說是個麻煩，但我只要陪著你就好，等你日後達成所願，出人頭地，我自是不會拖累你，到那時我們就和離……」

蕓娘邊說邊覷著顧言，反正她只想發財，本來就打算日後和離，這些話也不全是違心之論。

顧言一雙眉眼半垂看著蕓娘，過了半晌，他抿抿嘴偏過頭去。

「沒有。」

蕓娘的話被打斷，她抬起頭看向顧言。

少年輕輕道：「我從沒覺得妳是麻煩。」

蕓娘眨了眨眼，剛還嫌棄她，現在又說她不麻煩，果然心思深沈，才會說話老讓人琢磨不透。

「你……」

「咳咳！」突然，眼前的門被拉開，崔曙掃了眼跪在雪地裡的蕓娘，站在門邊咳嗽了一聲。「行了，外面冷，進來吧。」

蕓娘大喜，猛地站起來，誰知起得太猛，方才跪了許久，身子早都凍麻了，她眼前一黑，最後的印象就是少年乾燥溫暖的懷裡，鼻尖還有絲沁人的梅香夾雜著淡淡皂角味，乾乾淨淨、冷冷清清。

蕓娘不知自己睡了多久，醒來時，小童正站在窗前，提著銅壺把沸水注入茶杯中，片刻後，一股飃飃的茶香漫開，蒸騰的熱氣驅散了雪天的陰冷。

屏風另一邊傳來細細的聲音，少年的聲音與老先生的聲音交雜在一處，有來有回，時沈時起，映著屏風上壯麗的山河圖，綿延不斷。

「妳醒了？」

小童嘴裡鼓鼓的嚼著柿餅，蹲在炭火邊，靠著床沿撐著下巴看著藝娘。

「誒，妳真傻，外頭多冷啊，妳為什麼要犧牲自己替那人求情呀？」

藝娘坐起來，堆起被子。

「我才不傻，他是我相公。」

「你倆成親了?!」小童睜大了眼睛。

藝娘挑了下細眉。「怎麼？不像嗎？」

小童撇了下嘴，偷瞄了眼外面。「不像，他那樣，妳這樣……」

她怎麼樣？好歹以前村頭阿婆還說她是村花呢！藝娘挺起胸脯，不服氣道：「我不好看嗎？」

「不是說妳不好看，我是說你倆看著不像是一路人，以前也有些達官貴人來找先生，他跟他們很像，有種說不出的感覺來，怎麼說呢……」小童偏過腦袋。「冷冷冰冰，沒人氣，跟人隔著些什麼似的，讓人親近不起來，誒，你倆為什麼會成親啊？」

藝娘瞥了眼他的圓臉，輕輕道：「我幹麼跟你說？小孩子家，說了你也不懂。」

小童睜圓眼睛，眼珠子滴溜溜一轉。「我怎麼不懂？不就是妳喜歡他，他不喜歡妳嗎？」

藝娘納悶。「那怎麼不能是他喜歡我，我不喜歡他呢？」

小童嫌棄地看了她一眼，明晃晃地把不信寫在眼神裡。

這可不行，好歹她也要面子的，藝娘索性起身，雙腳晃悠悠下了床，背對著小童捧起茶盞喝了口，開始解釋。「你不知道，我相公可喜歡我了……」

反正吹牛皮嘛，越說越上癮，越說越離譜，藝娘搖頭晃腦，搜索著腦袋裡那些看過的戲文。

「總之我一不在身邊他就不行，每天就要黏著我，成天只聽我的話，動不動要死要活的說喜歡我，煩人得很。」

說完，聽到身後沒聲音了，藝娘捧起茶盞，心裡美滋滋地呷了口熱茶。

「要死要活？」

清冷的聲音在背後響起，藝娘那口茶堵在嗓子眼，嗆出些狼狽的咳嗽聲。

她轉身抬起淚濛濛的眼睛，看到個修長身影站在眼前，覷著少年如玉的面龐，小心翼翼地問：「那個……你……什麼時候進來的？」

顧言抿了抿嘴，意味深長地看了她一眼。「從我很喜歡妳開始。」

這吹牛皮被當場抓包，藝娘就是平日裡再大大咧咧，也不由得臉燒紅起來，清了清嗓子，把話題轉移開。

「那個……崔大人怎麼說？」

顧言垂眼看她，呼吸淺淡，話音徘徊在兩人之間。「大人說願做我老師。」

聽到這話，蕓娘眼睛發光，拉住他的袖口，聲音裡有壓不住的高興。「真的？顧言，那就是你能考試了？」

顧言看著她上揚的嘴角，唇邊也勾起一個弧度，輕聲應道：「嗯。」

這可真是老天開眼，也不枉費她在雪地裡跪了那麼久，事在人為，她這也算是逆天改命了。

蕓娘長長舒出一口氣，下了床止不住地轉圈，突然看見案頭供奉的古石佛像，立時站好，雙手合十，嘴裡念念有詞。

顧言打量著她這副模樣。「這是做什麼？」

蕓娘擠著眼睛，認真道：「自是要謝佛祖保佑，讓你能順順利利科舉，還要給文殊菩薩捎去幾句話。」

顧言眉毛一挑，蕓娘咧開嘴一笑，輕輕踮起腳尖，只聽那聲音附在他耳邊輕輕道——

「願君此日青雲去，扶搖直上九萬里。」

第六章

「放榜了！放榜了！」

二月末，冬天悄然離去，天氣回暖，一個人影帶風跑了過去，那人邊跑邊喊，只聽沿途一陣開門聲，街邊的人家都拉開了門栓，人們三三兩兩地從門裡出來，探頭交談，今天鄉試放榜，這可是一等一的大事。

而在考場外大紅色的榜單下面，更早就擠滿了烏泱泱的人，摩肩擦踵，去得晚的，只能看見人頭，榜單都被遮得一乾二淨。

「讓一讓、讓一讓。」

一個小童仗著身量小，硬生生從人群的縫隙中擠了進去，在人群中不免引起抱怨。

「誒，小孩你做什麼！」

那小童沒搭理抱怨，只是仰頭仔細掃過那榜，眼睛一亮，便一隻手指著大紅榜單，扭過頭對不遠處人揚聲道：「蕓娘，中了！中了！」

蕓娘擠不進去，心裡乾著急，只在外圍踮著腳伸長脖子，頭上插的那朵小小的杜鵑花，隨著她焦急的動作輕輕在風中搖晃。

「中了第幾名啊？」

「第一名！是第一名！蕓娘，顧言中了解元！」

這話傳到耳邊，蕓娘心裡豁然鬆了口氣，她本來還擔心提前了顧言的科舉時間，這一世顧言恐怕考不上案首，但沒想到是她多慮了，顧言就是顧言，一切如常，跟有老天爺庇護一樣，這科舉之路走得順順當當，竟沒半點偏差，一考便中，這便是解元了。

而人群中也響起竊竊私語，眾人交頭接耳。

「這顧言是誰啊？也太厲害了，院試也是他，春打頭的兩場都是頭名。」

「這可不是文曲星下凡了嗎？之前也沒聽說過這號人啊，打哪冒出來的？」

「聽說他恩師是崔曙崔老大人，然後是謝眺謝大人做的擔保，今年會試就在眼前，這上京再考一場，殿試登科，這可就真是平步青雲了。」

正說著，人群中響起些轟動。

「顧解元來了！」

「快，快，遞我的名帖，這以後說起來，也算是同鄉同榜出身的交情了。」

說著人群都朝前靠攏，蕓娘看到顧言從遠處走來，挾著兩本書，穿著一身漿洗的青衣，少年郎風姿卓然，她瞇起眼睛，春風揚面，心裡止不住得意，瞧瞧，這是她撿來的相公。

那些考生聚集起來，將顧言堵在路中間，蕓娘見到這場景，心中一樂，人群中顧言輕輕蹙起眉頭，抬頭一望，正瞅見幸災樂禍的蕓娘，快走了幾步，擺脫人群，一把拉住蕓娘的手腕就往小巷子裡走。

「誒，顧言別跑啊，大家都誇你呢。」蕓娘被拉著跑，還不忘回頭看。

顧言一挑眉，將她抵在窄巷子牆邊，身後有人匆匆而過，蕓娘剛動了動嘴，被顧言食指摁住了嘴，兩人臉湊得極近，初春揚起的柳絮沾在臉邊，一時只覺得癢癢的，她眨了眨眼，顧言修長的手指替她揚開白絮。

「妳開心什麼？」顧言瞥了她一眼。

蕓娘滴溜溜的眼睛一轉。「我相公中了頭名，我自是開心的。」

顧言知她是樂他被人追的狼狽樣，沒戳破她的小心思，微微直起身，撣了撣袍子。

兩人從巷子裡走出來，慢悠悠走在青石板路上，蕓娘問道：「崔大人出發了？」

顧言淡淡道：「嗯，我送他到了官道口。」

跟前世一樣，崔曙起復了，只不過時間上有些突然。蕓娘嘆了口氣。「崔大人應該看了榜再走的。」

顧言則是淡然道：「看不看也沒什麼大礙，結果都一樣。」

哼，聽聽這口氣，蕓娘覺得自己這段時日都是白操心了，她停了腳步，揚起臉。「那我這就回家準備東西，咱們也得隨著崔大人的腳步上京了，從這兒到汴京，少說也要走一個月，若是不抓緊時間，怕會耽誤到你會試。」

話音還沒落，已回到家門口，只見家門口停著一輛馬車，一個下人早早地等在門邊，見兩人走過來恭敬地迎上。

「恭賀公子中了頭名，謝大人設了家宴，特請公子過府一敘。」

與此同時另一邊，同一張榜單下，書童把榜都仔仔細細地看了七、八遍了，這才轉過頭，小心翼翼對張式回覆。

「公、公子，沒找到。」

張式臉上一片慘白，額頭上冒著細汗，瞳孔不聚焦，只死死盯著眼前榜上密密麻麻的黑字，喃喃自語道：「這、這怎麼可能？再找找，再找找。」

可就在這時，張式睜大了眼睛，猛地看到那榜首的名字。「顧言，是、是他?!」

張式臉色紅白交加，書童看到張式這副模樣，心裡有些惶惶不安。

「公子？公子？」

「你笑我？」張式猛地抬起頭，狐疑不安道。

「沒、沒。」覺得公子這時有幾分駭人，書童下意識地退後兩步。

「我知道你們都在笑我。」張式再度回頭看向榜單，吊著眼，死死盯著那榜單首位高高的名字，表情陰霾，咬著牙根一字一句道：「告訴你們，我考不上，誰也別想去汴京考試……」

州署府——

蕓娘整了整衣裳，又撫了撫髮髻，有些緊張地走在州署府的迴廊裡，顧言一進府就被顧大人叫走了，只留她一個人去前廳赴宴，她望著庭院裡那棵紅豔豔的杏樹，想著上回都沒進來就被人轟出去，這回顧言中了頭名，又專程請他們來過家宴，不知是什麼意思。

領路的侍女繞過庭院，只見一個中年女子遠遠地迎出來。「這便是顧解元家的小娘子了吧。」

蕓娘微微一笑，中年女子拉住她往廳裡走，那屋子裡坐著好些女眷，自從蕓娘進來，眼神就不停地上下打量。

這眼神蕓娘再熟悉不過了，她看著自己身上的布衫，前世陸家的人就是這般看她，眼裡多半不屑，她以前初遇到這些事，只覺得慌張不堪，可到了現在，她心裡竟是沒半點波動，不就是一層皮嘛，穿得那麼花裡胡哨有什麼用。

坐在最上的婦人壓住眼角，雖沒京城世家那般珠釵環翠，但衣裳用料也是綢絹，有一股官宦人家的氣勢。

「我常聽大人這兩日誇顧郎君少年聰慧，這次更是由大人做了擔保考中解元，當真是我們臉上也有光彩。」

蕓娘笑了笑，坐在一旁，沒有說話，只從盤子裡摸出個青杏咬了口，呀，是酸的。這種旁人誇獎的話，聽聽就好，誰當真誰才真的傻呢。

座上的謝夫人打量著一旁笑盈盈的蕓娘，眼大臉俏，跟三月頭的迎春花一樣，是個漂亮姑娘，只是帶股泥土氣，一看就不是尊養出來的小姐。

她舉起杯盞，把思量隱在眼裡，這宴會是她辦起來的，原本她只是聽說有人求見謝朓做科舉擔保，自是沒放在心上，這種事一年總有那麼一、兩回，可沒承想，一向謹慎的謝朓竟然答應了，於是就上了些心思，後來她三番兩次才從謝朓嘴裡打聽出些頭緒來，這顧言竟是汴京城來的，汴京啊，那是富貴人家遍地的地方。

官宦人家最愛的事，一是升官，二便是結親了，恰好她還有個養在身旁的姪女，謝夫人心裡不由得盤算起了旁的心思。

偏偏一打聽，這顧言竟然不是獨自一人來的，身邊還帶了個小娘子，謝夫人原本這心思便淡了下去，可今日放榜，顧言這一考竟中了頭名，謝夫人一驚，她完全沒想到這顧言這般厲害，又聽謝朓口氣，似是意料之事，她這才意識到自己把人想輕了，這顧言以後必是前途大好，這才下定決心，趕緊把人請過府。

她看了眼蕓娘，笑了下。「不知姑娘和顧解元是幾時成親的啊？」

蕓娘道：「大寒那幾日，年關前成的親。」

那成親也沒幾日，這就好辦了，謝夫人掃了眼一旁坐下嬌滴滴的姪女，笑道：「顧解元真是好福氣啊，只不過日後有什麼打算？」

「自是上京科舉。」

蕓娘雖然如實答著，可前世跟那些世家夫人打交道，說話都是一句繞一句，謝夫人這點心思也就不夠看了，她心裡像明鏡似的，這謝夫人有事憋著呢。

「是這樣，這一路上跋涉，只有你們兩人也辛苦，這是我姪女，從小養在身邊，別的不行，紅袖添香倒也做得來，我再添兩個婢女小廝跟著，這一路上你們也能有個照應。」

蕓娘一挑秀眉，看著對面弱柳迎風的嬌柔女子，望向座上的謝夫人，好啊，什麼紅袖添香，說白了竟是要把自己姪女送給顧言做小老婆，顧言現在不過是中了個解元，就有人這麼巴巴上趕著，那去了京城還得了？再說，這謝夫人的姪女好歹算是個小姐出身，真要到身旁，不知道她倆誰伺候誰呢。

想到這裡，蕓娘一時間心火上來，按照她往常的脾氣定會當場懟回去，可前世她這直脾氣在人前就沒落到好，這麼做不過是添人把柄。

她呼出口氣，眼睛轉了轉，心裡突然有了個主意。

蕓娘微微低頭，拿著帕子捂嘴一笑，謝夫人不解問：「姑娘妳笑些什麼？」

「我只是高興。」蕓娘頓了下，抬起臉。「有人替我分擔些，夫君心裡也應該是舒坦的。」

謝夫人見她沒哭沒鬧，一時有些意外，想蕓娘是鄉下來的姑娘，自是想不到裡面的彎彎繞繞，到時讓姪女把那顧解元哄住，這糟糠妻上不得檯面，以後到了汴京，正室娘子不就到手了？想到這，她眉眼都舒展開。

「是這個道理，爺兒們都是這個樣子，妳大方體貼些，才會招人喜歡。」

「可是……」蕓娘突然蹙起眉頭，似有些為難。「夫君家裡犯了些事，怕是回去有些棘手，我是沒什麼，只怕妹妹吃苦。」

「這沒什麼啊。」

謝夫人也料到會有這麼一層，畢竟好好的，人家憑甚繁華的汴京不待，要到這地處偏僻的漳州來？可顧言中了解元日後前途大好，總歸是能在官場中爬上去的。

但許是謝夫人終究有些不放心，趨身向前，多問了一嘴。「這顧解元家裡犯的是什麼事啊？」

「也沒什麼大事。」蕓娘抬起頭，眨了眨眼睛，嘴皮一翻，吐出兩個字——

「謀反。」

「你可想好了？」

書房裡點著涼涼的蒼朮香，謝眺雙手負在身後。

他望著眼前的顧言，少年人長得極快，那求他做擔保的少年，短短兩個月就跟柳樹抽了條一樣，長開成了個身姿挺拔的青年人。

「現如今你回京不是特別好的時候，我也聽主考說了，你這次文章做得極好，以你的才學，這會試再等兩年也未必不可……」

香味繚繞在鼻尖，顧言思忖道：「大人，再等兩年三年還是一樣的，世道不會輕易改變，但人可以。」

謝眺深深望了他一眼。

「我聽聞，這兩年你外祖李國公府倒是聖寵依舊，他們可有聯繫你？」

顧言目光冷然。

「未曾。」

謝眺意味深長道：「上了京還是去走動下。」

這話謝眺不知顧言聽進去幾分，只見他垂下眼，沒說話，所有情緒都壓在眼底，不動聲色。謝眺不禁心裡感嘆，再過兩年，不知道這顧言會長成個什麼樣的人物。

「你……」

謝朓正要開口，突然一個家僕匆匆敲了敲門，他皺起眉頭。

「沒點禮數，沒見有客在，什麼事這麼慌張？」

家僕在門外道：「大人，夫、夫人嚇暈過去了。」

謝朓急急拉開書房門，厲聲詢問。「你說什麼？不是今早還好好的，怎麼就昏過去了？」

家僕嚥了嚥口水，抬頭看了眼自家大人，又看了眼一旁長身玉立的人影，結結巴巴道：「大人，是顧、顧解元家的小娘子說了兩句話，夫人一口氣沒喘上來，就、就暈過去了。」

州署府的臥房裡傳出了一些哭哭啼啼的聲音。

蕓娘身在一片愁雲慘霧中，安靜地坐在一旁，垂著腦袋悶聲不語，仔細一看她卻是在看自己的指甲，這幾日換季天乾，指甲蓋旁長了些倒刺，她趁人不注意，有一搭沒一搭地拔著，耳聽這哭聲，倒也應景。

「怎麼回事？」

有聲音從屋外傳來，蕓娘抬起頭先是看到容色嚴肅的謝大人走了進來，才看到他身後的顧言。

見屋裡有女眷，顧言只站在廊下，他也看到了蕓娘，瞇起眼睛，蕓娘無辜地眨眨眼，把頭偏過去，當作沒看到。

「老爺，你怎麼沒同我說？」床上的謝夫人一見來人，便用帕子抹著淚，慘慘悽悽地埋怨道。

謝朓嘆了口氣，在老妻身旁坐下。「同妳說什麼啊？」

「她、她……」

謝夫人抖著手指向一旁的蕓娘，蕓娘抬起頭，朝著謝大人福了福身子。

「大人別擔心，是夫人原想把表小姐給顧言做小，我就想著，這事也不是件小事，就把顧家的那檔事同夫人說了。」

聽到這兒，謝夫人哭得更傷心了。

她原本想著讓姪女扒住顧言，她就有個盼頭能回汴京了，誰承想，那顧言竟是個罪臣之後，還不是一般的罪，而是謀反大罪啊！謝夫人看著門邊那隱隱約約的身影，乍看也知是丰神俊秀，這麼一位郎君，怎麼家裡會犯了謀反那事呢？

「胡鬧！」

謝朓聽明白了來龍去脈，倒抽一口涼氣，想那顧家極盛之時，旁人不敢招惹，現如今落了難，就更不能招惹了。

「怎麼沒事起了這種昏頭心思？」

謝朓一聲怒喝，冷下臉，知他是真生了氣，謝夫人也停了嘴，屋子裡只餘一片抽抽噎噎，沒人再敢出聲。

謝朓掃了一眼屋子裡的眾人，冷著臉走了出去。

蕓娘也急忙起身跟著走出去，抬頭看見立在門邊的顧言，不知裡面的事看了幾分，就差沒在眼裡寫著在看好戲了，她努了努嘴，把臉偏到一旁不看他。

都怪他招蜂引蝶，才惹來這般事端，害得她無端被連累。

顧言有些失笑，這關他什麼事？

謝朓停下腳步，把兩人的互動看在眼裡，這人與人之間的緣分也是奇怪，這麼個少年老成、心思縝密的後生，竟和個心思單純的鄉下小姑娘走到一起，要他說老妻那也是白費功夫，因為顧言一見這姑娘的眼神都不一樣了。

「顧言，你過來，我還有幾句話同你說。」

謝朓清了清嗓子，顧言隨即斂起神色，跟著走進書房，謝朓看了他一眼，從書櫃後取出一個匣子遞給他。

「你一路打點都是需要用錢的，這點銀錢你帶著。」

顧言垂手沒動，謝朓便把匣子塞進他手裡。

「我謝朓算是個貪生怕死沒本事的，被貶到漳州，一待就是十年，但並不代表我是個忘恩負義的，初時我不想你再入這權力場，可如今你已是潛龍在淵，我既攔不住你，那就再盡微薄之力送你一程。」

顧言一挑眉，不是他把人想壞了，只是有些事見多了，不由得多想，他淡淡道：「大人不必如此，顧言答應過的話不會忘。」

「倒也不全是為了那些。」謝朓頓了頓，那雙滄桑的眼望著他，緩緩道：「顧言，若有一日，若真有一日你能站上那高山，不要忘了深淵裡的人。我回不去汴京了，聖人沈迷修道，偏聽那舊黨之言，太子死在宣德門外，你顧家也遭顛覆之禍，你看看外面這世道，漳州的窮苦百姓多不勝數，風雪之中餓殍遍地，這世道合該變了。」

顧言沒說話，微弱的火光映在他白璧無瑕的臉上，而後，他彎下腰朝謝朓深深鞠了一躬。

謝朓垂眼，也顫抖著手，俯身微微還了一禮。

這一拜像是一種交接，把過去與將來都交到眼前人手裡。

兩人直起身子，謝朓看了眼門外的女子。

「顧言，有句話，我還得提醒你，人重感情，就會被拖累，功成名就之時有情自然是錦上添花，可她也會成為你的累贅。」

顧言抿了抿唇，輕聲道：「大人，蕓娘不是累贅。」

謝朓深深看了他一眼，沒再說什麼。

可就在顧言轉身要跨出門邊之時，一道幽幽的聲音從背後傳來——

「顧言，你記住，去了汴京，若想守住身邊的人，就要往上爬，拚了命地往上爬。」

聽到這話，顧言一頓，他站在窗前的陰影下，表情平靜，頭也不回地朝外走去。

蕓娘正站在院中等顧言，見人出來，臉上帶著些鬆快的笑意。

顧言走到她身側，只淡淡一句。「把人氣暈了過去？」

蕓娘瞪著眼睛，理直氣壯。「你還說，還不是因為人家要給你說小老婆。」

他抬眼看向她，心裡壓著的沈甸甸東西陡然鬆落下來，他垂下眼，輕笑一聲。「有妳在，誰敢啊。」

蕓娘一揚眉，狐疑道：「顧言，我怎麼聽著你這話不像好話呢？」

顧言繞過她往前走，輕飄飄的話落下。「我沒說什麼。」

「你說了，你就是說我凶！」

話音繞過廊下，不知是誰起了百轉心思，盈盈一點，順著風散在這春光裡。

回到家，兩人便按照之前商量好的準備上京，顧言看著蕓娘把能挪得動的家當都抬上馬車，等她吭哧吭哧地要將柴都堆到車上時。

他實在忍不住，抿抿嘴，拉住她的胳膊，在一旁提醒道：「妳說，有沒有一種可能，汴京也有柴賣？」

芸娘瞥了他一眼，沒好氣道：「汴京的柴不要錢的嗎？再說了，汴京什麼不貴？這柴都是我自己從城外揹回來的，可好用了。」

今科顧解元眉頭一挑，到了嘴邊的話又嚥了回去，緩緩將雙手背在身後，轉身向門外走去。

「顧言，外頭下雨了，你去哪兒？」芸娘沒抬頭，順嘴問了句。

顧言出門的腳頓了下，沒回頭，答得自然。

「有兩本書是租的，拿去還了。」

芸娘聽完也沒多想，只埋頭整理東西，細雨打在院子裡芭蕉葉上，匯成一滴水珠滾落在青石板上的水窪裡。

不知忙了多久，終於收拾得差不多了，芸娘站在簷下，望著空出來的院子，眼裡有些不捨，這地方雖然簡陋，對她而言，也算是個家了。

她用衣袖擦了擦臉上的濕意，又從屋後挖出一株忍冬，放入盆中，拍拍手站起來。

就在此時，有人敲響了木門。

「誰啊？」

芸娘喊了聲，卻沒有人應聲。

難不成是顧言回來了？她用手遮雨，抱著花盆小跑到門邊，剛抽開半截門栓，從那縫隙裡看見幾雙沾滿泥的馬靴，身子一僵。

蕓娘抬眼，順著門縫看去，赫然對上一雙陰鷙陌生的眼睛，她極快地反應過來一手將門推上，可那邊早有準備，一把刀尖直晃晃地順著門縫插進來，蕓娘閃躲了下，手裡的花盆不小心掉在地上，忍冬栽倒在水窪中，與那碎片和泥土混成一團。

蕓娘踩著泥水，慌忙向後退，那刀尖向上一撬，門栓便應聲掉在地上，木門被從外倏然推開，幾個穿著黑色蓑衣、體格高大的男人魚貫而入。

蕓娘慌張地四下一看，抽出一旁抵門的木棍要阻擋，可剛轉過身，一條帕子就緊緊捂住她的口鼻，一股刺鼻的香味撲面而來，她伸出手肘向後一擊，那人吃痛悶哼，她咬了咬舌尖，使出力氣想要掰開那手，卻又被另一隻手摁住，掙扎中頭上的杜鵑花掉在地上，被那馬靴踩在腳底。

「快點！她力氣也太大了，別讓她逃了。」

「不會，這藥勁能藥倒一頭牛，她跑不了。」

蕓娘還想掙扎，可眼前開始漸漸模糊，四肢一陣陣發軟，不知過了多久，一個黑布罩從頭蓋下，她便兩眼一黑，失去了意識。

小雨還在淅淅瀝瀝地下著，幾個人迅速地離開院子。

其中一人肩頭扛著蕓娘往接應的馬車裡一塞，轉身踩著雨水走到巷口的另一輛馬車前，四下瞧了瞧，這才恭敬道：「小姐，人打暈了，在車上呢。」

車廂內傳出個極溫柔的聲音，語氣帶著些冷意。「很好，叫人看好。走吧，別耽誤時間，啟程回汴京。」

待那黑衣人走遠，馬車裡的譚春兒微微掀開簾子，又急急放下，轉頭拉住身旁人的胳膊。

「安歌，就這、這麼把人劫走，是不是不大好，萬一……」

「沒有什麼萬一。」陸安歌垂下眼，拉住她的手，輕聲細語道：「我做這些都是為了妹妹好，況且也是沒辦法了，那日妳也看到了，好壞話都說盡了，她就是不同我們回去，我能有什麼辦法？」

譚春兒絞著帕子，臉色慘白。「可、可也不能……這般……」

陸安歌眼裡閃過一絲精光。「表妹，妳可知那顧郎君今科鄉試是頭名？」

譚春兒呆呆回過神，眼神亂瞟，有些心慌。「這都什麼時候了，妳說這些做什麼？」

「我這麼做也是為了妳打算，蕓娘回去便任我們擺佈了，妳想想，若是那顧郎君上了京，會試再有個名次，那便能得個留任京官，到時憑著妳的家世，說不定還能成就一段姻緣佳話。」說到最後，陸安歌輕輕笑了笑，拉著譚春兒的手細細摩挲，話音裡充滿著無限誘惑。「妳上次說得對，蕓娘是鄉野村姑出身，自是與他處處不相配，依我看，只有妳與他才最相配。」

街上飄起細雨，夾雜著潮潮的霉意，小攤鋪的店主們頂著雨水慌忙地支起雨布，當鋪夥計正抵著櫃檯犯睏，一隻手撐著腦袋晃來晃去，張嘴打了個長長的哈欠。

突然門前風鈴響起，有個青色身影走了進來，一身雨水土腥味。

「哎喲，客人請進，要當些什麼？」

那身影掃了一圈，冷冷清清道：「不當，贖東西。」

沒多久，顧言從當鋪走了出來，下了雨，外頭多了幾分涼意，長街上盡是匆匆歸家的行人。

顧言摸了摸懷裡的東西，也生出了幾分牽腸掛肚的心思，他腳下加快，拐了個角，心裡一凜，見到木門大敞，他警戒心起，踏進院門，立時發現，原本應該在院子裡的人影，此時卻不見蹤跡。

他站在門邊，那盆泥水裡的忍冬旁有雜亂腳印，順著這痕跡直望到門前泥地裡明晃晃的車轅印，那鮮明的車轅印顯示馬車應該剛離開不久，從近處向遠處延伸，赫然是出城的方向。

顧言心底寒氣翻湧，轉身要出去，就在此時，外頭又來了不速之客——

「啪嗒！」

門落了鎖，幾個人影如水鬼一樣翻過矮牆，來人身形魁梧，短打粗衣，其中有個眼上有疤的人站出來，從腰間摸出一把匕首，將刀尖把玩在指尖，吊眼瞅他，聲音渾厚。

「顧解元想去哪啊？有人出大錢要買你的命。」

話音將落，刀疤臉手裡的匕首在雨中泛起凜凜寒光，像是一道銀線，順著顧言就刺過來。

顧言側過身子躲過了這一刺，可那人反手將冰涼的刀刃抵在他咽喉，他抬眼，倒不見慌張。

「短刃厚脊，軍制的東西，你們是兵？」

聽到這話，刀疤臉神色一變，臉上本就醜陋的疤痕更像個巨大的蠕蟲從眼角劃向眉梢，手下的刀刃又壓進顧言脖頸幾分，啞著嗓音道：「有點眼力。」

就在這時，木門被拍得砰砰作響，一個聲音在門外突地響起。

「顧解元可在家？上回我阿娘生病，多謝你家娘子給揹到醫館，聽說你們要走了，我阿娘親手做了些餅子要給你們帶著路上吃。」

門內幾個黑影屏住呼吸不敢作聲，只聽那人在外頭拍了拍門，又喚了幾聲，見無人應答，喃喃自語著。

「怪了，剛還見門開著……」

等到腳步聲漸漸遠去，顧言眼神冷然地掃過面前幾人，壓低了聲音，卻足以讓幾人聽得清清楚楚。

「你們心裡清楚，我有功名在身，只要出些聲音，就算你們殺了我，今夜一樣連城門都出不去。」

這話說得那幾人面面相覷，陰沈著臉，似忌憚著些什麼，不敢輕易動手。

刀疤臉看向他。「你什麼意思？」

顧言冷笑。「敢雇逃兵在城裡殺人，明擺著是要過河拆橋。」

那刀疤臉身後的人有了遲疑的神色，抬眼望向他。「你是說……」

顧言若有所思地看向地上那盆忍冬，而後撩起眼皮，掃過幾人，寒意畢現。「不過我有個法子，可保你們幾人活著出城，還能拿到錢。」

聽到這話，幾人之間交換了個眼色，最終刀疤臉用大拇指把刀刃上的雨水抹掉，盯著顧言道：「你最好不是說假話，否則今晚誰都活不了！」

而此時，在城外的官道上，小雨中兩輛拱廂馬車前後駛來，後邊那輛的車門被封著，兩扇車窗也被用黑布罩著。

蕓娘悠悠轉醒的時候，只聽見骨碌碌的車軸聲，她動了動身後的手，察覺雙手被麻繩緊緊地綁在一起，心裡一緊，此時前面傳出聲來。

「這一路去汴京要走多久？」

「少說也要一個來月，更何況還下著雨。」

「你說這陸家大小姐也真是奇怪，沒事叫我們綁個村姑……」

「我們收錢做事，一切聽主家安排，話那麼多做什麼？」

汴京？陸家大小姐，陸安歌？

竟然想出綁她回汴京的陰招，蕓娘心裡一緊，對於陸家到底圖她什麼百思不解，可到底現在也不是個思考的好時候。

她直起身子，悄悄活動起手腕，雖然那繩索磨得她手腕吃痛，但她還是咬緊牙關，使勁用力攪動著麻繩。

蕓娘力氣本就大，這麼一掙，那繩結就鬆開了些，只消再幾下，就可以完全掙脫。

可就在這時，晃悠悠的馬車突然停住，蕓娘身子向前一傾，堪堪穩住，隨即一絲光亮從車門處照進來，有人向裡瞟了她一眼，厲聲道：「醒了？老實點。」

蕓娘杏眼一轉，趁著那人沒關門，揚聲道：「我要方便！」

那人頓了下，似和門邊的人商量了幾句，而後遞進來一個木桶。

蕓娘看了一眼，挑起秀眉，抬起下巴，滿滿嫌棄道：「我好歹也是個姑娘家，怎麼能在馬車裡方便？」

「事情真多，有得用就行了，哪來那麼多廢話……」

門邊的人似有些不耐煩，蕓娘截住他的話頭。

「誒，我雖是你們綁來的，可到底不是個隨便的什麼物件，若是我哪裡不舒服，你們也落不到好處。」

門邊的人聽到這話，心裡也犯起嘀咕。

這陸府大小姐只叫他們綁人，是沒有說要如何對付她，萬一她真是個什麼重要人物，將來還告他們的狀，倒楣的豈不又是他們？

那人皺起眉頭，對身邊人道：「帶她去驛站裡，跟緊點。」

蕓娘鬆了口氣，蹭著車邊下了車，跟著來人到驛站後院的茅房。

這驛站的茅房底下就是豬圈，蕓娘進去轉了一圈，瞄準那矮牆，雙手掙開繩索，一撐就要做勢翻過去，沒料到腳下一滑，踢落了幾片碎瓦，這動靜引起門外的人心疑。

「喂！妳好了沒……」話還沒說完，守在外頭的人一轉身就看到蕓娘趴在牆頭上，立刻變了臉色，扯著嗓子大喊道：「人跑了！跑了！」

伴著身後的呼喊聲和腳步聲，蕓娘從牆頭輕巧地跳下，撒開腿就往外跑，引得驛站裡落腳的客商行人紛紛側目而視，可剛跑到官道上，有個人影便堵在面前攔住去路。

蕓娘看著那堵路的黑衣人，心裡沒來由地生出一股膽氣來。

她抹了把臉上的雨水，握緊拳頭，腳下沒停地朝著那人直衝過去，黑衣人沒想到她一個小姑娘敢正面硬碰硬，一個錯神，再想舉刀攔下已來不及，蕓娘一拳砸向他腹部，黑衣人霎時只覺得五臟六腑都被頂了出去，一個身高八尺的漢子硬生生被這一擊打得額頭上冒出了汗珠，其他黑衣人也一時驚呆了，回神後才紛紛圍上前抓人。

蕓娘雙拳難敵四手，腳下向後退了兩步，猛然轉身往遠處山道跌跌撞撞飛奔而去。

雨涼冰冰落在身上，此刻的她心裡只有一個念頭——

不管陸家到底有什麼陰謀詭計，這一世，她絕不能束手就擒，就這麼被帶回去！

第七章

入夜之後，山上溫度驟降，夜雨飄搖中一盞幽光亮在樹林間，張式伸長脖子等待著，視線盡頭一輛板車從遠處劃破雨幕而來。

陳舊的車轅嘎吱嘎吱的響著，板車停在官道旁，幾個人從車上矯捷地跳了下來。

張式提著燈籠，急急迎上去。「怎麼樣？可做成了？」

對方沒答話，其中一人將一個黑色的布袋扔在他的腳邊。

張式大吃一驚，向後退了幾步，挑燈照了照，看到布袋外面血跡斑斑，不由得後背竄起股寒意，聲音陡然拔高。「你、你們？這、這是什麼東西？」

「你要的人。」

看他這副畏畏縮縮的樣子，幾人中響起不屑的冷笑。

刀疤臉瞥了他一眼。「錢呢？」

張式挑著燈四下看了一眼，這才鬼祟地從懷裡掏出一個小包裹扔過去。

對方掂了幾下包裹的重量，皺起眉頭。「怎麼才這麼點？」

張式吞了吞唾沫，縮著脖子，腳下不動聲色地向後退著，一邊回道：「你們本就是亡命之徒，我這還算多給了。」

「你說這話是什麼意思？」

刀疤臉瞇起眼睛看向他，聲音裡帶了絲危險的意味。

張式偷偷拉開些距離，突然喊道：「快出來啊你們！」

此時便從草叢中衝出了數名身材魁梧的僕役，遠遠包圍住他們。

其中一名帶頭的家丁揚起下巴喊道：「識相的就快滾！你們這些逃兵，給你們錢是看得起你們，我已經上報官府，府兵馬上就到，不想一個個被抓就快走。」

但沒想到刀疤臉恍若未聞，臉色陰沈地掃視過面前的僕役，步步朝著張式逼近，聲音壓低，透著絲狠意。「我們給你賣命，你竟然報官？」

張式被這人的凶狠駭得後退幾步，躲在僕役身後。「你們想做什麼……」

話音未落，那刀疤臉驟然出手，抽出三尺長的陌刀，其他人看首領已然動手，也紛紛動作，只見刀光一閃，那些普通看家護院哪裡是他們的對手，雨中只聽到一些急促的腳步聲，連絲慘叫聲都沒發出，眼前人就倒在血泊中一動也不動了。

張式嚇得魂飛魄散，到這時才知道自己招惹了不能招惹的人，可為時已晚，雨水打在臉上，他轉身想跑，一把刀插在身前的地上，封住他的去路。

「敢坑老子，殺人滅口，讓我兄弟幾個掉腦袋？」

身後人揪住張式的領子，一把將他面朝下壓在地上。

張式臉被壓在泥地裡，血水的味道直衝鼻腔，他哆哆嗦嗦道：「沒、沒，別、別殺我，我、我是去年縣試案首！」

刀疤臉聽到這話冷笑。「人都要死了還要那點花名頭，讀了一肚子的書，讀到最後不是個東西，這話你留著跟閻王爺慢慢說去吧。」

張式睜大眼睛，漫天雨色中，那泛著銀光的刀尖穿過胸膛，人就如秋天的枯草般沒了氣息。

那刀疤臉收了刀，從張式身上找到錢袋，拿在手裡掂了掂，而後對著不遠處的某個方向道：「顧解元，這事算了了，今夜兄弟幾個欠你一份人情，可以幫你做一件事，不收錢。」

顧言從暗處走出，沒說話，心中只顧念蕓娘的安危，按照他推算的腳程，如果賊人要將她綁出城，一定會經過這條路，只是不知何時會經過……

忽然間，顧言聽見了什麼聲音，他瞇著眼拾起火把向遠處來路一看，只見一個人影在雨中跑著，後面還有幾人在後面緊追不捨。

他一眼就認出那道身影，心裡一凜，猛地叫住那幾人。「那就麻煩你們現在還我個人情了。」

刀疤臉和身後的弟兄交換了一個眼神，問道：「你想要我們做什麼？」

顧言抬起眼，在涼雨裡泛著刺骨涼意。

「殺人。」

蕓娘在夜色中飛快地奔跑著，跌跌撞撞不知跑了多久，但身後追趕的黑衣人到底都是青壯，最後還是將她團團圍住，一把撲倒在泥地裡。

「妹妹，妳這是何苦呢？倒叫人好找。」

陸安歌也現身了，蕓娘瞪大了眼睛，僵硬地仰頭看著馬車上的她。

她不僅親自前來，還帶了為數不少的家丁，在她的命令下，幾個家丁上前一把抓住蕓娘的胳膊，將她的臉按進了淤泥中，不給她一絲反抗的機會。

雨水順著額頭流到眼睛裡，山中本就寒氣逼人，令她嘴唇凍得青紫一片，蕓娘視線模糊起來，眼前的陸安歌在這暗夜中，彷彿是什麼催命的山鬼駭人。

陸安歌就那麼坐在馬車上，微微垂眼，跟看螻蟻一般，將她這副狼狽模樣盡收眼底，對一旁下人輕飄飄道：「既然這般麻煩，不如打暈算了，好趕路。」

「是，小姐。」

蕓娘心裡一慌，暈過去那就更跑不掉了，那家丁抬起手正要落下，突然，一聲哨響，眾人還沒反應過來，樹林裡就竄出幾個黑影，手裡拿著匕首將在場的人解決了，馬兒受驚嘶鳴要跑，他們反手將車伕喉嚨割斷，不過眨眼間，那摁著她的幾個人通通沒了氣息。

還有幾個黑衣打手想上前救援，但也很快就被制伏，匕首從背後整齊劃過脖子，一時間大片血花混著雨水流了出來，空氣裡瀰漫著濃濃的血腥味。

蕓娘眼前都是血，無力地把臉貼在泥水裡，心裡一沈，別是遇上山中的劫匪了。

雨水順著臉流下，風颳過外衫冰涼貼在身上，她冷得直哆嗦，可比起這個，更讓她頭痛的是眼下的困境。

蕓娘用手撐起身子想站起來，但許是剛才跑得太急，一下子腿有些發軟，又跌坐在泥地裡。

這一刻她覺得自己像極了這灘泥，事情接二連三地來，每一次有望出現好的轉機時，情況都急轉直下，注定她這輩子沒什麼好運氣。

雨越來越大，心也越來越涼，蕓娘眼前有些模糊，不知是雨水迷了眼，還是被這喊殺中的血水蒙了心，渾身充滿說不出來的無力感，不知如何是好。

怎麼辦？難不成她今天得死在這裡？

可就在這時，一雙沾滿泥濘的鞋來到她面前，俯下身，伸出溫暖的指尖輕輕撫去她臉上的雨水。

她抬眼看著來人，怔怔道：「顧言，我是在作夢嗎？」

「沒事了，我來了。」

看到她這副無助的樣子，顧言眼神一沈，抿了抿唇，替她整了整額頭上被打濕的碎髮，一把將她從地上拉起來。

蕓娘只覺得身子一輕，可到底是剛才被那些家丁壓得太狠了，腳踉蹌了下，直撲到面前人懷裡，直到與溫熱乾燥的胸膛相觸，她深呼吸一口氣，這才有些劫後餘生的實感。

「顧言，這、這是怎麼回事？你怎麼在這兒？」

「也沒什麼，我推測妳被人綁走，就尋了過來。」

顧言說這話語氣淡淡的，蕓娘看著四處的狼藉卻不禁心驚肉跳，知道這事絕不是他說的這般雲淡風輕，這些人不知顧言是從哪裡找來的，使的都是行伍的把式，下手快狠準，幾乎將動手的家丁及黑衣人全數斬殺。

她目光掃視過眼前的混亂，只見那陸安歌和譚春兒面色慘白如紙，被幾個侍女簇擁著，正慌慌張張下了馬車想逃走。

刀疤臉上前兩步，把刀口架在陸安歌的脖子上。「想去哪兒啊？」

陸安歌身子一僵，臉色更白了幾分，像個死人一般，沒了剛才的氣定神閒，眼神慌張地求饒。「沒、沒，你們想要什麼？要錢嗎？我可以把錢都給你們。」

譚春兒則是大叫一聲，抓住身邊的侍女，一動也不敢動。

蕓娘死死盯著陸安歌，前世今生的恨意一股腦兒湧來，正打算上前問個究竟，搞清楚陸家為何不放過她的原因，可就在這時，陸安歌忽然轉身就跑，大概刀疤臉也沒想到她這會兒還敢跑，反應過來後伸手去抓，只見她動作極快地把一旁瑟瑟發抖的譚春兒往刀疤臉懷裡一推，自己趁著空檔跑到前面那輛馬車上，此時有倒在地上裝死的人也跳了起來，迅速上了馬車。

「快走！」

陸安歌毫不猶豫地使喚人駕車，馬車就從大雨中橫衝直撞衝了出去。

「還有我！你們、你們等等我啊！」

被刀架住的譚春兒臉上不知是雨水還是淚水混成一團，不敢置信地看著馬車就那麼急匆匆走了。

「嘖！」見人逃掉了，刀疤臉氣得把譚春兒扔在泥水裡。「這些達官貴人家的小姐心思也真夠毒的，什麼姊姊妹妹，平日裡叫得親熱，出了事就自己跑了。」

譚春兒癱坐在泥地裡，目光換了個方向，抬頭看著顧言，張著嘴發出微弱的聲音，跟個雛雞似的道：「顧、顧公子，救救我，我不是有意的，所有事都是那陸安歌做的，都是她想出要綁人的主意……」

顧言只是看著這副場景，眼神冰冷，一句話都沒有說。

譚春兒見狀，知道沒戲了，又掃了眼四下凶神惡煞的人和滿地家僕的屍體血水，話只說了一半，竟兩眼一閉，暈了過去。

「殺了，不能留。」

刀疤臉啐了口唾沫，正要舉刀，突然不遠處響起馬蹄聲，隱隱地已經能看見人影。

「前方是何人？」

幾個逃兵回道：「不好，是府兵，快走，想是張式那廝的屍體被人發現了。」

顧言看了一眼倒在地上的譚春兒，目光冰冷，握緊手中的匕首就要上前，袖口卻被輕輕拉扯住。

「顧言，走吧。」

他抬眼看她，蕓娘也直直望著他，對他搖了搖頭。

不是她不恨這譚春兒仗勢欺人，還和陸安歌一起綁架她，只是如今眼瞅府兵馬上就到，日後顧言要考功名，冒風險殺掉譚春兒，要是被人看到，落下把柄，這才是得不償失。

顧言收回目光，望了遠處一眼，又瞥了瞥地上的人，這才把匕首收起來。

「上車走。」

「駕！」

凌厲的鞭聲響徹在官道上，馬車一頭扎進了雨幕之中，再也不見蹤跡。

坐在馬車上，經歷惶惶一天的蕓娘似受了些寒氣，很快就暈暈沈沈睡了過去。

這一睡不知道睡了多久，迷濛中，似乎有人將她打橫抱在懷裡，到了個溫暖的地方。

有絲微弱的光從眼皮間隙照進來，她抖動下眼皮，見有個修長人影輪廓映在燈下。

「顧言？」

「嗯。」

聽到這回應，她懸著的心裡像是穩了下來，不知什麼時候起，只要聽到顧言的聲音，便覺得心安。

顧言起身，手裡擱下個什麼東西，緊接著是茶壺杯盞碰撞的聲音，輕輕的腳步聲響起，一個溫熱茶盞觸到她唇邊，那人的聲音氤氳在這淡淡的茶香中。

聞到這茶味，蕓娘才覺得喉嚨乾澀，自己已經一天沒喝水吃東西了。

她迷濛著眼，微微仰起頭，讓茶順著唇縫潤澤乾燥的唇瓣，有意無意地碰到那人的手指，只覺得茶是熱的，那人的手卻是冷的，她打了個寒顫，嘴裡帶了絲茶後味的苦澀。

「還難受嗎？」

蕓娘懨懨地搖搖頭，抬眼看向顧言。

「你呢，剛剛有受傷嗎？」

顧言搖搖頭，垂下眼。

「沒有。」

「沒受傷就好。」

蕓娘鬆了口氣，轉念一想讓那陸安歌和譚春兒就這麼走了，心裡仍有些懊惱。

顧言走到桌邊把手裡的茶盞放下，一身青衣更顯溫潤如玉，手裡摩挲個不知什麼物件，眼下的淚痣映在燭光下，修長的手指敲了敲桌面，好一會兒才緩緩開口。

「蕓娘，妳和陸府到底是什麼關係？」

蕓娘一看他手裡拿的正是她的長命鎖，怔了下，這肯定是顧言幫她贖回來的。

她就怕顧言這麼吊著問，像個上刑的劊子手般知道哪裡疼哪裡鬆，熬到你受不了了，他才慢悠悠地落刀給你個痛快，蕓娘心裡不由得有些發虛。

她嚥了嚥口水，心裡一橫，不就是陸家那點事嘛！

「我是陸家的親生女兒。」

顧言眼角一挑，轉頭看向她。

蕓娘道：「張娘子也好、陸安歌也罷，都是想帶我回陸家認祖歸宗的。」

顧言眉頭緊蹙，蕓娘掃了他一眼。

「可你這段時間也看到了，他們這般不擇手段，真的很奇怪，我又不是什麼天女下凡，這麼多年來陸家對我不聞不問，這陣子突然如此急切要尋我回去，肯定圖我些什麼。」說著她一扭過頭，帶著幾分倔強道：「我才不回呢。」

顧言的臉色在燈下看不清，只聽得他慢悠悠道：「可如果妳跟著我上京，勢必會再遇上陸家的人，妳不怕嗎？」

蕓娘怔了下，說實在的，她不想跟陸家再有半分瓜葛，這要是在之前，她肯定就避而遠之了，更何況今日這綁架殺人也十分駭人，說一點都不怕是假的。

可害怕過後，她更清楚的是眼前的形勢，自己退一步，陸家就會更進一步，上一世她就曾經懦弱過，才會受人欺負至死，這一世又怎麼能縮著腦袋叫人活活扼住前路，重蹈覆轍呢？

再說這一世她已經不是一個人了，她還有顧言，顧言可是將來會當首輔的人，這也是她的底氣。

想到這裡，蕓娘心裡清明起來，她要去京城。這一次她不會再一味逃避，她要正面迎上，看看那陸家到底打什麼算盤！

可……想是想明白了，這心裡話就是蕓娘性子再直，好歹兩世為人，也知道必須稍微轉個彎來說。

她抬眼看向面前的人。「我想上京。」

明滅燭光中，蕓娘直直望進顧言眼裡，一字一句堅定道：「顧言，我想和你在一起，待在你身邊。」

顧言聽到這話，心中一動，鳳目微挑，望著昏暗跳動的燭火，那光像是有種從未有過的感覺，只豆大一點便可將心頭燒得火熱，可又那麼不安，彷彿一陣風就能吹滅。

這感覺在他的人生當中是新鮮陌生的，就像昨日薹娘不見時，他心裡唯一的念頭，就是不管用什麼法子都要尋到她。

不僅他在打量她，薹娘也暗自看著顧言。

那張如玉的臉在燈下照不到的黑影處，好像看起來跟平日裡不大一樣。

她沒想到顧言有這能耐來救她，三個月的相處間，不知什麼時候起，顧言褪去了些少年氣，隱隱有了日後那權力在握、高高在上的影子。

風吹過燭光，讓那突然湧起的溫度涼了些，顧言斂起神色，微微垂下眼，食指骨節在桌沿敲了兩下，讓話題又回到可控的範圍內。

「薹娘，妳有沒有想過陸家急著找妳回去的原因？」

薹娘聽到這話，眉頭輕蹙，緩緩道：「想過，可想不明白他們下這般功夫到底圖什麼，按理來說，我有什麼好圖的？我沒錢沒勢，不過是個鄉下來的窮姑娘罷了。」

燈光搖曳裡，顧言慢悠悠道：「這倒不一定。」

薹娘一怔，只聽他思忖道：「照這幾次看來，妳對陸家絕不是個無足輕重的人，相反的，陸家很需要妳回去。」

陸家需要她？

上一世她在陸家總共待不到三年就死了，會有什麼事是非她不可的呢？

蕓娘正琢磨著，一抹黑影落在眼前，她抬眼看向面前的人，只見顧言抿了抿嘴，那眼底淚痣在光下顯得有些曖昧不清。

「讓個位置。」

蕓娘一怔，小心翼翼地往床裡挪了挪，覷著床邊的人，他眼下青黑，臉上帶著難掩的疲憊，這兩天一夜，不知為了救她花了多少心力。

顧言坐在床邊，解開外袍露出裡衣，因為逆光，修長的人影罩住她，熱氣騰騰的。

蕓娘心裡跳了下，匆匆移開眼，她躺在床上，下巴枕著臂彎，聽著身後木床的吱呀聲。兩個人呼吸輕輕地交替在這房子裡，像是兩種心思無聲地滋長，雖然誰也說不清到底是什麼，但彼此總有種安心。

驚險後的疲憊睏倦撲面而來，蕓娘揪住被褥，眼皮子直打架，把臉埋進溫暖被窩裡，漸漸合上了眼。

暮春三月，正逢寒食前後，草長鶯飛，汴河兩岸早早地就熱鬧起來，從南方來的漕船進了港，擠在河面上。

點點新綠綴在沿岸，垂楊蘸水，風一吹，綿綿的柳絮飄到兩旁遊人衣衫上，城門邊更是人聲鼎沸，牙人腳夫穿梭繁雜車馬間，市井的熱鬧滋長在這萬物皆顯的好時節裡。

馬車走到臨汴河大街，蕓娘從車裡探出了頭，深深呼出一口氣，望著眼前又高又大的宅子，熙熙攘攘永遠擠滿人的長街，春光漫漫裡恍如隔世。

汴京不僅是一座城，更是大周的命脈，可就這麼一個盛世的中心，上一世於她卻是噩夢，她一心想逃出去，可沒想到，兜兜轉轉竟又回到這裡了，她不禁心生感慨。

「到汴京了啊。」

顧言望著遠處宮殿的飛簷，聞著從宮裡傳出的丹藥味和紙錢燒化的味道，目光幽深，低低道：「是，回來了。」

「巳時，天色晴明～～」

晨光裡，清脆的鐵板聲從街口打了個轉走向鬧市，馬車悠悠地停在番街最裡面的一處宅子門口。

顧言從車上下來，回首向蕓娘伸出手，她把手搭在顧言手心裡，輕輕借力從車上跳下來，仰頭望著這宅子。

門倒是挺氣派，只是兩旁門楣已經褪色，顯得有些落寞滄桑，顧言上前扣了扣門環。

過了半晌，門被悠悠拉開，一個蒼老的身影出現在門邊，當老人家看清門外人的那一刻，身子都在顫抖。

「是我眼花了嗎？公、公子，是你、你回來了嗎？」

顧言扶住他的手，垂下眼。

「王伯，是我。」

蕓娘隨著顧言走進了宅子，進入宅子後一看，裡面比外頭看著還更大，三進三出，亭臺樓閣、水榭假山一應俱全，只是平日裡大概沒什麼人來，放眼一看哪都是冷冷的，少了一絲人氣。

顧言瞥了眼她好奇的眼神，解釋道：「這原是舊時我家的一處別院，堆雜物用的，因著地處偏僻，所以查封時被留了下來。」

蕓娘聽到這話，咂舌嘆道，乖乖，這麼大個院子是原來堆雜物的，那顧家沒出事之前該是多富貴氣派的人家。

到了前廳，那管家王伯激動地拉著顧言想多聊幾句，突然眼神瞄到蕓娘身上，不禁疑惑地問：「公子，這位姑娘是……」

蕓娘走出來，朝著王伯福了福身子，微微一笑，露出甜甜的梨渦。

「王伯，我是顧言的娘子。」

聽到這話，王伯睜大了眼睛，求證的目光看向顧言。

「公子，你成親了？」

顧言眉梢一挑，沒說什麼話，只是點點頭，這便是認了，王伯先是一怔，眼角皺紋深深再向下一壓，話音裡止不住地歡喜。

「好、好啊，公子，如果老爺夫人在天之靈知道你成親了，定會感到欣慰的，也不會擔憂顧家以後斷了香火了，太好了。」

聽著王伯這番話，蕓娘一時有些心虛，畢竟她並沒想到要給顧家傳什麼香火。

只聽王伯又道：「瞧我這老糊塗，公子這一路回來必定是舟車勞累，我這就去把房子給收拾出來，這幾天汴京夜裡還有些冷，還得把炭燒起來，暖暖和和地才能住人。」

「不必了。」顧言微微蹙眉，起身道：「我們自己收拾就行，家裡不比以前了，王伯你也不用那麼精細。」

「可……」

王伯還想說什麼，倒是蕓娘主動站出來了，捲起袖口笑盈盈道：「放著讓我來吧，收拾屋子、燒火做飯我可都行。」

說幹就幹，這一路車坐得蕓娘身子骨都生鏽了，到了汴京，終於有她可以施展手腳的地方了。

蕓娘先把東邊院子裡的雜物整理出來，再抱著被褥床帳洗洗刷刷，一轉頭日頭都下山了，這一忙竟然忙了一天，蕓娘擦了擦臉上的薄汗，頗為滿意地看著自己的成果。

正在這時，蕓娘才發現剛剛人還在書房的顧言不知去了哪裡，方才他和王伯似乎正說些什麼，怎麼一轉眼人就不見了？

天色漸暗，蕓娘在灶房點了盞燈籠出了院子，順著環環繞繞的長廊尋出去。

入了夜，這院子四下有幾分陰冷，夜風吹過手中的燈籠，淒惶的燈更顯得這院子有些冷清。

她走到一處房間外，只見朦朧的燈光從木門的菱格裡透出來，斷斷續續的說話聲順著夜風飄到耳邊——

「公子，大人的屍骨我去尋了，可那時情況實在太亂，沒辦法，我只立了衣冠塚。」

「王伯，你有心了。」

這時只聽一聲門響，那木門被猛然從裡面拉開，王伯看見門邊的蕓娘一愣，而蕓娘也是一愣，不過倒不是因為迎面而來的王伯。

她提著燈，越過王伯的肩頭，看到顧言一身白衣跪在房中，而正前方擺著滿桌的牌位，瑩瑩燭光中，密密麻麻。

蕓娘過去已聽說過顧家的種種，可當真正面對顧家滿門抄斬的過往時，這滿桌牌位壓得她有些喘不過氣來。

蕓娘輕輕地跨過門檻，深怕冒犯這些風雨漂泊中的遊魂。

她看著眼前顧言削瘦筆直的脊背，只那麼跪著，卻像把這靈堂扛在了身上，沈重難言。

似是聽到了些動靜，顧言微微抬起臉，回過頭望向她，鳳眸裡有絲驚訝，聲音微啞。

「妳怎麼來了？」

「我看你這麼晚還沒回房，就尋過來了。」蕓娘把燈籠放在顧言身旁，緩緩蹲下。「回屋吧！」

顧言望著她，眼裡有些說不出的壓抑，他啞著嗓子，搖搖頭。

「妳先去休息，我不睏。」

蕓娘抿了抿嘴，乾脆拉過一個墊子坐在顧言身旁。

穿堂風吹在這屋子裡，有些冷颼颼地，她往顧言身邊挪了挪，晦暗不明的燭光下，兩人並肩坐在一處，望著眼前的瑩瑩燭光，忽明忽暗，真覺如這不安穩的人生一樣，說不出的淒惶。

蕓娘仰頭看著這些牌位，想像著自己要是顧言，面對全家蒙難、只剩自己獨活在世會是什麼心情。

那必定是難受極了，最難受的不是死亡本身，而是看著至親之人一個個的離去，卻無能為力。

換作她遇上這些事，也許會大哭一場，也許一輩子都會過不去，大概是做不到顧言今日這般冷靜自持。

沒來由的，蕓娘想到了冬天裡撿到顧言的模樣，都在生死關頭了，他也是帶著幾分冷靜倔強，在雪地裡喘著最後一口氣……

「我娘走得早，我自小是跟著祖父和父親長大的。」

清冷的聲音響起，蕓娘一愣，這是顧言第一次提他家裡的事。

「我雖性子淡泊，但也有調皮的時候，有次意氣風發騎馬出門，不料撞了人，回到家父親拿蘸了水的柳條抽我，祖父也不幫我說話，我那時只覺得教導嚴厲，後來才知，我撞到的是聖人崇仰信奉的一名道士，為了這事，我父親被諫官參了數十道，差點被免官，我祖父一把年紀了，半夜跪在聖人為其建造的宮中道觀外求那道士網開一面，他們不說，可卻是處處護著我。」

蕓娘怔怔地望著顧言，他最後一句話似在喃喃自語。

「以前渾然不覺，真到沒處遮風避雨，才覺天寒……」

蕓娘聽到這，也不由地想到自己從小到大的經歷，望著那忽明忽暗的燭光，也喃喃開口——

「我懂你的感受，我阿爹也是，他曾跟我說當兵時見過的死人比活人多，從小旁人家的姑娘都是哄著寵著，唯有我得幹粗活累活，我累的時候也鬧過哭過，阿爹卻不管我，他說他總有一天要走的，若他真的走了，留我一個人也得有能耐活下去。以前不明他心思，如今方知其深意。」

顧言沒說話，轉過頭看她，蕓娘也望著他，眼裡映著瑩瑩燭光。

「天寒就擠一擠，有個人一起走，路就不難走了。」

說完，蕓娘轉個身，把團墊挪了挪，鄭重地跪在顧家先人牌位前，雙手合十，嘴裡念道——

「顧家各位叔叔伯伯、嬸嬸娘娘、阿爺阿爹在上，保佑顧言平安順遂，無事絆心，這回一定要高中，回頭蕓娘一定多多給你們燒紙祭拜做好吃的。」

說完她磕了個實實在在的響頭，轉頭看向顧言，顧言也看向她，臉隱在這燭光陰影之下。

「蕓娘，」他輕輕道：「會不會有一天連妳都離開我？」

聽到這話，蕓娘右眼皮一跳，這話可不興說，雖說她是有將來捲錢跑路的念頭，但可不能叫顧言知道，莫不是他瞧出了些什麼苗頭來了？

蕓娘伸著脖子，聲音故意放大了些。「怎麼可能，我怎麼可能離開你，我可是你娘子，成了親的。」

顧言沒再說話，只是垂著眼，臉色不辨喜怒。

蕓娘舔了下嘴唇，只覺得剛那話心虛，喏喏道：「不早了，那我就先回去休息了……」

話還沒說完，蕓娘剛起身，手腕就被一握，身子被向下一拽，整個人天暈地轉倒在他懷裡，她睜開眼看到的就是房頂的木梁，還有他深邃的目光，惹得人心怦怦直跳。

蕓娘手忙腳亂要爬起來，顧言卻手一拉，更將她箍在懷中。

兩人湊得極近，灼熱的呼吸噴灑在耳廓，他幾乎貼在她頸側輕聲說：「蕓娘，妳發個誓。」

蕓娘屏住呼吸，眼睛睜得滾圓。「發、發什麼誓？」

顧言垂下眼，慢條斯理道：「說妳不會離開我。」

蕓娘一怔，飯可以亂吃，誓可不能隨口發，這是要遭報應的。

然而此時顧言正看著她，那雙素來清冷的眼睛，此刻出奇的溫暖，長長睫毛交織在一起，灑下些說不清道不明的情愫來，讓人看不真切。

蕓娘猶豫了，她要是今日發不出誓來，顧言會怎麼想她？

好吧，為了讓他安心求功名，發個誓算什麼，蕓娘心下一橫，仰起頭，抬眼望著顧言道：「我發誓，我陸蕓不會離開顧言。」

起了個頭，下面的話就好說多了。

「若有違此誓，便、便……叫我這輩子都過窮日子，發不了財。」

不知是不是昨晚顧言逼她發的誓有些嚇人，蕓娘晚上作夢都不安生。

夢裡，在微弱的燭光下，顧言對著她柔聲細語道：「蕓娘，說妳不會離開我。」

顧言那張漂亮得過分的臉蛋就在眼前，氣息輕輕地灑在耳廓，連呼吸聲都分外具有迷惑性，她迷了心神，只知道暈暈乎乎地回答。「好。」

可話音剛落，顧言就變了臉色，一把箍住她的手，居高臨下地盯著她，冷冰冰道：「這可是妳說的，敢跑我就打斷妳的腿。」

蕓娘渾身抖了下，什麼旖旎心思都沒了，只覺得眼前一黑，面前這人就是個活閻王，幸好場景轉瞬一換，顧言不見了，接續的是另一個夢——

這是個春光明媚的日子，她抬起頭望向四周，自己像是身處在一個宴會上，眼前是座波光粼粼的池子，在陽光照射下亮晃晃一片。

衣香鬢影，脂香粉濃，蕓娘穿著一身華服像隻鵪鶉一樣夾在中間，一個人影掠過，將桌邊的酒盞翻了下來，酒液正好灑在她簇新裙面上。

「唉呀，真是對不起。」

「沒、沒事的。」

蕓娘低著頭嗡聲道，起身匆忙提起裙裾閃到一處假山後整理衣裝，正掏出帕子彎腰要清理之際——

「那陸蕓……」

猛然聽到她的名字，蕓娘心頭跳了下，發現假山另一邊有兩個人站在陰影下，正絮絮低語地談話。

「交代的事都辦好了嗎？」

這聲音有些尖細，帶著些上位者的頤指氣使，風裡傳來些淡淡的香味，聞起來像是灰燼的味道又像是香燭的味道，暈暈繞繞，讓人不大舒服。

只聽另一人恭敬應道：「不敢誤了日子，都計劃好了，太真宮……邵元……」

什麼都計劃好了？蕓娘眼皮一跳，朝著假山縫隙望去，只覺得那身影有些熟悉，赫然是她親娘陸家夫人趙氏，只聽趙氏話音越來越低，她想聽個究竟，可怎麼也聽不清楚……

一聲清脆的梆聲在耳邊響起，她猛然驚醒，意識回籠，睜開眼發現已天光大白，有細碎的光從青帳外透進來。

蕓娘怔了半天，這才想起自己是在顧家的舊宅，門外傳來些說話聲，仔細一聽，是顧言的聲音，只是壓低了，不知在和人說些什麼。

過沒多久，話音將落，一股冷風吹進來，蕓娘隔著層紗帳見顧言進來，他穿著一身淡青色的袍子，襯著窗外的春光，謙謙郎君，手神如玉。

「醒了？」

「我這就起。」

蕓娘知道自己睡過了頭，急急掀開被褥就要下床，可動作剛到一半，想起自己只穿著裡衣，連雙襪子都沒穿，腳丫子光溜溜的露在外面，這才覺得不合適，剛想縮回去，卻見紗簾一掀，顧言已站在床邊，彎下腰手往床上一探，把她的腳丫子合進掌心裡。

那手有些冰涼，比常人的體溫低些，蕓娘打了個寒顫，一時間話都忘了說，睜大眼睛看著顧言，這、這大清早的發什麼瘋？

只見未來的顧首輔坐在床沿，把她的腳擱在膝頭，拿起一旁的羅襪給她穿上，蕓娘不由想起夢裡那陰惻惻的場景，小心翼翼喊了聲。「顧言？」

顧言挑眉看向她。「怎麼了？」

蕓娘抽了抽腳，想把自己的腳縮回來，卻被那人箍在手心裡，還捏了兩把腳尖，輕聲道：「別亂動。」

蕓娘僵在原地，她是不敢動了，可這是嚇的。

她偷覷著顧言，眼睛還是那雙眼睛，鼻子也還是那個直挺的鼻子，連那顆淚痣都沒變，但怎麼隔了一晚上，他的行事就變了個人似的？

顧言以前總會與她有意無意保持些距離，就連睡一個被窩也要留條縫兒，哪會做這些事？別不是昨晚一個人傷心過度，今早還沒緩過神來吧。

藼娘在這邊百轉千迴，可偏顧言動作還自然得很，服侍她穿完鞋襪之後還要拿起她的長衫，藼娘一把搶過抱在懷裡，臉上又紅又慌。

「我、我自己來。」

她垂著腦袋不敢看他，只是露出光潔的脖子，將外衫套在身上。

顧言瞇著眼看她，藼娘雖說是鄉下長大，可長得格外白皙，凡是露在外面的都白嫩得跟羊脂玉似的。

藼娘知道他在看她，手上那平日挺容易繫上的扣子偏這會兒怎麼都繫不上，急得滿頭大汗。

顧言移開眼，轉身打簾走到屋內。「我剛進來看妳睡得不安穩，是作夢了嗎？」

藼娘一愣，手下摸找到扣眼，食指輕輕向裡一扣。「沒、沒。」

話雖這麼說，她還是想起剛才夢裡的情景來，先頭那個必然是昨晚顧言讓她發誓留下的陰影，看來常言道說假話走夜路容易出事，都是真的，蒼天可見，她也不想說，還不是顧言逼著她說。

至於後來的夢，蕓娘蹙起了眉頭，隔的時間有些久，夢裡不記得是哪次的宴會，但這是上一世某回宴會上聽到的對話，卻因著當時慌亂，沒有放在心上，可現在想起來處處都是蹊蹺。

趙氏同誰說話，為何提到她的名字，還對那人恭敬有加，還有後邊那句「不敢誤了日子」指的是什麼事？「太真宮」聽著像個道觀，可那「邵元」就沒頭沒尾了……

蕓娘越想越覺得迷惑，直覺這些話和陸家找她的原因脫不開干係，可到底是有用的線索少了些，單憑這兩句話也琢磨不出什麼意思來，心頭劃過一個念頭，若是、若是能聽清楚就好了。

蕓娘突然一愣，聽清楚？

是啊，她隱約記得那場宴席就是在這時節辦的，算算日子，必然是這幾日了，不知道能不能再去一次，把這事搞清楚？

想到這，她抬起頭看向顧言。

「顧言，你可知這幾日汴京有什麼熱鬧的宴會嗎？」

顧言瞥了她一眼。

「三月初，理應有官辦的鹿鳴宴，還有賞花出遊的寒食宴，但最近的是在金明池設的春日宴。」

聽到金明池，蕓娘眼皮一跳，想到夢裡那波光粼粼的水池，算了算日子，也恰好對得上，她抬起眼。

「你可去過那春日宴？」

「去過幾回，車服鮮華，多是浮浪，初時還覺得新鮮，後來也沒什麼意思。」顧言淡淡說完，瞥了她一眼。「妳想去？」

蕓娘自是想去那春日宴再仔細瞧瞧到底是誰說話，又想聽個明白說了些什麼，於是她下了床，湊近拉了拉顧言的衣角。

「想去。我初來汴京，哪都還沒瞧過呢，沒吃過豬肉還沒見過豬跑嗎？早就聽人說汴京繁華，好不容易來了汴京，又碰上這麼大的宴會，我自然想去看看富貴人家到底是怎樣的光景。」

蕓娘說完有些忐忑，生怕顧言不願陪她，畢竟這事說起來有幾分任性，顧言性子又冷，這事他不一定會答應。

「妳要是想去，我便陪妳去。」顧言淡淡說。

蕓娘有些意外，她還以為必須軟磨硬泡呢，沒想到這麼簡單？

顧言見她眼睛睜得滾圓，跟隻受驚的貓一樣，眼角微微一挑。「還是妳不想去了？」

「去，我去。」蕓娘急忙把話答應下來。「可萬一……」

她還是有幾分擔心，顧家那舊事鬧那麼大，這種公卿世家的交際場，萬一顧言遇到個舊人豈不是面子上過不去？

「沒事。」顧言似乎一眼就看透了她的心思，嗤笑一聲。「我既然敢回到汴京城，就不怕人知道，相反的，我露面便是要讓那些人親眼看到……」

蕓娘抬眼看他，只見他眉目流轉，連那淚痣透著絲張揚——

「我顧言活著回來了。」

第八章

三月初，天氣初暖，一輛輛車馬堵在金明池園林外，衣香鬢影，人影浮動，熙熙攘攘，蕓娘掀開車簾，卻發現自己著實是想得太簡單了，今日來的官家女眷眾多，根本一眼找不到陸府的人。

「客可有名帖？」

到了門邊，顧言遞上帖子，那人看完，恭敬地收下帖子，只是多看了顧言一眼，深深地一躬身。

「顧解元，請。」

蕓娘戴著帷帽跟在顧言身後，進了金明池的園林。

一路走去奇花異木，假山林立，可蕓娘卻沒心思看景色，她一路上隔著層紗打量著過往的人，直至走到正廳，順著前世記憶朝內一望，果然遙遙看見了女眷中與人交談的趙氏，果然她猜對了，上一世趙氏帶她來的就是這春日宴，只不過比起上一世，趙氏今日可有些愁容，不知是為了什麼事。

只見她同人攀談幾句，一個丫鬟走來在她耳邊說了幾句，趙氏變了臉色，脫開人群朝園子後頭走去。

蕓娘正想快走幾步追在後面，忽又見一頂轎子虛掩著從遠處來，園林裡眾人紛紛避讓，蕓娘只一愣，好像又聞到那暈暈沈沈的香味，不禁踮腳出神地望著。

「什麼來頭？好大的排場。」

顧言望了一眼。

「宮裡的人，聖人身邊最寵幸的太監，陳榮。」

這麼一愣神間，剛才的趙氏也沒了影子，一個人從廊下迎面走來，身後簇擁著幾人，身形修長，朝著兩人迎面走來。

「我還當是看錯了呢，真的是你！幾時回來的？我阿祖前兩天還念著你。」

蕓娘朝那人看去，一身紅衣八品官服，圓圓臉，看著跟顧言差不了幾歲。

顧言瞥了那人一眼，對著蕓娘解釋道：「這是王世則，算是世交同窗。」

蕓娘朝著來人福了福身子，王世則打量了蕓娘一眼，有些怔住。「顧言，這是……」

顧言微微垂下眼。「我娘子。」

王世則粲然一笑，拍了拍顧言肩頭。

「行啊你，都在擔心你死活，沒想到你去漳州苦境還拐了個小娘子回來，也虧你這冷性子，人家肯跟你……」

蕓娘默默撇過頭去，幸好有層紗擋著，不然非得讓人看到她心虛的表情，這哪是顧言拐走她的，她把顧言拐了還差不多。

「顧言?!」

王世則話還沒說完，一個人橫衝直撞地撥開人群走過來，他個頭比顧言還稍矮些，膀寬腰圓，穿著一身鮮亮華服，更顯膚黑，眼下有些浮青，目中傲氣滿滿，一看就是聲色犬馬裡泡久的世家子弟。

他停在兩人面前，瞇著眼，語氣又驚又疑。「你居然還活著？」

「李三郎，這人是哪位？」

身後簇擁的人問著，李三郎雙目盯著顧言，露出一口白牙介紹道：「顧家大郎，就是那個和太子謀反被抄了全家的顧家，按理說還是我李國公府的親外姪，我還得稱他一聲表兄，是嗎？顧表兄。」

這話一出來，眾人抽了口冷氣，竟是沒人敢笑出聲了。

一提顧家誰不知道，朝中新舊兩黨對立已久，顧家盛極一時，卻因支持太子和新黨遭難，舊太子被廢那夜，顧家抄家哭嚎聲也是響徹了整個汴京城，聽說顧閣老臨死前終於服了軟，寫了首絕筆青詞直送到了聖人心坎裡，這才給顧家留了條活路。

可顧家大郎流放邊境，雖說是赦免了，也沒想到真能活著回來。

「既是顧言的表弟，為何說話這般語氣？」

蕓娘疑惑問，一旁的王世則聽到後，悄聲道：「小娘子，顧言沒同妳講嗎？國公府是裕王派，顧閣老曾作太子太傅，是太子黨，兩家素來不合，想當年顧閣老在的時候，真沒少下狠手參國公府的事。」

還有這麼一層關係，蕓娘聽後心裡覺得權力鬥爭這東西著實複雜，顧言長這麼大，該見過多少這些人和事？

李三郎厲聲道：「你顧言反賊一個，憑甚進得這汴京城？」

顧言抬眼冷冷地說：「聖人當日特赦，便除了我的罪身，莫非你質疑聖人？」

「皇恩浩蕩，你少拿那些虛話壓我。」李三郎嗤笑一聲，走近低聲道：「沒想到啊，老天不開眼，竟讓你活了下來，就是不知道還會不會再出個翻手為雲覆手為雨的顧大人，反正你顧家慣是些狠辣角色，當年我國公府遇蘭臺案，一家老小跪在門前哭著求你們，可你顧家看我們跟看條狗一樣，如今真是風水輪流轉。」

顧言一貫面色不變，只眉梢一挑，對著眼前人淡淡道：「表弟，要想讓人認得，得先做個人才是，你國公府賣官發財，可都被萬民百姓戳著脊梁骨，不是狗是什麼？」

「你！好，今日我倒要看看你顧言有多大的能耐。」李三郎陰沈著臉，對身邊人道：「把我的弓拿來。」

王世則上前一步，皺起眉頭。

「李三郎，你要做什麼？」

國公府是武將出身，這三郎李延擅長弓法，全京城的人都知道，有著百步穿楊的名聲，也因此今年武舉拔了頭名，這會兒拿弓肯定沒安什麼好心思。

一旁的家奴把長弓遞上來，李三郎拉了拉，指著不遠處的靶子。

「自然是與我表兄比試比試，其他的我說不準，可對箭法我還有幾分信心，顧言，今日你我就比比箭，贏了你走，我李三郎日後見你繞道而行恭恭敬敬，絕不多說半個字，可若是你輸了……」李三郎瞇著眼，一字一句道：「有我李三郎一日，你顧言這輩子不准再踏進這汴京城一步。」

王世則眉頭皺得越發深，憤憤不平道：「李三郎，你別欺人太甚。」

李三郎嗤笑一聲，拿起一把弓遞給面前的人。

「少廢話，顧言，比不比？」

蕓娘在一旁聽完也覺得這比賽不大公平，她從沒見過顧言拉弓射箭啊，他一個單純讀書人，怎麼會這些東西。

她擔心的望向顧言。「顧言，這……」

但顧言撩起眼皮，接過弓，涼涼地吐出一個字。「比。」

蕓娘一愣，只見李三郎兩腳開立，別看他個子不高，下盤極穩，左手持弓，右手向後拉開，胳膊上的肌肉繃得極緊，手指鬆開，只聞一聲凌厲的風聲，那箭正中靶心！

旁邊的人頓時響起陣陣驚呼，不愧是武舉人出身。

李三郎聽著人群的呼聲，臉上不無得意之色，而顧言這邊也舉弓搭箭，他面色冷峻，身子挺直，修長的手指捏住箭尾，蕓娘睜大眼睛，她之前也見過阿爹打獵，阿爹說這捏弦比拉弦射箭難得多，沒想到顧言這般厲害，竟連這個都會。

只見顧言手臂向後張開，只朝前一放，那箭勢如破竹，穩穩地插在靶心正中央。

人群中又響起陣陣驚呼，雖說世家子弟打馬騎射總要學會一些，但大多都是附庸風雅而已，真的練出些名頭的沒幾個，沒想到，這看起來文文弱弱的顧家大郎竟是個狠角色。

李三郎也是臉色一變，咬了咬牙，喊道：「再挪遠五丈。」

說罷，李三郎陰沈著臉，又是搭箭拉弓，只聽風聲呼嘯而過，那箭中了靶心。

而顧言一抬眼，只是手臂向後拉的幅度大了些，眼睛眨都不眨，這一箭出去竟也是靶心。

這下旁邊的人俱是交頭接耳起來。

李三郎臉色不甚好看，先掃了眼身邊神色不變的顧言，再看了那靶子一眼，咬著牙對家奴喊道：「換把長弓來，再挪遠十丈。」

「李三郎，你莫不是瘋了！」王世則喝道，摁住他的手。「你天生力氣大，那弓更是特製的，你竟敢這樣跟顧言比。」

「怎麼？」李三郎一把推開他，拉起弓，這一次手臂直接繃圓了，他陰惻惻一笑。「你們這些書呆子比不起啊？」

話落他將箭射出，那箭如迅雷衝過百丈穿透靶心，可見力氣之大，眾人又是一陣呼聲。

李三郎回過頭，朝顧言瞥了一眼。「現在認輸還來得及。」

顧言握著弓沒動，尋常弓最多就是十丈，可這李三郎仗著力氣大，竟能射到十五丈開外的距離，這確實不是常人能做到的。

李三郎見他沒動，臉上淨是輕蔑的笑。

「我還當你多厲害呢，不過也就是如此……」

顧言垂下眼，正思忖之時，突然一隻小手搭到弓上來，只聽清脆的聲音響起。「不如……我試試。」

顧言轉過頭，只見蕓娘帷帽輕輕晃動，一雙大眼睛隔著層紗隱隱約約望向他，咬著嘴唇。

「顧言，讓我來試試這弓。」

顧言想到蕓娘曾經的那些「壯舉」，微微一挑眉，緩緩放開手，將弓交到她手裡。

李三郎不無輕蔑看了兩人一眼。

「她是誰？顧言，你比不過我竟隨便找個娘們充數？」

顧言退了幾步，轉過頭看向李三郎，目光冷然。

「不是隨便什麼人，她是我娘子。」

「我管你是誰？好啊，你要來就來，反正輸了，都算在你顧言頭上，我看今日你非得滾出這汴京城不可了。」李三郎狂妄地道。

「顧言，這使不得，你家那是嬌滴滴的小娘子，怎麼能跟人比箭呢？萬一傷著了……」王世則也拉過顧言，低聲絮絮勸道。

顧言轉頭看了眼自家「嬌滴滴」的小娘子，神色有些複雜，喃喃道：「誰傷著還真不好說。」

「誒，你什麼意思？」

王世則一愣，還沒來得及再勸，只聽得「錚」的一聲，他嚇得一激靈，只見顧言家的那小娘子委屈兮兮地轉過頭抱怨——

「顧言，他這弓不好使，一拉就斷了。」

春光晏晏，宴席間三五賓客聚集在一塊兒，談笑聲隨暖風攏起來又散開，傳到園子四處，而在宴會不起眼的一處角落裡，圍了好些看熱鬧的人。

人群中間站著國公府的李三郎，他似與人比試著什麼，持箭氣勢逼人，可有意思的是站在李三郎旁的是個小娘子，身量不高，帶著頂白紗帷帽，雖看不清具體相貌，但影影綽綽能瞧見眼神靈動，必是個嬌俏模樣。

可要再往下看，則讓人心口一跳，那小娘子手裡拿著把斷弓，弓是從中間斷開的，瞧著缺口參差，是被人硬生生從兩頭給用力拉斷的，這該有多大的力氣？

李三郎掃了眼蕓娘手裡的斷弓，臉上的表情可謂是精彩，語氣裡驚疑不定。「怎麼可能，我府裡的弓是用拓木和牛角做的，百金一把，怎麼會說斷就斷？」

蕓娘掂了掂手裡的弓，這弓對常年使殺豬刀的她來說，還真不算什麼，李三郎這麼說，無非是說她不可能有這麼大的力氣。她轉過身，一挑秀眉，隔著層朦朦的薄紗看向面前人。

「弓不好，還不讓人說嗎？」

只聽「啪」的一聲，蕓娘手上用力，那所謂百金的斷弓又掰成了四段，人群中響起了抽氣聲，王世則嘴張得比眼睛都大，拉住一旁的顧言。

「你、你看到了嗎……她，她……」

顧言只掃了眼蕓娘，神色淡淡。

見到這番光景，李三郎陰沈著張臉，對身邊家奴道：「去我車上再拿把弓來，要十二石的。」

人群裡頓時跟那燒開的沸水一樣，竊竊私語響成一片，十二石的弓放戰場上能射死一匹壯馬了，尋常人根本拉不開，這李三郎現如今把這弓給那女子，這不是等著讓眾人看她笑話嘛。

「顧言，十二石的……」王世則小聲說著，可顧言依舊神色無變化，他只能心裡納悶，不知他怎能這麼淡定，似乎一點也不著急似的。

國公府的家奴小跑著回來，將一柄新弓遞到蕓娘面前，蕓娘拿在手裡掂了掂。

李三郎不無得意地說：「這弓是照著上戰場打匈奴仿的，尋常人的臂力根本拉不開，妳……」

話音未落，蕓娘只是換了隻手，左手持弓，右手向後，便在眾目睽睽之下，張開胳膊，輕輕鬆鬆把弓拉了個滿懷。

人群中聲音漸落，屏住呼吸，只盯著她手裡的弓，連李三郎也不由地看向她。

那帷帽前的面紗輕輕被風吹動，只聽得清脆的放弦聲，可是眾人卻一愣，沒看到預想之中勢如破竹的箭，反而是「啪嗒」一聲，箭歪歪扭扭地掉在了不遠處的地上。

王世則一怔，看著空放的箭，皺起眉頭，暗自嘀咕，敢情顧言家的這小娘子只是力氣大，壓根兒不會射箭。

李三郎眉毛緩開，輕蔑一笑，瞟了眼蕓娘身後的人，挑釁道：「我當是多厲害呢，不過是虛張聲勢，顧言，別整這些沒用的，讓個什麼都不懂的黃毛丫頭在這邊充數，別是自己怕了吧。」

說完哄笑聲從他身後陣陣襲來，層層疊疊壓在蕓娘耳邊，蕓娘看到李三郎這副狂妄樣，心裡不服氣，又拉開弓，但她光有一身蠻力，心裡焦急，根本不知道怎樣才能將箭射到靶子上，越急越亂，心裡不由得埋怨自己手笨。

「目視前方，身挺直。」

突然涼涼的聲音從耳邊傳來，蕓娘怔了下，側過頭正對到身後人的脖頸處，風吹著面紗，見他眼尾那顆淚痣映在逆光裡，不禁心跳漏了一拍。

「身體不要轉，看前方，左手握緊，箭尾卡進弓弦。」

聽著顧言慣常冷靜的聲音，像是風撫平了心裡的毛躁，慢慢靜了下來，她正身轉向靶。

「妳看，虎口朝這兒，瞄準沒那麼難。」

他修長白皙的食指輕輕搭在她手上，像是定住了她的手，冰冷的體溫從指尖傳來，淺淡的呼吸聲就在耳邊，有絲說不出的涼意。

一旁李三郎微微瞇起眼打量著顧言教蕓娘的動作，語氣裡滿滿的輕蔑。

「故弄玄虛，這箭法一時半會兒哪有這般好學？」

一旁拍馬屁的人紛紛附和道：「就是，哪那麼好學。」

「可不是，要是這兩三下能學會，豈不是人人都可以考武舉……」

聽著人群中的嗤笑輕言，顧言依舊穩穩地站在她身後，蕓娘將那弓一點點拉開，直到力度灌滿雙臂，聽到顧言果斷道：「勾弦，放。」

「咻！」

箭以離弦之勢射出去，劃破獵獵長風，像道閃電，直中靶心！

「中，三寸！」

笑聲戛然而止，望著報數的人，剛才還在笑的人表情皆是僵在嘴邊，愣愣望著那兩人。

蕓娘收起手，顧言緩緩鬆開手，瞥了她一眼。

「會了嗎？」

「挺有意思的。」

蕓娘笑了笑，這箭拉緊射出時，倒是別有一番爽快輕鬆的感覺。

李三郎瞧著蕓娘輕鬆的模樣，臉色陰沈下來。

「既然會了，那再來一局定勝負。」

「等等。」蕓娘執著弓，偏過腦袋，瞥向李三郎，揚聲道：「這不公平，比什麼都是你提的，規則也是你定的，什麼都是你說了算，還比什麼比？」

李三郎沒好氣道：「那妳要怎樣？」

蕓娘瞥了眼他一身華服，像個待宰的肥羊一樣，眼睛烏溜溜一轉。

「賭大些，賭錢。」

李三郎腮幫一抖，嗤笑道：「好啊，若是這一箭我輸了，我賠妳千金。」

話音將落，他便握弓拉滿，一隻眼死死盯著那遠處靶子，只聽乾淨俐落的放弦聲，一支利箭直刺而去，破風而過，那箭竟生生插進之前的箭，將箭劈成了兩半。

不愧是武將世家出身的啊，眾人心裡驚嘆不已，再看向那姑娘，不由得有些惋惜，力氣大又怎樣？畢竟是個女子，還能比得過這練武的男子嗎？

蕓娘站在眾目睽睽之下，斂起心神，舉起弓，心裡念著剛才顧言同她說的話，一瞬間耳邊的嬉笑聲靜了下去，蕓娘眨了眨眼一鬆開手，箭飛射而出，輕紗隨著手中放弦輕微搖晃——

「脫靶，沒中！」

人群中響起一陣哄笑，李三郎臉上露出一絲輕蔑和得意。「我就說……」

「找到了！箭在這兒！」

報數人站在遠處揮手喊道，眾人望去，沒想到她的箭竟然射穿了草靶，直直沒入了假山的石頭上，停了半晌，皆是一臉不可思議。

箭能入石，這得多大的力氣？

以前只聽說古來名將才能將箭射入到石頭中，誰承想今日這麼個嬌小的姑娘竟有這般大的力氣。

蕓娘轉身看向李三郎，揚起臉。「這不算輸吧。」

李三郎有些恍惚，似有些不敢置信，可那箭分明在那兒，即使是他，使足了力也不可能把箭射進石頭裡。

他臉色黑如烏雲，瞇著眼在蕓娘身上打了個轉，停了半晌，話音似從後牙槽擠出來。「力不如人，甘拜下風。」

說著，他望向她身旁的顧言，神色有些複雜。「顧言，從今日起，我李三郎絕不會再找你半點麻煩。」

說完，李三郎轉過身，和來時一樣，帶著簇擁他的人浩浩蕩蕩就要離去，此時一聲清脆的聲音在身後響起——

「慢著，錢呢？」

李三郎身子頓了下，轉過頭看著那小娘子，只見她慢悠悠走近，此時眾人想起她剛才那一箭，已不覺得這小娘子柔弱可欺，紛紛向後退了一步。

李三郎嚥了嚥口水，硬著頭皮把身上摸了個遍，低頭急急問身邊家奴。「可有帶錢？」

家奴腆著臉笑。

「公子，小的跟您出門參宴，哪裡會帶那麼多銀錢。」

這場景蕓娘以前看人買肉的時候演多了，多是沒錢時耍賴慣用的手段，她秀眉一挑，拉長了話音。「哦，看著威風得不得了，原來想賴帳啊！」

「笑話，我堂堂國公府家的三公子……」

李三郎話還沒說完，一隻手伸在他面前，乾脆地打斷道：「那就別廢話，掏錢。」

李三郎被逼急了，當著這麼多人不好落下面子，對著站在她身後的顧言道：「顧言，你這娘子屬什麼的？是這輩子沒見過錢嗎？不管管嗎？」

顧言撩起眼皮，掃了他一眼，兩人眼觀眼、鼻觀鼻。

「管不了。」

「你！」

李三郎吃癟，他倒是猛然忘了這顧言慣常是個不吭聲的黑心腸子，和這小娘子一個唱紅臉一個扮白臉，讓他一時間啞口無言。

「好，好，這也是邪門了，讓你顧言從哪裡找來這麼個小娘子，不就是要錢嘛，這弓我就送給妳了。」

蕓娘一臉嫌棄。「我要你這弓做什麼？」

李三郎黑臉漲得通紅。「妳不識好歹，這弓百金一張！」

「那又怎樣？」蕓娘嫌棄地說，在她眼裡這東西不能吃不能喝，她又不上戰場打仗，在家裡射鳥玩啊。

眾目睽睽之下，李三郎被逼得沒辦法，又摸了摸身上，一咬牙，滿臉肉痛地把個物件拋給她。

蕓娘伸手接住，只聽他道：「宮裡的東西，可還行？」

一聽是宮裡的，蕓娘眨眨眼，悄無聲息地把東西收到了袖口裡，清脆道：「那就這樣吧。」

見她鬆了口，李三郎似是一刻都不願多留，氣呼呼地轉頭帶人就走，看熱鬧的人群也散開，對於看客來說今日這比試也不過是春日宴上的一個插曲，隨著春光漸落融入旁人的閒話談笑裡，慢慢地也就沒誰記得了。

「有生之年能看到李三郎吃癟，也是難得。」王世則回頭看了眼蕓娘，作個揖。「顧家娘子，當是個人物。」

蕓娘前世參加宴會總是被人奚落嘲笑，哪曾讓人這麼正經地誇過，還有些難得的害羞起來，連忙擺手。

「哪裡哪裡，就是日常幹些活計，力氣大了些。」

王世則聽到這兒，來了興趣，他本來就對顧言不聲不響地娶了門親好奇得緊，便瞥了眼後面慢慢走來的顧言，順著蕓娘的話問道：「不知小娘子之前都做些什麼活啊？」

顧言走來的時候正聽到王世則的問話，他眉梢一挑，看向蕓娘，蕓娘沒有多想，直接就說了——

「殺豬。」

晚風徐徐地吹入馬車，因顧言與王世則還要說些話，蕓娘便先坐在馬車上等著。

她掀開簾子四下看了眼，可就是沒再看見趙氏的影子，心下有些懊惱，都怪那李三郎，本來是想打聽陸家之事的，誰知道被那李三郎截了胡，這下可好，什麼都沒聽到。

想著，蕓娘手裡掏出李三郎今日輸給她的東西，像是玉雕的道牌，倒是個好東西，因著這兩年聖人信道，汴京城的世家公卿也流行這些物件。

可她隨手把那牌子翻過來一看，上面竟寫著字。

「邵元！」

蕓娘眼皮一跳，這牌子李三郎分明說是從宮裡帶出來的，「邵元」難不成和宮裡那位有關聯？

跟病榻上的老皇帝扯上關係，連帶著陸家尋她的事都撲朔迷離起來。

一陣夜風漸涼吹在臉側，顧言打簾上了馬車，蕓娘順著他來的方向，探著腦袋向外望了望。

「王世則走了？」

顧言撩起袍子坐下。

「走了，走之前還問我妳殺豬是講真話還是玩笑話。」

馬車微微晃動，蕓娘想起剛剛王世則目瞪口呆的樣子，心裡有些懊惱，她今天是不是又說錯話了，前世就有許多人嫌她口無遮攔。

她不由耷拉下腦袋，垂頭喪氣地道：「我知道汴京城的那些世家小姐們都是溫柔解意的，就我上不得檯面，你們要是想笑話我便笑吧。」

「沒。」馬車晃動中，顧言抬眼看她。「我們沒有笑妳，而是覺得妳很厲害。」

蕓娘抬頭看向他，顧言也迎上了她的眼。

「雖然世間有很多女子，但能拿得起殺豬刀，也提得起十二石的弓的女子，只有妳陸蕓一個。」

蕓娘一愣，呆呆望著顧言，一時心裡說不上來什麼滋味。

從沒有人對她說過這般話，尤其前世她更是被陸家踩到了泥裡，用陸家人的話說，她不過是個有一身蠻力的村姑，可如今卻有人說她是獨一無二的。

她拉了拉他的衣角，小心問道：「顧言，你是不是哄我的？」

顧言垂下眼與她對視。「君子不妄言。」

蕓娘先是愣了下，接著眉眼彎彎，心裡滿得像是要溢了出來，顧言看著她這副模樣，唇邊也勾起笑。

就在兩人對視的時候，蕓娘腦子裡突然滑過了個念頭，試著問身邊人。「顧言，你……可聽過『邵元』？」

聽到這話，顧言一頓，眼神微涼。

「妳在何處得知的？」

「李三郎輸給我的這塊玉牌上。」

說著，蕓娘把手裡的玉牌遞過去，顧言拿在手裡，翻了個面看了看，這才道：「妳還記得那日在牌位前，我與妳講過我年少騎馬撞到人的事嗎？」

蕓娘一愣，不知這事和這塊玉牌有什麼關係，只聽顧言續說道——

「當年被我撞到的那個道士，因煉丹術深得聖人心，但知他之人極少，是因我出事，祖父進宮賠罪，這才向宮裡內官打聽到，此人道號便是『邵元』。」

蕓娘一怔，她竟沒想到這是個道號，連忙追問道：「那他現在還在宮裡嗎？」

顧言瞥了她一眼，語氣平淡。

「不在了，幾年前，聖人在宮中所建的太虛宮被大火燒成了灰燼，他便回到了京郊南山的延元觀。」

南山、延元觀，蕓娘心頭一跳，暗自記下。

顧言看了她一眼，慢悠悠道：「妳對這人感興趣？」

「沒、沒。」蕓娘乾笑了兩聲，把道牌收起來。「就是看到這個東西，有些好奇。」

她總不能告訴他，她夢到上輩子這人可能與陸家有關係要害她吧，真要說出來，顧言八成以為她發癔症了。

顧言抿了抿嘴，抬眼看她，似乎話中有意。

「會試將近，王世則明日要與我同去太學見崔大人，妳與王伯在家，要是有事就來太學館找我。」

蕓娘乖巧地點點頭，眨了眨眼，嫣然一笑，露出淺淺梨渦。「我能有什麼事？你自去準備考試，我就在家裡等你回來。」

清明時節，汴京郊外，因著趕上了祭祖出遊，前往延元觀的人絡繹不絕，清晨淅淅瀝瀝的下著雨，連帶著腳下都沾點潮意。

蕓娘提著裙邊，沿著山道向上，兩旁路過的簾轎不斷，轎子裡飄出些脂粉香，皆是汴京人家要去那延元觀裡燒香拜神。

蕓娘此行沒有心思看風景，她心裡只想著顧言同她說過的話，暗自琢磨著這道觀與陸家會有什麼聯繫。

這麼想著，蕓娘來到了道觀門口，一抬頭，眼角餘光就看見了一個熟悉的身影，那不是張娘子還有誰？不知她什麼時候從漳州回到汴京的，只見她躬著厚實的背，將簾轎拉開，低眉順眼地從裡面扶出來一個婦人，被丫鬟簇擁在中間，通身官宦人家的派頭，赫然是她親娘趙氏。

蕓娘心裡一驚，趙氏來這延元觀做什麼？上一世她可不記得她曾信道。

趙氏這個人雖說是她親娘，但上一世蕓娘回陸家後，也不曾與她多親近。

或許是因為早年下嫁到陸家的緣故，趙氏一直憋著一口氣，跟誰打交道，她都有一把明晃晃的尺子，這個尺左邊寫著富貴榮華，右邊寫著飛黃騰達，但凡想要讓趙氏多看一眼，得兩邊沾一頭，譬如結了門好親事的女兒陸安歌，可若是哪邊都不靠，就算是親生女兒，在她眼裡比一陣風颳過的土粒大不了多少。

趙氏似乎察覺到了什麼，抬頭朝蕓娘站著的方向望去，連帶著她身邊的張娘子也跟著趙氏的目光看去。

蕓娘心裡一緊，這一世趙氏還沒見過她，可張娘子卻是見過的。

她連忙向旁邊樹叢裡一閃，堪堪避了下，這才慢慢探頭看著兩人交談幾句，轉身進了道觀。

見人走了，蕓娘急忙跟上去。

今日來道觀的人還真不少，敞口的銅香爐裡升起裊裊白煙，放眼望去，香火繚繞，霧騰騰一片。

蕓娘逆著人流向裡走去，只見趙氏同張娘子在後殿入口處停住，隨即張娘子留在一旁，趙氏隨一個道士獨自從後殿入口向後山走去。

蕓娘跟上兩步，可快要到那入口處前，被一個年輕道士伸手攔住。

「且慢，後殿是道長們休息做法事的地方，尋常閒人不得進入。」

說話間，蕓娘瞥見，張娘子就站在廊下的過道風口處，似乎聽到些動靜，目光朝這邊隨意一掃。

蕓娘匆忙背過身，這時，身側經過一名纖瘦的高個頭女子，手裡提著滿滿一籃子香燭雜物，經過的時候被旁人推擠了下，腳下打了個絆，正巧撞在蕓娘身上，籃子裡的香燭灑了一地。

那女子愧疚滿滿的說：「真是抱歉，可有傷到哪裡？」

蕓娘蹲下身子，幫她把東西拾起來，撣了撣裙邊，清脆道：「沒事的。」

「那就好。」

這聲音越聽越耳熟，蕓娘抬眼一瞧，這不正愁進不去後山呢，法子就自己送上門了。她眼睛微微一睇，露出笑來。「可是吏部林大人府上的綠綃姊姊？」

綠綃手上動作一停，微微一愣。「誒，妳是？」

「我之前在林府做過一段時間短工，曾見過姊姊幾面。」蕓娘笑了笑。「這麼多東西，我幫姊姊提進去吧。」

「不礙事的。」

綠綃伸出手抓緊籃子，面上還有些猶疑，似還在腦海裡回想眼前這人到底是誰。

蕓娘看著眼前的人，這吏部林家就是跟陸安歌訂婚的人家，她認得這個大丫鬟綠綃，還是因為前世她和林府公子出了事後，壞了名聲，綠綃過來替林府夫人傳話，所以印象頗深。

她見綠綃眼裡還是將信將疑，甜甜一笑。

「姊姊在夫人身邊伺候，必然是記不得我們這些粗使丫頭了，我是後來娘病了才沒幹了，回家照顧娘親去了，府裡這幾日應是在準備給陸家小姐下禮了吧，看姊姊身邊也沒個人跟著，想必忙得很。」

綠綃聽她語氣熟稔，連給陸家準備下禮都知道得一清二楚，心裡的戒備漸漸放了下來，手緩緩鬆開。「這可算是有緣分，在這裡碰見妳。」

「可不是。」蕓娘道：「我幹慣粗活了，幫姊姊提進去。」

說著單手就將那裝得滿滿的籃子提起來，綠綃看了她一眼，乾淨俐落，確實是幹慣力氣活的人不假，這才笑著點點頭。

「那便辛苦妳了，幫我送到裡面門邊就好。」

說著，兩人就往道觀後殿走去，看到張娘子在門口守著，蕓娘遠遠地低下頭，跟在綠綃身側後走過去。

「等一下。」

只聽張娘子喊了聲，蕓娘心裡一顫，把頭垂得更低了些。

「綠綃姑娘，今日又陪夫人來上香？」

張娘子話裡帶著幾分殷勤客氣。

綠綃看到門邊的張娘子，也福了福身子，柔柔道：「問張娘子安，我家公子會試在即，夫人放不下心，要找天師來問問，求個心安。」

聽到這話，張娘子擠出幾條褶子，諂媚一笑。「瞧妳這話說的，你們林公子是怎樣才高八斗的人物，全汴京城出了名的，我家夫人和老爺都說林公子這次必然是高中榜首，會元及第。」

顯然綠綃平日這種恭維話聽得多了，只淡淡笑了笑，點點頭。「借您吉言。」

說罷，綠綃轉身進了後殿入口，蕓娘一言不發地跟在她身後，垂著腦袋，只盯著腳下。

過了門，直拐了個彎，蕓娘回頭一看，張娘子的身影已經不見了，這才放下心來，長舒一口氣。

綠綃停在廊下，接過蕓娘手裡的東西，望著她，輕輕柔柔道：「今日多謝妳了，就送到這裡吧。」

蕓娘笑了笑。「不礙事的，能幫到姊姊就好。」

說完，她目送著綠綃的背影消失在走廊裡，這才環顧四周，轉身走向趙氏離開的方向。

這延元觀後殿可比前殿清靜多了，想是特地為汴京城裡的達官貴人準備的，路上不時有道士和侍女穿梭著，蕓娘低著頭，讓出一條路來。

大概看她衣著樸素，把她當成了哪家的下人，一路上也沒有人多問她的身分。

蕓娘循著趙氏離開的路往前走，穿過一條走廊，前面是一片茂密的竹林，密林中有條夾道，通往一座偏殿，這裡比別處要隱密得多，蕓娘正往前走，還沒走到底，只聽一陣話音從旁邊殿裡傳出來。

蕓娘心裡一凜，輕手輕腳的走近了些，透過菱花格模模糊糊地看到殿裡有兩個人影。

殿內兩人相對而坐，看到其中一人的側臉，赫然是她親娘趙氏，對面坐了個穿著道袍的人，留著兩撇鬍子，殿內光線昏暗，看不真切樣貌。

「天師，你看這八字對嗎？」

這是趙氏的聲音，緊接著一個中年男子的聲音從裡面傳出來。

「是這個沒錯了，舊曆十年，庚月戊寅日癸丑時，三陽平滿。」

蕓娘聞言，心裡一凜，庚月戊寅日癸丑時，上一世，因為陸安歌的婚事，她記得很清楚，這是陸安歌的八字。

「得速速把她找回來，萬一誤了時機，妳我都不好交代……」

那道士的聲音壓低了些，只聽趙氏又道：「好，等我把安歌這丫頭這門高親定下，就立刻辦。」

話音斷斷續續，聽來聽去，陸安歌要嫁給林家公子，他們談論的人分明不是陸安歌，是她嗎？

蕓娘望著那殿內昏暗的香燭，心跳得極快，前世陸家上下分明說，她與陸安歌的生辰差兩天左右，那她便應是戊卯日出生，如果真是搞錯了時辰，為什麼陸家人要瞞著她？

她沒來由的又想到春日宴上見到的那個大太監，想起了飄散在空氣中的降真香。

蕓娘貼著冰涼牆壁，腦子裡模模糊糊的有個念頭，可就是差些什麼。

她下意識覺得這謎底跟這生辰八字息息相關，得想個法子搞清楚，可這世上除了陸家的人之外，還有誰知道這些事呢？

突然一個人劃過腦海，穩婆！

對，當年調包了她和陸安歌的穩婆，也就是陸安歌的親娘，一定知道這些事。

想到這裡，蕓娘眼睛一亮，這時殿裡的聲音更加地低了下去，後面的話逐漸聽不清，她沒辦法，只得把頭再湊近了些。

正專心致志時，身後突然響起一道輕微的腳步聲，蕓娘心下一驚，猛然回過頭，撞入一雙清俊的眼中。

比起顧言的清冷，眼前這人如三月春雨洗練過的青山，更顯得清正和煦。蕓娘眼皮一跳，要不是還想到殿內有人，一個名字差點脫口而出。

眼前這人不是別人，正是前世她「勾引未遂」後，讓她身敗名裂的陸安歌未婚夫——林家大公子，林賀朝。

說起上一世她和林賀朝之間的糾葛，蕓娘心中百感交集。

她第一次見到林賀朝的時候，是在一場宴會上。

不知誰提議的，要在場的小姐們輪流作詩，別人都腹有詩書，出口成章，獲得滿堂彩，可輪到她的時候，磕磕絆絆地一個字也作不出來，把臉憋得通紅。

眾人一時間哄笑聲不斷，但那時只有林賀朝站出來，他非但沒笑話她，還說人各有所長，不是非要會作詩不可，也不是會作詩就高人一等。

這話既給她解了圍，還替她出了口氣。

紅情綠意，浮華眾生中，言念君子，溫潤如玉。

直到宴會進行到尾聲，她因為旁人不慎把茶水潑到了她衣裙，倉促之間起身去更衣，被下人引到了一間屋子裡。

當時的她不知道屋子裡早已經有被人引過來的林賀朝，等發現再想開門出去的時候，門外面已經落了鎖。

一環套一環，濃烈的催情香撲面而來，蕓娘的意識開始變得迷離模糊。

到底是也沒發生什麼，因為不過一會兒，門就被大力地推開，一行人站在門外，看笑話似的冷冷看著她，像是早就等著要抓她似的。

緊接著就是陸安歌的哭訴責備聲迴盪在院子裡。「陸蕓妹妹，我到底是哪裡對不起妳？我處處愛護妳、掏心掏肺對妳，可妳為什麼要做出這種事，破壞我的親事！」

人群中指指點點，響起竊竊私語。

「這陸蕓看著倒是貌美如花，怎地如此不檢點？」

「到底是鄉下來的，一到汴京便昏了頭，富貴迷人眼，才會做出如此大膽之事。」

「自己送上門去，可真是不要臉。」

容不得她辯解，指責和非難鋪天蓋地像洪水般向她襲來。

林老夫人狠狠地盯著她，那眼神發綠，宛如餓狼恨不得扒骨吃肉，更嚇人的是，她一轉頭，看到林賀朝看她的那雙眼，從溫暖帶著光，到厭惡鄙夷，冷漠至極，跟看個什麼污穢物一樣，讓她一輩子都忘不掉。

他薄唇輕啟，冷冷地說：「陸雲，沒想到妳是這種女子，真令人噁心。」

那一瞬間，雲娘像是被人從泥潭底撈起來，又重重摔了回去。

她心裡對這汴京城剛燃起的那點火花，也被掐滅，自那之後便再無波瀾……

「妳是什麼人？」

林賀朝清朗的聲音猛然將她喚回神。

雲娘心裡一凜，連忙往竹林深處走了兩步，繞到屋子後，才對眼前人壓低聲音道：「我、我是陸夫人身邊的丫鬟。」

「妳……」林賀朝上下打量著她，眼神顯然有些懷疑，他回過頭瞟了一眼她剛站的方向。「妳是陸家的丫鬟？」

「是。」雲娘這時心裡有些慌，卻還要強穩住心神，嘴角乾扯出一個笑。「公子前兩日才來過陸府提親，我還記得那日子呢。」

聽到這話，林賀朝有些相信了，下意識打量她，從頭到腳，眼神格外認真，但又有些猶豫地道：「不過……我們是不是在哪見過？」

雲娘心裡一激靈，要說上一世她和林賀朝確實是見過，還有過一些恩怨糾纏，可這一世她才剛來汴京，哪曾和他打過照面，連忙擺擺手。

「公、公子說笑了，我就是一個小丫鬟，公子您貴人多忘事，八成是把誰跟哪個小丫鬟記混了。」

按理說，不過撞見個小丫鬟罷了，沒事走了便是，可林賀朝卻怎麼都覺得放不下心來。

他垂下眼簾，看著眼前的圓臉姑娘，雖然她是笑著的，卻覺得那笑裡還帶著些拒絕的意思，渾身都是刺。

林賀朝這才發現她腳在往後挪，似乎隨時想溜，而且兩人說話的時候，她自始至終沒正眼看過他，這也是奇怪了，他自認長得也算俊朗，在京城裡排得上名號的，更從小都被人說性子溫和，身旁的下人都不怕他，怎麼她對他就這般避之如猛虎的模樣？

林賀朝往她走近了幾步，疑惑地問：「妳怕我？為什麼？」

說實在的，藝娘一看到林賀朝，只能想到他當時看著她鄙夷不屑的眼神，還有旁人鋪天蓋地的嘲笑。

她僵硬地搖搖頭，儘量讓臉上的表情自然些。「沒、沒。」

說完，藝娘心裡有些焦急，吃了上一世的虧，雖然明知道他也是被人陷害才對她如此刻薄厭惡，但她實在不想再和林賀朝在這一世有半分糾葛，萬一再被人說些什麼，她可是遭不住了。

再說了，這竹林離偏殿也不遠，那趙氏同道士談完事出來撞上可怎麼辦？
恰巧這時，有個窈窕的身影從走廊上行了過來，似是遠遠就看到了林賀朝，輕輕喚了一聲。「公子！」
林賀朝微一錯神，回過頭去。
就是這個時候！
藝娘抓準時機，快步從林子裡竄了出去。
「公子，夫人和道長說完話，正要找你過去呢。」
綠綃款款走來，可看到自家公子皺著眉頭，望向遠處似在找誰。
她順著望過去，只看見道影子，似是名女子，難不成她家公子在私會什麼女子嗎？
這念頭剛冒了個尖，綠綃就又壓了下去，林家家風清正，在世家裡是出了名的嚴謹自持，她家公子也是個潔身自好的讀書人，最討厭那輕視怠慢女子之事，怎麼可能與旁的女子私會呢。
綠綃想到剛才那背影，似有幾分眼熟，她心裡又驚又疑，不禁驚呼道：「誒，怎麼是她？」
林賀朝聽到這話，皺了皺眉，回過頭看向綠綃。「妳認得她？」
綠綃愣了下，望向自家公子。

「我不認得，只是剛進來的時候有遇見她，她說……她曾是咱們府上的丫鬟。」

「她說她是林府的丫鬟？」林賀朝愣了下，似聽到了什麼驚訝之事，回頭再向綠綃問道：「妳可確定妳沒聽錯？」

綠綃不知道他為何這麼問，點點頭。

「那姑娘剛遇到我時，把咱們林府的事說得頭頭是道，我是不會聽錯的。」

林賀朝聽到這話，眼裡劃過絲看不明的神色，轉頭望著那嬌小身影倉皇離去的方向，若有所思，半晌輕笑一聲。

「這倒有些意思了。」

四月初二，寒意散盡，陽春德澤。

春風掠過汴京城的貢院外，這正是一年一度會試的日子。

禮部官員開場敲鑼，貢院外已經擠滿了人，烏壓壓的一片人頭攢動。

有錢人家駕著馬車停在考場外，普通人家則挑著擔子在那邊依依惜別，考生年齡也是有大有小，上自白髮蒼蒼，下至青澀稚氣的也有，但不管年齡如何，臉上都憋著一股勁，期待能在這春闈考出個名頭，一朝揚名天下知。

而在考場外的一處角落裡，蕓娘也從車上跳下來，轉身提出兩個藤編大箱子，一樣一樣地往外掏東西。

「這是筆墨紙硯、這是換洗的衣服，我都整理好了，你只管穿就是了……還有餐食、燭臺，對了，這床被子是我新彈的棉花，可軟乎了。」

說著蕓娘想起什麼，又拍了下腦袋，從箱子裡面抽出一個物件塞到顧言手上。

「還有這暖袋，這幾日夜裡還是有些冷，我怕你寫字凍手，特意用牛皮做的。」

看著蕓娘這般，同來送顧言進考場的王世則走上前，在一旁對蕓娘打趣道：「至於嗎，顧家小娘子，妳家顧言只是去參加三天兩夜的會試，妳準備這麼多，夠用半個月了，我科舉的時候我娘和下人都沒給我準備這麼齊整過。」

蕓娘聽到，瞥了他一眼，清脆道：「怎地不至於？科舉哪個不是扒層皮？我聽人說那貢院的考間狹窄，晚上還四面漏風，睡都睡不好，不帶些東西怎麼撐得住呢，再說了，顧言同其他人不一樣。」

可不是不一樣？顧言可是未來能當首輔的人，她這幾日忙裡忙外，就是下定決心，說什麼都不能讓這些外因影響了顧言考場發揮，生怕出個意外，導致顧言一時沒發揮好，跟前世的路不一樣走了岔子。

聽到這話，顧言看了蕓娘一眼，清淺道：「蕓娘，別擔心，鄉試不也過來了嗎，我沒事。」

「那不一樣，這是京城，這麼多人一起考試呢。」蕓娘揚著臉，挺著胸脯說：「顧言，雖然咱們也窮，沒什麼好物件給你使用，但總歸有我在，人該有的，你都得有。」

「喲，這話說得可真戳人心窩子啊！」王世則搖搖頭，嘆口氣拍拍顧言肩膀，語重心長道：「誒，你在哪找到個這麼死心塌地的小娘子的？我也想找個知冷知熱，還一心待我的。」

顧言撩起眼皮，撥開他的手。

「你也去流放一下，就什麼都有了。」

王世則摸了摸鼻子，心有戚戚道：「那還是算了，又不是誰都是你顧言，我怕熬不過去就先死在路上了。」

「鏘！」

烈日當空，鑼聲如鼓，彷彿像是戰場上的鼓點敲響在人的心頭，科舉就是無聲的戰場，這一聲響便是催促眾多考生要進考場了。

聽到這鑼聲，眾學子也停止了話別送行，紛紛朝著貢院門前湧去。

顧言提起滿滿一大箱東西也要過去，可回過頭又看了蕓娘一眼，只見她在陽光底下朝著他笑，髮絲拂過潔淨的臉龐，那雙清亮的眼睛流淌著淺淺的光。

他瞇了瞇眼睛，心裡有種說不上來的牽絆，也有了一種為之奮鬥的動力。

蕓娘仰著臉都快笑僵了，可誰知顧言不僅遲遲不進去，還忽然停住了腳步，逆著人流快步走回來將她抱個滿懷。

「顧、顧言！」

當著這麼多人的面，蕓娘四肢僵在原地。

青年眼眸烏沈沈的，抵在她耳邊，跟素來清冷的聲音不一樣，帶著些溫柔地輕輕道：「等我回來。」

說完，顧言轉身匯入了人流之中，獨留蕓娘望著他的身影站在原地，面上炸開一抹紅暈。

她摸著發燙的耳朵，迷惑地想，剛顧言對她笑得那麼溫柔做什麼，她沒有擔心他好不好啊，她只是在擔心他考不考得了試啊！

就在這時，蕓娘似乎感覺有道灼熱的目光落在她身上，她抬起頭，四周看了看，茫茫人海之中，卻又看不到什麼。

奇怪了，她明明感覺有人在看她。

蕓娘暗自嘀咕，可最終也沒發現什麼奇怪之處，轉身上了馬車離開。

蕓娘沒有發現，就在她不遠處停了一輛馬車，林家的僕役正恭敬地將準備好的科舉一應什物遮上。

林夫人掀著簾子，輕輕喚著眼前發怔走神的人。

「賀朝，賀朝？」

連喚好幾聲，林賀朝這才回過神，轉過身來，對林夫人畢恭畢敬道：「母親。」

林夫人看著清俊的兒子，剛才那副平日裡少見的心不在焉的樣子，令她心裡有些納悶，忍不住開口問道：「你剛看見誰了？」

他看到誰了？

林賀朝垂下眼，眼裡盡是方才蕓娘和夫婿親暱的情態，心裡不禁有些翻江倒海，說不清是什麼感受，對比起她那天在道觀裡怕他的模樣，總覺得像根刺一樣扎在心裡，如鯁在喉。

他垂下眼，淡淡道：「沒什麼，母親，只是看到個同窗熟人罷了。」

林夫人瞥了他一眼，拉住他的手，語重心長道：「這次會試，你父親對你期望甚高，若是要出人頭地，就只有最上頭那個才能被看到，你可千萬不要讓你父親失望啊！」

林賀朝僵了下，只覺得這些關懷帶著些沈重，可像是習慣了一般，他乖順答道：「兒子明白。」

林夫人滿意地點點頭。

「對了，賀朝，等這次會試考完了，娘就給你和那陸家小姐下禮，上次去道觀道長說了，你和那陸家小姐的八字是天生一對，必成佳偶。」

林賀朝背對著林母，聞言一怔，眼底有些閃爍。

他腦海中浮現出一些不相干的畫面，似是蕓娘在人群裡哭泣，又像看到蕓娘躺在病榻上形容枯槁的樣子，好好的一個姑娘怎麼會瘦成那個樣子？

不對，他壓根兒並不認識這位名叫蕓娘，怎知她合該是什麼樣子？

「公子，是時候進考場了。」一旁的小廝覷著林賀朝的臉色小聲提醒道。

林賀朝斂起神色，與家人分別後，轉身進了考場，可不知為何總是心裡惦記些什麼，好像有什麼重要的事一直想不起來。

他再度朝剛才蕓娘離開的方向望去，喃喃自語道：「天生一對，必成佳偶。」

第九章

春寒料峭的寒潮將過，田裡就趁著雨水開始了播種，田間地壟放眼望去都是彎腰的農人們。

一輛騾車遠遠從京城方向駛來，這裡是京城外西李莊的小崗村，在汴京城郊，這種村子很常見，村子裡賴以為生的多是城裡大戶人家的佣田。

騾車上下來三五個人，這種騾車每日都會往返於汴京城和城郊的，要不了幾個錢，坐起來也方便。

只見騾車上最後下來個小娘子，十六、七的模樣，穿著一身藕粉色的素衣布裙，仔細一看沒什麼珠翠環繞，說不上來多麼富貴，但通身打扮得體，配上那張總是笑臉盈盈的圓臉，讓人看著格外順眼，不由得就起了幾分親近之感。

「多謝了。」

蕓娘從懷中摸出幾個銅板遞給趕車的車伕，這才轉身朝著村子裡走去。

她要來找陸安歌的親娘嚴穩婆。

可嚴穩婆也只是俗稱，陸安歌的親娘在十里八村幹穩婆這個行業也很久了，才有了這麼個稱呼，但她叫什麼名、長什麼樣，藝娘一概不知。

藝娘沒辦法，又仔細回想了一下前世所聞，好像依稀聽下人嚼舌根說過，那嚴穩婆後來住在城郊附近的村子裡，但記憶裡也只有個大概方位，到底是哪裡實在不大清楚。

於是她便趁著顧言會試這幾日，把城郊的村子轉了個遍，今日就到了這小崗村。

藝娘在村裡轉了一圈，向村裡老人打聽了半天，還真打聽到村裡有個姓嚴的穩婆，她心裡一喜，但這喜悅沒有持續多久。

此刻藝娘站在一間屋子前仰頭望著，屋子的木門破破爛爛的，兩旁的門楣被撕了下來，像是好久沒人住的樣子。

她有絲猶豫，但還是抬起手敲了敲，果然門裡半天沒人回應。

再敲了敲，仍是大門緊鎖，一點動靜都沒有。

心裡劃過一絲不好的預感，藝娘正要再抬手敲門時，隔壁門倒是開了，一個頭髮花白的老婦人狐疑地探出頭來，上下打量著她。「妳誰啊？」

藝娘眨巴著眼睛問：「這是嚴穩婆家嗎？」

那老婦一反常態，似有些戒心滿滿。「妳是誰，找嚴穩婆做什麼？」

見她如此多疑，藝娘靈機一動，話音輕落。「我是她外甥女。」

那老婦眉頭蹙成了一團，眼裡皆是懷疑。

「她哪有什麼外甥女，怎麼從沒跟我提過？」

蕓娘頓了下，把話圓起來。

「家父在外經商，已經多年不曾回來，自然村裡人是不知道，這次是想著好多年不見，特意來看看我姑母的。」

那老婦臉色稍霽，可話裡仍是沒好氣。「不用看了，嚴穩婆人走了。」

「走了？」蕓娘心裡一驚。

老婦冷冷道：「對，死了，年前死的。」

陸安歌她親娘竟然已經死了，蕓娘一時有些震驚，追問道：「她、她是怎麼死的？」

「妳怎麼什麼都不知道？」那老婦又起了疑心。「難不成沒人跟妳說嗎？」

「我也是好久沒有姑母的消息，這才找過來的。」蕓娘急忙解釋道。

「細節我也不清楚，就從陸家送回來的時候……」剛起了個頭，那老婦就似乎想到了些什麼，急忙收住嘴。

陸家？蕓娘心裡一驚，抬眼看她，還想問些什麼，只見她擺了擺手驅趕道：「反正現在說什麼都沒用了，人已經死了，妳快走吧。」

「大嬸……」

蕓娘還來不及開口，那老婦就已經把門關上了。

蕓娘心裡又驚又疑，這、這嚴穩婆怎麼死了呢，似乎她的死還跟陸家脫不了干係，這讓一切事情顯得更加可疑。

她急著想知道那嚴穩婆到底臨死前有沒有說些什麼關鍵的話，這大嬸明顯是知道些什麼，可看她的樣子似也不會輕易再開口，她該怎麼做呢？

這時她站在外頭，門裡突然傳出一陣叫罵聲，緊接著是哭天喊地的哀嚎。

「什麼？西李莊那老爺又要收租了，天爺啊，我去哪裡弄錢來啊……」

細碎爭吵從屋裡面傳出來，蕓娘踮起腳尖朝裡面望了望，但看不見什麼。

西李莊，她暗自嘀咕了一遍，記在心裡。

但見裡面仍爭吵不停，她知道今日肯定是問不出什麼來了，還是先回汴京再做打算。

此時，貢院內號燈仍亮著，經過幾天晝夜的考試，考生都疲乏了，跟號舍裡水缸黑黝黝的缸底一般，再也舀不出一瓢水了。

「收卷！」

監考拉長的嗓音穿透這五、六十間號舍的磚牆，柵欄開始鬆動，考生們搖著腦袋，拖著步履往外走，待過了兩道門外，不管考得如何，總算能鬆了一口氣，各自朝著迎接的家人走去。

「抱歉。」

林賀朝被人擠了下，踉蹌地撞到了前面的人，只見從那人身上掉下個什麼黑色物件，他停住腳步，急忙彎腰拾起來，正要遞給對方，卻看到一雙清冷的眼。

「顧公子？」

顧言看向來人，吏部侍郎之子林賀朝，兩人從前是在一處上官學，雖不熟稔，但也算是同窗之誼。

他點點頭，淡淡道：「林公子，多謝。」

林賀朝看著他手上的東西，笑道：「這物件心思倒是精巧，是個暖袋吧。」

「是拙荊做的。」

顧言說這話的時候眼裡泛起柔光，連周遭的寒意都散去幾分。

林賀朝聽到這話，不知想到什麼，看了顧言一眼，笑意漸斂。「顧兄好福氣，這次會試想必順利登科及第……」

顧言抬眼，把暖袋慢條斯理地收起來，淡淡道：「承蒙吉言。」

林賀朝目光漸深，想到了那個身影，心裡猶疑不定，他張了張口。「你……」

「顧言！」

話還沒說完，只見考場外不遠處的馬車上王世則正朝著這邊揮著手，顧言只再點點頭，兩人便在貢院大門邊分別。

林賀朝望著顧言離去的方向，緩緩皺起了眉。

從小崗村回來，日頭已漸西移，傍晚時分，蕓娘剛下騾車走到巷子口，就聽身後有馬車聲傳來。

那馬車遠遠地從巷子口駛過來，停在她身邊，車簾被掀開，露出一張熟悉的面孔，是娃娃臉的王世則。

他掀開車簾，打趣道：「蕓娘，妳今日就是再心急，也不至於在這裡等著吧。」

等？

等什麼？

日頭拉長了蕓娘的影子，她眨巴兩下眼睛，這才反應過來，唉呀，她這幾日光顧著想嚴穩婆的事，竟然忘記了今天是顧言考完試歸來的日子。

「我……」

她剛想開口辯駁一下，自己不是來接顧言的，只是恰好經過這路口，就見車簾一掀，顧言從車上下來，蕓娘把話又嚥了回去。

王世則在兩人身上一瞟，揶揄道：「顧言，把你送到家，我阿祖交代的任務也就完成了，就不打擾了。」

話音一落，馬車晃晃悠悠駛遠。

黃昏中，蕓娘見顧言緩緩走近，聲音裡有絲微微倦意。「等了我多久？」

蕓娘欲言又止。「沒……」

顧言又看了她一眼，微微蹙起清秀的眉，邊往顧府的方向走去，邊問：「曬得滿頭都是汗，怎麼不找個蔭涼地方等？」

蕓娘跟在旁邊，想解釋她滿身是汗，是因她摳門捨不得花銀子，坐便宜騾車坐的，但話到嘴邊卻怎麼也說不出口。

就在這時，兩人來到了顧府門口，大門正好打開了，王伯從裡面出來，見到顧言回來了，大喜過望。

「少爺你總算回來了！少夫人這兩天飯都吃不下，今日還早早就出門，肯定是想你了。」

顧言一挑眉，看向蕓娘，狹長的眼眸微瞇，語氣遲疑。

「妳……想我？」

蕓娘愣了下，抬眼看向顧言。這兩日她是有些吃不下飯，可並不是因為擔心顧言，而是在想嚴穩婆和陸家的事。

但這話面對著顧言直勾勾的眼神，都只能嚥回肚子裡，深呼出一口氣，從牙根裡擠出來一個字——

「想。」

夕陽西下，霞光在天邊沈了下去，汴京城裡考生歸家的喜悅和白日的繁華喧雜隨著夜色漸涼。

「嘩啦啦！」

蕓娘提著桶子，將裡面的水全部倒進水缸裡，再用袖口抹去額頭上的薄汗，水面平滿，粼粼映出個影子。

前世這個時候，她在陸家當小姐，最煩的就是照鏡子，她怕一抬頭就看到一雙死氣沈沈的眼，和怎麼也看不到頭的日子。

可現在嘛，蕓娘扭了扭頭，水中人也跟著動了起來，最近似乎吃胖了，臉瞅著又圓了些，奇怪了，明明顧言跟她吃的一樣，怎麼一眨眼，他就往瘦高的長，而她不長個兒就算了，還像個麵團子一樣一直變圓。

蕓娘正對著水缸照鏡子時，突然聽到有聲音從院門附近傳來。

「他們也欺人太甚了，竟然一分都沒交嗎？」

這是王伯的聲音，蕓娘一愣，伸著腦袋看向門邊，院門半掩著，隱隱看見王伯似乎在跟人說些什麼，話音之間似有爭執。

王伯性子一貫溫和有度，連說話都少有大聲，會是什麼事呢？

蕓娘心裡犯嘀咕，放下手中的木桶走向門口，正逢王伯回來，兩人打了個照面。

「王伯，剛剛是怎麼了？」

蕓娘瞟了眼外頭，一輛馬車已經走遠，只見王伯手上捧著幾冊帳本，嘆口氣道：「原先顧家是有田產的，出事之後，是收了些充公，可還剩了些零散的沒有清繳。這點子田放在以前，必是不夠看的，可現在一家子人就指著這點田吃飯，本來這幾日便要清上一季的租金，可原先那些莊子管事見顧家失了勢，就私自霸占了田地，雖名義上還是我顧家的，但今年的收成和租金可一分都沒交上來。」

聽到是這樣的情況，蕓娘眉毛一挑。這怎麼行！這田不僅是顧家的財產，以後也是她的財產，竟然有人要跟她搶財產，這不就是戳她命根了？

她眼睛睜得滾圓，順著王伯的話憤慨地說：「這也太過分了！」

王伯把手背在身後，鬍子氣得直翹，聲音朗然。「就是，他們就是欺負我們顧家現在沒人了，不行，我這把老骨頭怎麼也要去跟他們說道說道。」

蕓娘看著王伯身子顫顫巍巍的，便一把接過他手裡的帳本，對著他一揮手道：「王伯，這事你不用管了，包在我身上，我去把這些錢給咱們要回來。」

「少夫人妳……」

王伯眼神似有些遲疑，蕓娘想他怕是擔心她一個女子去收租受人欺負，安慰道：「王伯，你不用擔心，我力氣大，一般人可嚇不到我……」

「倒也不是那個……」王伯打斷她，話音仍有些遲疑，他抬起眼，小聲地問：「少夫人，妳……妳看得懂那帳本嗎？」

看帳本？

蕓娘臉上的笑一時僵在嘴邊，她低頭翻了兩頁帳本，眉頭越皺越深，嘴角越耷越苦，好好的一張清秀小臉五官都皺得走了位。

王伯搖搖頭，嘆了口氣。

「算了，還是我……」

「慢著。」蕓娘抬起頭，眼睛瞇了瞇。「王伯，這帳我看不懂，可我能學啊。」

王伯一怔，還沒反應過來，就見蕓娘轉身走進內院。

有風穿過迴廊，院子裡靜靜的，蕓娘左右一望沒瞅見顧言的人影，聽著裡間的臥房有些動靜，她也沒多想，一手推開門，一隻腳就邁了進去。

「顧……」

話音還未落，只覺屋子裡帶著水氣的涼意，風從窗外吹進來，翠色的幔帳飄飄蕩蕩，顧言散著頭髮，袍子拉到一半，臉上還掛著幾滴水珠，順著眉下淚痣隱沒到下頜線陰影裡。

蕓娘望著他結實的肩背、窄俏的蜂腰，好傢伙，什麼話都糊在了腦子裡。

她可算明白古往今來為什麼戲文裡最愛寫美人出浴了，這光景著實是比春光裡的風景都好看。

顧言見她突然推門進來，先是怔在原地，而後眼裡有一絲慌亂飛快掩過，臉上有絲不易發覺的微紅。

他肩一抖，把袍子套在身上，隨手打了個扣，鬆鬆垮垮繫住，這才抬眼看她。

「妳……」

「我、我不知道你在洗澡。」

蕓娘結結巴巴解釋道，臉上有些發燙，急忙移開目光，盯著窗外枝葉茂密的桐花，磕磕絆絆說明來意。

「莊子裡的管事霸占田產不交租，王伯年紀大了不方便，我便想著由我去催討，但、但我看不懂這帳本，你教教我。」

顧言攏了攏衣襟，放低下巴，意味深長地瞥了面前人一眼，斂起神色，眉毛一挑。「教妳看帳本？」

蕓娘聽到他的問話，也沒了什麼害羞心思，扭過腦袋，睜著大眼睛，一本正經道：「可不是？我看不懂帳本，總不能隨便一個人就把我糊弄過去不是？」

顧言看了她一眼，把帳本接過去，轉身向榻邊走去，蕓娘急忙跟在他後面，一屁股坐在榻上，撐著下巴悠悠地看著他。

只見他把燈移了移，放下帳本，拿起一旁的帕子擦了擦手，這才坐下，拿起帳本細看，捻著頁角翻了兩頁，他的臉映在朦朦朧朧的燈下，彷彿鍍上了層暖光。

蕓娘歪著腦袋，不由得想起他剛才那身結實的腰腹，你說顧言長得如此清秀，怎麼身子那麼壯，跟那張清秀的臉完全不是一個路數，邊想著，不由得眼神順著他衣襟向下打轉，可剛一抬眼就被對面的人抓了個正著，撞進一雙幽幽的眼裡。

蕓娘立刻正了正神色，顧言瞟了她一眼，食指輕輕敲了敲桌面，緩緩道：「這帳先是三分，官府的稅費、佣戶的工錢，還有平日裡的損耗，稅這裡又分了田稅、印花稅……」

蕓娘聽得雲裡霧裡的，瞅著那帳本上密密麻麻的字，兩眼直發懵。

顧言看著她暈暈沈沈的模樣，把手上的帳本向前一推，微微垂下眼。「算了，明日我同妳一起去。」

蕓娘心裡一喜，鬆了口氣，連腦子都清明起來，總算是不用學這些了。

她揚起笑臉，一派輕鬆地對顧言道：「那就再好不過了。」

說著，蕓娘剛站起身來，突然被一把拉住手腕，又扯回到榻上，帶著些濕意的青絲垂在手邊，他冰涼的手指緩緩從她臉上劃過，用食指纏住了她鬢角的一縷碎髮，輕笑一聲。

「蕓娘，妳真的是為了學看帳本才進來的嗎？」

那聲音輕得跟團棉花一樣拂在耳邊，酥酥癢癢，直入人心。

蕓娘睜開眼，只見顧言就那樣看著她，眼睛亮得發燙，若有似無的熱氣撲面而來，四周都是他身上的皂角味，快把她腦袋衝暈了。

蒼天可見，她真的是不小心才看到了顧言洗完澡沒穿好衣服的樣子，她真不是故意的，顧言是不是誤會了些什麼？

顧言瞇了下眼，剛剛穿好的衣服又散開些，鬆鬆垮垮，手指有些冰涼的劃過她臉龐。

蕓娘深呼吸一口氣，挺起半個身子，把手搭在顧言胸膛上，顧言身子一僵，抬眼看她伸出手，拉緊他的衣襟，仔仔細細，遮得嚴嚴實實、密不透風。

「妳……」

「從剛一進屋我就想說了，」蕓娘仰起臉，把手抵在他胸前，小臉緊繃，一臉嚴肅。

「衣服要穿好，不然會受寒，小心老了就跟王伯一樣動不動就渾身痠痛。」

隔日，蕓娘和顧言一大早就坐車出發往莊子上趕，等到了王伯說的西李莊，已經是中午了，日頭斜斜的從鄉道邊的樹葉裡灑下來。

馬車停穩了，蕓娘從車上下來，理了理頭上的面紗，這才回過頭對正下車的人道：「顧言，就是這了吧。」

「嗯。」

顧言從車上下來，掃了眼這大片的田，只見明明到了播種的時候，有些田還是荒廢著，雜草橫生，不由得皺起眉頭。

蕓娘上前敲了敲莊子的門，沒過一會兒，從裡面出來個皮膚黝黑的小伙子，他一掃兩人，帶著些方言問道：「你們是誰？」

顧言站在蕓娘身後開口。「汴京顧家來的。」

那人聽到汴京，又掃了兩人一眼，這才說了句稍等，過了一會兒才急忙回來，把門拉開，將兩人請到了莊子裡。

兩人在大廳坐了一會兒，只見從門外來了個「大腹便便」、穿著綢衣長衫，身後跟著一個穿著直襟書生模樣的人，一見到顧言，他臉上擠出個不到眼底的笑。

「喲，這不是顧少爺嗎，沒想到還能見到您，想當年您跟顧家老爺來這裡的時候，才跟那黃楊樹一般高，現如今都要認不出來了。」

「孫管事。」顧言沒多客套，只看向來人，單刀直入道：「那百畝良田是怎麼回事？」

孫管事把笑扯深了些，在一旁的太師椅上坐下，身旁人給他端上了杯茶，他撇著茶蓋道：「顧少爺，顧家犯了那麼大的事，我們這些曾經的田莊掌事被牽連沒了性命的也不少，幸好我走運些，這田沒被清繳，這些年來，都是我一個人辛辛苦苦打理，於情於理，這田出的利是不是也該歸我了？」

蕓娘一聽這話，心裡不由覺得好笑，她還是頭一次聽把霸占田產這事說得這麼好聽的。

孫管事這話的意思不就是說，你顧家差點害我丟了命，我要你些田怎麼樣？

就在這時，門外起了些哄鬧聲，似有哭喊聲在門外響起。

孫管事皺起眉，對身旁人道：「怎麼了？」

話音還沒落，只聽喧譁更大，一陣拉拉扯扯的吵鬧聲後，一個人影踉踉蹌蹌地衝了進來。

「孫老爺，去年年末田租實在是太高了，我兒子冬天摔斷了腿，孫子也生了病，實在繳不起租子，可一家人還要吃飯，能不能先讓我們把地種上，今夏有了收成再補上租？」

「哪有這個道理。」孫管事皺起眉頭，喝道：「不交租子，還想要有地種，我就是空著都不給你們這些吃乾飯的窮鬼，把這農戶拉出去！」

蕓娘眼皮一跳，只見那被拉扯的不是別人，正是那日她尋嚴穩婆時隔壁的老婦人，只見老婦人乾脆雙腿一彎，跪在地上直磕頭。

「老爺，只要你能把地繼續租給我們，要我幹什麼我都願意。」

「孫管事，這是怎麼回事？」顧言撩起眼皮，涼涼的問。

孫管事臉皮上掛著些笑，看了那跪著的婦人一眼，這才收回眼慢慢道：「少爺您還年輕，不知道這裡面的彎彎繞繞，別看這些貧農哭得可憐，可都是拖著一、兩年不交租，乾熬著主家的糧，千萬別被他們哭這麼一、兩句，就輕信了去。」

「孫老爺，話不能這麼說啊！」老婦人猛地抬起頭，滿臉淚痕壓入臉上的褶皺裡，一抽一抽道：「不是我們不想交，去年大旱，根本交不上租糧，況且每年頭還得補四百貫的租金，這不是要人命嗎？」

「妳這話說的，我是看你們可憐，才給你們地種，現在吃飽飯倒說交不起了？」孫管事冷冷一笑，偏過臉喝道：「來人，把這人趕緊趕出去……」

「早在建元年初官府就頒律，災傷之田，所有私租，亦合依例放免。」顧言抬起眼看向孫管事，語氣冷然。「既欺詐佃農，又欺瞞業主，孫管事，誰給你的膽子？」

「少爺不愧是官宦人家出身，這話說得就是害怕人。」

孫管事依舊面不改色，拉開寬臉笑了笑。

「但顧少爺，你顧家到底不比以往了，我也脫了身籍，這欺主就算不上了吧。再說，現在我不過就是個佃主，說來我也活得微末，汲汲營生，哪知其他。」

正在這時，有三五健僕從門口衝了進來，吵吵鬧鬧間，幾人拖著老婦人就要往外趕。

老婦人臉上一陣驚慌，可畢竟是平日裡做農活有些力氣，掙扎間擺脫了幾人的手，朝著一旁的柱子就要撞過去，蕓娘離得近，心下一跳，急忙站起來撲身上前一把拉住她。

那老婦人被她拉住，還是要執意上前，兩人歪歪扭扭間，蕓娘急忙喝道：「可千萬別想不開，剛不是說家中有孫子嗎，就這麼走了，小孫子可怎麼辦？」

聽到這兒，那老婦人終於沒再尋死覓活的，她似隔著面紗並沒認出蕓娘來，只躬著厚實的背，站在那裡，用粗糙的手背一點一點抹著眼淚，這副悲苦的樣子，可沒有半點那天村子裡見到時的潑辣爽直。

蕓娘打小就是農村裡長大的，知道莊稼人不容易，且因多沒讀過書，最怕的就是主家和官老爺，若不是真的被逼得沒辦法，是斷不會這樣來鬧的。

她站起身來，看向那孫管事，揚聲道：「孫管事，你就算要錢，可事也不能做絕了吧。」

孫管事一怔。「妳是……」

顧言抬眼道：「我家娘子。」

「哦，顧少爺娶親了啊，可喜可賀，怎麼也沒說一聲？」孫管事扯著臉皮笑了笑，轉向蕓娘。「好歹也給您和顧夫人送份禮。」

這還是頭一次被人正經的叫顧夫人，蕓娘愣了下，可心頭又泛起種微妙的感覺，她瞥了坐著的顧言一眼，彷彿有了底氣，撐起肩膀清了清嗓，揚起臉道：「這婦人剛不也說了，是家裡出了事，趕上了災年，何苦這麼逼人呢？」

「遇了事就可以不交租？」孫管事笑了笑。「夫人，您到底是年輕，經的事少，拿我們這些管莊當什麼了？」

蕓娘掏出身上的帳本，拍到桌子上，朗聲道：「按理說你不過是個佃主，這田契還在顧家手上，憑什麼聽你的？」

「夫人這話說得不對。」孫管事掃了那帳本田契一眼，似乎早就想到會有這麼一天，悠悠的道：「有田契也沒用，這田很快就不是顧家的了，我向官府報了『實封投狀』，很快這田就要換業主了。」

「實封投狀？」

蕓娘暗自嘀咕，顧言看了她一眼，淡淡道：「實封投狀是官府將田重新賣出去，價高者得。」

聽到顧言的解釋，蕓娘心裡一怔，怪不得這孫管事寧可田空著也不種，原來是早就打算賣了。

她皺起眉頭，可官府怎麼能同意他賣呢，這田明明是顧家的。

顧言看到蕓娘臉上迷惑的表情，微微垂下眼，他心裡此刻已經清楚了來龍去脈，孫管事見他顧家勢微，且多年無人來管理，先是壓榨佃農牟利，再擅自將良田向官府出售，當然這事不是他一個白身有膽子做的。

他抬起眼皮，看向孫管事。「這田是找朝中哪位大人承佃？」

孫管事笑了笑，端起茶盞。

「顧少爺到底是明白人，這究竟哪位貴人就不方便說了，但若是就這田的事，要鬧到官府那裡去，怕也是判給我的，顧少爺，我勸您別白費功夫。」

蕓娘聽到這話一愣，再來蹙起眉頭，雖她只聽懂七七八八，但從這情勢看來，今日這事怕是不成了。

可就在這時，門邊突然響起一陣喧譁，一個下人急急忙忙跑過來，孫管事眉頭一皺，腮邊兩片肥肉抖動。

「怎麼了？」

那下人回道：「國公府李延公子和知縣大人今日過來狩獵，這會兒回京路過莊子，說讓莊子裡備好些茶水歇腳。」

「那還不快去！」孫管事說著站起來，對著顧言作揖笑道：「顧少爺，您也看到了，有貴客要來，那我就不送了……」

話音未落，門邊一陣喧譁，只見大門被拉開，有馬蹄聲傳來，一個人騎著馬就橫衝直撞地進了院子。

蕓娘順著聲音望去，只見馬上的人也看見兩人，臉色瞬間就變了，聲音揚高了起來。

「你們怎麼在這裡？」

自從上次贏了他，蕓娘再見到李三郎可是一點都不怕了，她朝著李三郎朗聲道：「我才要問你怎麼在這裡？」

李三郎臉色鐵青，咬著牙槽道：「這是我新買的莊子，我為什麼不能來？」

蕓娘先是一愣，沒想到這莊子賣到了李三郎的手上。

「喲，原來就是你給這管莊的撐腰，還在這裡強收佃租。」

「妳胡說些什麼？」李三郎坐在馬上，聽到這話，一時沒反應過來，眉頭緊皺看向廳裡坐著的人。「顧言，她說的這是什麼意思？」

顧言倒是一挑眉，看向他，淡淡開口。「你知道你買的是我顧家的田嗎？」

李三郎一怔，隨即嗤笑一聲。「那又怎樣……」

「其中有我母親的嫁妝。」

李三郎的笑僵在嘴邊，顧言的娘親是他國公府出去的，是二房的大小姐，曾是最受他祖父寵愛的丫頭，實打實是他李三郎的大姑。

他面色一沈，下馬直直踹了管莊胸口一腳。

「渾球，你賣我姑母的田給我？賣我自己家的田？」

孫管事被踹得兩眼一黑，撲在地上，先是一愣，這才想起來國公府和顧家這層關係，可顧家出了事之後，他們早就不想和顧家沾上關係，哪裡還記得這回事？今日也算是倒楣了。

「還有你。」

李三郎轉過頭看向那知縣。

「下官也不知情啊……」

知縣臉色煞白，原以為顧家都死絕了，這才把這無主的良田拿出來討好國公府，誰知這顧家竟然還有人，而且他竟然忘了顧家與國公府再不和，也是有層親戚關係，有些事不能做，這下算是捅簍子了。

「都是這管事坑我，公子，下官真的是半點不知情。」

「大、大人，這明明是您先提的……」

耳朵跟前吵成一片，李三郎聽得心煩意亂，再加上平白自己花了錢還遇上這事，心裡更是不舒坦，一拍桌面喝道：「行了！」

大廳裡安靜下來，他抬眼看向顧言，眼神陰沈沈的。

「這管事有了二心，直接打死算了，剩下的事你來弄，我不管了。」

「顧、顧少爺……」

孫管事聽到這話白了臉，哪還有剛才的半分體面，他雖然脫了顧家的奴籍，可這些汴京城裡的權貴要殺他跟捏死一隻螞蟻一樣。

他跪在地上，往前朝著他們伏身求饒。「少爺、夫人，小的錯了！錯了！」

顧言垂著眼，臉色不變，冷冷道：「隨你。」

知縣在旁一聲都不敢吭，嘈雜中管事被拉了出去，蕓娘聽著那叫喊聲有些心驚肉跳，可看到一旁的老婦，終歸有些覺得那利慾薰心的孫管事也是罪有應得。

她走過去將那老婦人扶起來，對她道：「沒事了。」

那老婦人唯唯諾諾謝著，慢慢直起身子，有風吹起蕓娘臉上的面紗，她睜大了眼睛，像見了鬼一樣。

「是、是……妳！」

蕓娘看到她這副受到驚嚇的模樣，知道她已認出了她，不知道該說些什麼，只能輕聲安撫著。

「妳不用擔心，這田現在是我顧家的了，沒人再逼著你們交租，你們且先種著田，有了收成再說。」

那老婦人聽到這話，又抬眼看了她一眼，囁喏著說：「多謝夫人。」

蕓娘轉身要走，卻聽一個微弱的聲音在背後響起——

「夫人，嚴穩婆從陸家被抬回來時已經死了，那日，她去陸家之前，說去陸家是要給她女兒過生辰去的。」

蕓娘心中一驚，猛然回頭看向那老婦人。

陶瓷爐裡燃起裊裊白煙，暖閣裡到處散著檀香的味道，帶著些輕微刺鼻的涼意。

貢院的內簾房裡，桌上成堆的硃卷，閱卷官伏著身子快速的用紫筆勾畫，收掌官躬著身子抱著一沓案卷匆匆穿過貢院層層門廊。

正東邊有間小小的耳房，隔得老遠聞到釅釅的茶味，屋子裡上下坐了好些人，隱在陰影裡，一個個跟壁上佛一樣，巍然不動。

「出來了。」

只這一聲，像顆石子墜入水裡，坐著的人頭湧來，紛紛湊在一起。

「怎麼樣？可謄來了嗎？」

站在一群紅袍中，那收掌官把懷裡的卷子緩緩展開，翻著上面的幾卷道：「這些是各房閱卷官的薦卷，今科甲榜應就出在這裡了。」

眾人七嘴八舌地說著，聽著周圍的嘈雜聲，收掌官將卷子翻到最後，他頓了頓，抽出一卷，鄭重地捧在手心。

「這份答卷從幾位內簾考官都是高薦，主副考都落了墨，按理說應為案首，但……」收掌官抬頭，掃了所有人一眼，緩緩吐出一句話。「主考大人說他不能定。」

不能定，這是什麼意思？

眾人炸開了鍋，交頭接耳中將那卷子放在桌上展開，圍在一起細細的讀下來，讚嘆聲四起。

「好啊，作得太好了！」

「驚才絕豔啊，當得起今科榜首。」

正說著，有人拆開那彌封的卷封，露出封上的名字時，屋子裡像是一壺沸水突然冷了下去，四周一時間沒了聲音。

眾人面面相覷，半晌才有人不可置信道：「怎、怎麼是他？」

也有對這氣氛不明所以的人，小聲問一旁同僚。「這人是誰啊？很有名嗎？」

「何止是有名。」同僚嘆口氣。「就是那個跟從舊太子謀反、全家滿門抄斬只落下他一個的顧言。」

芸香清涼的味道繞在鼻尖，眾人看著那五色筆劃下的卷子，心裡都是五味雜陳。

「莫不是眼花了？崔曙給他做業師、謝朓做擔保，這兩人一個是出了名的硬骨頭，一個是隨風的牆頭草，這顧言是怎麼說服那兩人的？」

「誰知道呢，原來是顧家大郎啊，難怪寫得出這種文章，想當年年少時也是名滿京城的人物，可偏偏遇上那檔子事……」

就在這時，一聲長音在殿外響起——

「裕王、景王到！」

眾人惶惶地跪下來，見兩人一前一後的進了屋子，袍子上的金蟒迎著風熠熠生輝，裕王和景王雖是同胞兄弟，但長得並不相像，一個圓臉一個長臉，若說唯一的相似處，那便是都帶著上位者的威嚴。

景王眼睛盯著面前人，微微一笑，但那笑沒到眼底。

「沒想到王兄也親自來貢院看會試？」

「父皇讓我負責科舉之事，自是要盡職盡責。」裕王瞥了他一眼，嘴角也勾起一抹笑。

「倒是王弟怎麼來了貢院，莫不是有旁的心思？」

景王嗤地一笑。

「皇兄多慮了，我只是來湊個熱鬧，看個景吧。」

裕王聽到這話，深深看了景王一眼，轉過頭望向眾人。

「卷子都判出來了嗎？」

翰林院的幾位老學士面面相覷，似有些不知道怎麼說，裕王冷冷地道：「本王在問你們話，出來沒出來，這麼難答嗎？」

「殿下，倒不是這個，只是……」那老翰林顫顫巍巍的說：「只是這榜首，還有爭議。」

裕王皺起眉頭，拿起老臣遞上來的卷首，眉毛一挑。

景王也瞥了一眼，看到封上的名字，眉頭蹙起來，轉頭凌厲地看向幾人，喝斥道：「大膽！什麼人你們也都敢放進來？」

幾位考官連忙跪下道：「不、不是，這卷子都是彌封的，臣、臣也不知誰是誰，這就將他剔除。」

「慢著。」裕王抬眼，看了眼景王，擲地有聲道：「傳本王令下去，這顧言既然主副考都落了墨，自當秉公判卷。」

景王目光射向他，幽幽深深看著。「難不成王兄要留個罪臣之後做榜首嗎？到了殿試，在父皇面前王兄要怎麼說？」

「怎麼說？」裕王笑了笑，他走近兩步附在景王耳邊，輕聲道：「王弟，這事怎麼說不重要，但你說，若他日顧言殿試奪魁，會不會替顧家翻案，清查舊太子之事？」

裕王說完，轉身離去。

景王臉色沈了下來，回首又看了眼卷首上的名字，眼裡陰霾漸起。

這邊，裕王剛邁過貢院門檻，就低下頭，對著身邊人吩咐道：「去，等會元傳榜的時候，提著賀禮去顧家，動作要快，要趕在所有人前面。」

說著，他又想到了什麼，頓了下道——

「對了，國公是不是要過大壽了？好歹兩家親戚一場，叫李國公把人請去赴宴。」

陸安歌的生辰果然不是庚月戊寅日癸丑時！

蕓娘坐在窗邊暗自嘀咕，自從前些日子從莊子裡回來，她就一直在琢磨那小崗村的老婦人說的話。

原來嚴穩婆前去陸府是為了給陸安歌過生辰，推算一下時日，這麼說來，陸安歌的生辰應在十一月初，果然陸家騙了她，自始至終那八字根本不是陸安歌，這樣想來，那日在寺廟裡，道士同趙氏說的要找的人便是她了。

換句話說，這段時間陸家找她不是因為她是陸家的親生女兒，骨肉情深，而是因為她的生辰八字，或者說，他們要找的是符合這個生辰八字的人！

蕓娘皺起眉頭，聽那道士的話，這事似乎背後還有人指使，可是好歹趙氏也是個官家小姐出身，誰能輕易使喚動她呢？

沒來由的，蕓娘想到了一個人，那日在春日宴上見到的大太監陳榮，如果是宮裡的人……這倒是有可能，可這範圍也太大了。

蕓娘垂下眼，宮裡有後宮裡的娘娘、皇子，還有聖人，一時半會兒也想不出這些人當中，到底是誰、又為了什麼，要費這般力氣夥同陸家綁架她？

就在這時，蕓娘腦海裡靈光一閃，突然想到一件有些不相干的事。

她自小力氣大，身體也強壯，平日裡連個頭疼腦熱都沒有，怎麼上一世就突染惡疾身亡，不治身亡了呢？難不成上一世她的死也是有人暗中設計的？

蕓娘正思索間，突然聽到門外一陣喧譁聲響起，她起身望去，只見王伯急匆匆跑來。

「怎麼了？」

王伯臉上揚著喜氣，聲音有抑不住的激動。「少夫人，第一榜出了！少爺位列一甲頭名，中會元了！」

蕓娘聽到也是心裡一喜，可還沒等她高興一會兒，王伯從袖子裡掏出張請帖。

「剛有人來送禮的時候，還送來一張請帖，說李國公過壽，宴請少爺和少夫人一同前去。」

蕓娘接過請帖，看到那日子，四月初八，心裡一涼。

王伯看她臉色不對。「少夫人怎麼了？」

「沒、沒什麼。」

蕓娘噈了噈口水，她忽然想起來，四月初八國公府的這場壽宴，正是上一世陸安歌設計害她身敗名裂的宴會。

「小姐，顧家大郎會元剛出了榜，李國公府上的人已經去顧家遞了帖子。」

陸家的丫鬟扶著主子下馬車，湊在臉邊壓低聲音道，聽話的人若有所思，似乎想在這夜色中思量出些什麼來，但到底能想出些什麼，也只有她自己知道了。

「表小姐呢？」

話音冷冷的，彷彿只是在問什麼物件。

「還在屋裡鬧脾氣呢，自從上次叫官府的人尋回來，天天把自己鎖在院子裡，誰都不肯見。」

聽到這話，陸安歌腳下方向一變，朝著譚春兒的院子裡走去，待到了緊閉的屋門前，小丫鬟急急上前攔住。

「大小姐，表小姐說了，她不想見人……」

可這話只換來冷冷的眼神，丫鬟的尾音囁嚅地散在風裡，陸安歌走近屋子，聲音貼著門縫幽幽鑽了進去。

「表妹，我知妳心裡氣我，可我當時也是沒辦法，生死之間的事，我哪裡想得了那麼多，我到底也不是有意的。」

屋裡沒動靜，陸安歌垂下眼，一聲幽幽嘆息拉長在這片安靜中。

「妳既然不願理我，那便罷了吧。只是過幾日國公府壽宴，凡朝中五品以上有頭有臉的人家都受邀了，我本想邀妳一起去，哦，對了，聽說那顧言中了會元，當日也會去，我想幫妳……」

屋門突然打開，譚春兒擰著眉看她。

「妳又要哄騙我，拿我當刀使去對付陸蕓？」

有時候魚上不上鉤，不取決於牠知不知道這是個餌，而取決於牠想不想吃這個餌。陸安歌笑了下，替她把最後一絲猶豫都撫平。

「說什麼傻話呢？我為何要對付蕓妹妹？自始至終，我只是想讓蕓妹妹回咱們陸家，我是為她好，也是為妳好，大家過該過的日子，走該走的路，這才合適。」

譚春兒不是個聰明的人，甚至還極為單純，可她還偏不認為自己單純，這種人最容易犯的錯誤就是只聽表面話，還非常短視固執，她咬了咬唇，看向陸安歌。

「妳到底想怎樣？」

陸安歌笑了笑，不知在笑誰。

「妳說，若是陸雲出了醜事，敗了名聲，那顧言還會不會要她？」

日子很快來到了國公府壽宴當日，傍晚，巷子裡的顧家宅子外，一輛馬車早早地停在門外，顧言負手站在院子裡，看著日頭偏移，影子一點點拉長，眉頭微挑。

以前總聽人抱怨說家裡面女子出門慢，當時沒感覺，今日算是見識到了。

「少爺，還沒出發啊？」

王伯一打開門，看見院子裡柱子般立著的自家少爺，算算也有半個時辰了。

「沒事，不急，還有時間。」

顧言淡淡道，他這人最不缺的就是耐心，況且過往經驗告訴他，多些耐心也許會有意料之外的結果。

此時房門被「吱呀」一聲推開，顧言轉了個身，抬起狹長的鳳眼，卻愣在原地。

「好不好看？」

比起初見時，現在的蕓娘抽長了個子，也豐盈了些。

她今日穿了件水紅色的闌裙，微微上揚的眼、淺淺的眉和唇，像夏日裡一朵美豔嬌柔的海棠花，只是站在那裡，就令人覺得清風裡帶著一絲說不清的甜味。

「好看。」

聲音輕輕的，這是真話，也是心裡話。

蕓娘一挑眉，似挺得意這身打扮的，她邁開步子朝顧言走去，火紅的裙裾隨著她的行走擺動，在霞光裡像是一團燃著的火，走到哪兒便把火苗點到哪裡。

「我想著這次好歹是去國公府，得有件好衣裳撐場面，可去那成衣鋪子一瞧，也太貴了，四兩銀子的裙子我以前要賣多少豬肉才賺得到！想了想，我就讓隔壁裁縫大娘給我做了一身，才花不到八十貫。」

他瞥見她臉上揚起的得意，不知道到底是得意這裙子好看，還是得意省下好多錢，她慣是這樣，一點小事都能讓她高興半天。

「走吧。」

他朝她伸出手，蕓娘搭上他乾燥溫暖的手掌，兩人出了顧府大門口，上了馬車。

馬車行過夜色籠罩下的番街裡道，到了李國公府外，蕓娘隔著老遠就看到那標誌性的紅簷。

前世曾發生過的那些事、那些場景還歷歷在目，她連自己後來是怎麼難堪走出來的都還記得。

前幾日初聽到要來參加壽宴，心裡是有些驚訝，可現在是有點捉摸不定，拿不準這一世到底會不會發生上一世相同的事情。

但要說怕，蕓娘是不怕的，人常說忍一時風平浪靜，可重活一世，蕓娘只覺得這話不對——被欺負了，就該打回去，靠旁人都是虛的，只有自己堅強，才能在這世道裡活下去。

她這樣想著，平日軟綿綿的杏眼裡劃過一絲決然。

燈火通明之處，綿延不斷的官場話在人群間往來，細細碎碎飄到高高翹起的朱紅簷角上，將這寧靜的夜空也染得嘈雜幾分。

下馬車時，因為蕓娘好久沒穿拖曳的長裙，腳下踩到裙邊絆了下，幸好前面的顧言反應快，伸出手扶了她一把。

蕓娘向前一栽，撲了個滿懷，鼻尖是胸膛的溫熱和書本裡浸出來的冷芸香混在一處。

「沒人看到。」

聲音裡帶著絲如水的涼意，蕓娘這才像縮頭烏龜一樣，把頭一點一點抬起來，小臉正了正顏色，一臉嚴肅，反正有些事只要她不記得，就當它沒發生過。

顧言瞥了她一眼，清潤的眸子在燈下就那麼看著她，好看極了。

「要進就進，在門前抱成一團做什麼？不知廉恥！」

在大門口邊迎客的李三郎不屑地掃了兩人一眼，鼻子裡哼出些氣來。

「噗！」

蕓娘抬眸只掃了他一眼，嘴一捂，沒忍住聲音從指縫裡漏出來。

「妳、妳、妳一見我笑什麼?!」

李三郎脹紅了臉，直覺她這笑不是什麼好意思。

「沒、沒，我就是見李公子你今日穿得真喜慶。」

可不是嗎？這李三郎平日裡就挺黑的，今天穿了身豔紅的衣裳，更襯得臉跟灶臺底一樣，怕沒點著燈，夜裡都尋不到他。

李三郎氣沖沖道：「今日我祖父過壽，我才特意穿成這樣迎客，再說老子這是男子氣概，大丈夫臉黑些又怎樣？妳當誰都跟顧言一樣長得跟個小白臉嗎？」

「哦……」蕓娘眨了眨眼。「那敢問男子氣概的李三郎公子武舉結果出來了嗎？」

「也就一般，甲榜第三。」

李三郎揚起頭，挺著胸脯，眉飛入鬢，這話說得就別提有多得意了。

「那你不行，我家顧言是會元，甲榜第一。」蕓娘仰起臉，認真道：「李三郎，看來你不僅臉黑，成績也不怎麼樣嘛，對了，你力氣還沒我大，上次比賽你還輸給我了。」

「我……妳！就輸妳一次，妳要提多久！」

李三郎一時臉又紅又黑，也不知到底是什麼色的，突然有個家奴小跑過來，附在他耳邊說了些話。

李三郎深呼出一口氣，這才掃過兩人，從齒縫擠出話來。「顧言，我祖父要見你。」

正廳裡賓客如雲，人影幢幢，雖說是李國公過大壽，但同時這也是交際的好場子，功名利祿在酒色與火紅的八角燈裡交錯，耳邊盡是些虛與委蛇的官場話，這便是汴京的宴會。

「賀朝，高中亞元，當敬一杯。」

有相熟的朝中大臣家的公子朝著林賀朝舉了舉酒杯。

「亞元」這兩個字聽起來是有些刺耳，林賀朝眉頭蹙了蹙，揚起下巴，露出清晰的下頜線，把手裡的酒一飲而盡。

「公子，您今晚喝不少了。」

一旁的小廝感覺到他家公子似乎心情不大好，可為什麼有人明明是金榜題名，還心情不好呢？他不明白。

宴席間有了些躁動，不知從哪個角落傳來誰說了聲。「顧會元來了。」

林賀朝抬眼看向門口的方向，看到那往後院走去的挺直背影，微微蹙起眉。

大廳響起一些竊竊私語——

「顧言？我原以為今科會元是同名，原來真是他！」

「可不是，我在考場上見到他時還以為自己眼花了。」

幾個學子望著那背影，真是有番說不出來的風骨，其中一人悠悠道：「這顧言自小就聰慧，原以為顧家倒了，顧言也就沒了出頭的日子，可硬生生叫他生死邊走一回，回到汴京來了，看看這連中兩元的勢頭，若是他日殿試登科，那便是青雲之上，怕是你我只有仰頭望著的分。」

林賀朝眉頭越蹙越深，有人瞥見他神色，對那人喝道：「酒喝多了吧，胡說什麼呢，殿試都還沒定呢，還有聖人那一關，這狀元及第誰說得準呢？」

那人被說得一愣，看向林賀朝，這才乾笑道：「哦哦，是，是我喝多糊塗了，林大公子你別往心裡去……」

「沒事，不用這般。」林賀朝眉頭擰起又鬆下。

他是想要金榜題名，想把事做到最好、給林家添光沒錯，可他也不是不能容人的人，細細想來，在他的人生當中至今還沒出現過什麼讓他非得到不行的目標，他的人生像是一輛永遠不會偏離道路的馬車，已經規劃得四平八穩。

林賀朝這麼想著，目光再度望向遠處，在顧言身旁看到了個熟悉的人影，瞇起眼睛，心頭升起一絲荒謬，和一種說不出的感覺。

風吹著影兒進了院子裡，僕人挑著燈，身後的人像燈下的影子似地黏在一起，過了迴廊，進了院子，蕓娘遠遠聽到裡頭交談的聲音——

「好，國公威風不減當年，好槍法。」

一個年邁卻又中氣十足的聲音道：「不行了，當年清剿流匪時，我追那賊首三天三夜都不睏，現如今耍幾下就喘得不行了。」

一腳邁入院子，李三郎斂起神色，恭恭敬敬的行禮道：「祖父，人帶來了。」

庭院裡的人噤了音，都看向這邊，倒是顧言頂著這些目光視線，臉上不見絲毫慌亂，上前兩步行禮道：「拜見國公。」

眾人心裡一凜，哦，到了國公府，他顧言卻不叫外祖，是個狠角色。

李國公耷著眼皮掃了他一眼，花白的鬍子一抖動。「真是顧家人的樣子。」

顧言沒吭聲，李國公把手裡的槍一把插在地上。

「我聽翰林院那些話癆子說，是謝朓給你做擔保、崔曙給你做業師的。謝朓也就罷了，他不過是個膽小鬼，可我就好奇了，崔曙那老酸腐怎麼會答應當你的業師？」

顧言一挑眉，直言道：「我娘子替我求的。」

聽到這話，一旁的李三郎是最先反應，他一臉意外地回頭看了眼蕓娘。

李國公掃了廊下的蕓娘一眼，沒好氣道：「又一個瞎眼的，你們顧家就愛仗著一副好皮相坑蒙拐騙，要不是如此，我那二姑娘當年也不會要死要活地嫁過去，最後落得短命下場。」

二姑娘，蕓娘心裡一跳，那不就是顧言他娘？

她抬眼偷偷看向顧言，他沒什麼情緒變化，李國公提到二姑娘似乎是有些悵然傷感，人老了，有時候一提到過去的事，就會越發過不去。

「去，都下去吧，我歇會兒再去前廳待客。」

「恭送祖父。」

李三郎急忙托了一把，躬著身子把人送回房。

蕓娘走到顧言身旁，扯了扯他的袖角。「誒，當年是你娘主動要嫁你爹的啊？」

顧言一挑眉。「也不算。」

只見李三郎轉過身來插嘴道：「是不算，當年那哪算是嫁？我姑母是榜下捉婿，直接把人綁回來成親的。」

蕓娘心裡一跳，這麼慓悍的嗎，她總算知道顧言骨子裡的那股狠勁像誰了。

就在這時，只聽前面響起鼓點聲，咚咚地敲在人心上，蕓娘一愣。

「那是什麼？」

「起宴鼓。」李三郎抬眼望向遠方，嘴角一勾。「好戲要開場了。」

第十章

密集的鼓聲時重時輕，為國公府的壽宴拉開序幕，僕人和舞姬成群從廳外湧入，珠簾繡額，四處都有燃著蘭膏明燭的味道。

一扇屏風隔開男女賓客，蕓娘坐在這片觥籌交錯裡，垂眼看著桌子上的水晶糕，嚥了嚥口水，可仍然沒動手下筷。

倒不是她因著這場合人多就害羞了起來，只是她心裡清楚，今晚自己不是真的來參加宴會的，真正的好戲還沒開始呢。

蕓娘想著，抬眼四下一望，一眼就看見了不遠處坐在女眷中的陸安歌，還有她旁邊花枝招展的譚春兒，兩人在珠圍翠繞的女眷中談笑風生，這場面和前世記憶中一模一樣。

只不過蕓娘記得那時自己總是垂著腦袋，自卑地坐在一邊襯托著她們，和宴會上的熱鬧氣氛格格不入。

不遠處的陸安歌談笑間眼神亂瞟，像是在尋找什麼，直到對上了蕓娘的目光，方才目光微斂，起身緩緩走向她。

一雙緞面秀鞋出現在眼前，裙襬微微晃起些幅度。

「蕓娘，真是巧，我還當看錯了人呢，妳幾時上來京城的？」

不得不說論臉皮厚，陸安歌簡直是爐火純青，上一次敢直接綁人，這次遇見她就像沒事人一樣。

蕓娘抬起烏溜溜的眼睛，直直看著她。

「巧？我看那日妳跑得挺快。」

陸安歌臉色一僵，她微微垂下眼，緩了好一會兒，這才慢聲道：「那日我到底也不是真心想傷妳，只是想要妳同我走罷了，誰知妳反應那麼激烈，這才失了一些分寸，我也是為妳好。」

又是為她好。什麼話從陸安歌嘴裡說出來就是另一個樣子，綁架都能說是為她好，蕓娘想到自己上一世就是這麼被她一句句哄了過去，嘴角勾起了一絲冷笑。

「我雖然沒見過什麼世面，可我並不傻，妳不顧我的意願擄走我，難不成我還要感謝妳嗎？」蕓娘認真地看向她，話音冷冷地。「如果那日出了什麼差錯，我丟了性命，妳今日還會這麼說嗎？」

陸安歌一怔，睫毛顫了顫，她知道自己上回是太急了些，讓蕓娘對她起了防心，偏蕓娘還是個不吃軟的硬柿子，此時她再說什麼都沒用了，不過……

她瞥了眼身後的人，只見一個嬝娜的身形從陰影中走出來。

譚春兒一改往日的張揚跋扈，走到蕓娘身邊，垂著腦袋，楚楚可憐道：「蕓娘，真對不起了。」

蕓娘冷著臉看她，只聽她道：「那日不該強迫妳的，讓妳白白吃了好些苦頭。」

譚春兒咬了下嘴唇，滿臉的懊惱。

「後來我一直後悔不已，若是認了親，妳我本是表姊妹，我不該這麼對妳的。」

蕓娘沈默不出聲，只是定定地看著她。

譚春兒見蕓娘不作聲，還以為是自己的話起了些作用，想到今晚的計劃，心裡暗自發狠。

這時，只聽見大廳另一邊響起一陣喝彩，她餘光一瞥屏風另一邊男客們的動靜，不自覺地有些分神——

「咳咳。」

陸安歌拿帕子捂住嘴，輕輕咳了兩聲，譚春兒這才回過神來，想起陸安歌之前的交代，看著眼前大眼睛圓臉的女子，眼裡幽幽暗暗，像是下了什麼決心，說道——

「往日種種是我不對，這杯酒當我給妳賠禮道歉。」

說完，不待蕓娘說話，她舉起酒盞欲飲盡，可就在這時，不知從哪裡跑出來一個匆忙的小丫鬟，撞得譚春兒身子一斜，手裡的酒就灑了出去。

「唉呀！」

席面上響起驚呼，只見酒液從蕓娘的領口暈濕到裙邊，好好的裙子頓時像是被風雨打蔫的海棠花，分外狼狽。

譚春兒眉頭蹙起，急忙俯下身想拿帕子幫蕓娘擦裙子。

「真是對不起，都怪那冒失的丫頭突然撞過來。」

「不用不用，沒關係。」

蕓娘避過她的手，眉頭蹙起，微微噘起嘴，雖然知道會發生這事，但她還是心疼自己的新裙子。

這時，一旁國公府的侍女突然開口。

「府裡還有些備用的衣物，小娘子還是先找個地方換下衣物吧。」

「好吧。」

蕓娘垂下眼，起身剛站起來，手臂就被拉住，抬眼看見譚春兒一臉真摯道：「蕓娘，都怪我不好，我陪妳一起去。」

說完這話，譚春兒心裡怦怦直跳，細細地看著蕓娘的表情，生怕她識破些什麼。

燈下蕓娘睫毛輕顫，沒說什麼，還馬上往前走出兩步，回頭看到她還愣著，疑惑地問：

「不是說要陪我去更衣嗎？」

「對，對，這就去。」譚春兒訕訕地笑了笑，心裡鬆了口氣，急忙跟上，下意識地還回頭看向陸安歌。

陸安歌本來已與別人交談著，可轉頭一眼，正和她對上，眼裡有著凌厲，提醒著她不要忘了交代的事。

譚春兒於是收回目光，走出大廳。

夜色濃重，幽幽暗暗的長廊裡，侍女手中提燈輕晃，譚春兒跟在蕓娘旁邊，趁著挑燈搖晃的光不時打量著蕓娘。

她不像京城的官家小姐都是尖尖的小臉，反而長了一副圓盤臉，五官平和，唯有一雙眼睛大了些，長得也沒那麼好看嘛，顧言那般人物到底看上她哪裡了？

蕓娘知道譚春兒眼神不住地往她身上打量，卻裝作不知道一樣地只往前走。

走到一處拐角岔路口，譚春兒突然出聲。「等一下。」

蕓娘轉頭看向譚春兒，只見她對著引路的侍女笑了笑。「我隨身的帕子好像落到席上了，麻煩妳幫我去取一下。」

侍女愣了下。「那更衣……」

譚春兒急忙截住她的話頭，笑盈盈說：「我來過國公府幾回，都走到這裡了，更衣的地方我也知道，我帶著去就行，斷不會走錯路的，妳快去幫我找找，別被人撿走了。」

「是，待客用的廂房就在前面不遠，有勞小姐們自便了。」今日府裡客人多、要求也多得很，侍女不敢輕忽怠慢，沒再說什麼，把提燈交給譚春兒後躬身退下。

望著侍女走遠，譚春兒才回過頭看向蕓娘，對她道：「走吧。」

她直接轉了方向，蕓娘沒說話，跟著她繼續往前走，兩人就這麼來到了一處偏僻院子裡。

譚春兒站在房門外頓了下，四下一打量，這才回頭對蕓娘笑著道：「就是這裡了。」

蕓娘看向這似曾相識的屋子，回想起上一世是怎麼從這裡進去，又怎麼被人給架出來的，心裡氣血翻滾，可面上還要忍著什麼表情都沒有，走到門前作勢開門，一推門——

「咦？門鎖住了？」她故作疑惑地說。

譚春兒瞇了瞇眼，心裡一凜，門怎麼會上鎖了呢，陸安歌明明告訴她，她都提前將房間安排好了，只要把蕓娘騙進去就行了。

她緊緊盯著蕓娘推了半天，那門文風不動，不禁皺著眉頭走上前去，手剛扶上木門，還沒使勁，突然身子被往前一推，她還沒反應過來，整個人就被推進屋子裡，轉身就聽到門從外頭落鎖的聲音。

譚春兒臉色「唰」的一下變得煞白，手中的燈籠掉落在地，透過門簾上的絹紗，隱隱約約能看到外頭的人影。

她上前兩步，把門板拍得砰砰作響！

「蕓娘，妳這是做什麼呀？放我出去！」

蕓娘站在門前，想著前世今生、門裡門外，那截然不同的人生路，冷冷的聲音順著夜風從門縫傳進去。

「做什麼？我倒想問問妳領我來這裡做什麼？」

譚春兒一愣，四肢百骸如墜冰窖。

她知道，她是知道的！

蕓娘知道她們的謀劃，可她怎麼會知道?!

譚春兒強穩住心神，聲音一變，威脅道：「陸蕓，我可是陸府夫人的親姪女，妳敢得罪我，出去我必告訴姨母要妳好看！」

蕓娘聽到這話，嗤笑一聲。「妳陸家的家法管得了我嗎？」

譚春兒這時才明白，這陸蕓是真心不想回陸家，甚至自始至終就沒把陸家放在眼裡。

突然間一股香味不受控地沿著她的嘴鼻鑽進身子裡，一陣燥熱襲來，像是有螞蟻啃咬一般。

她猛地回頭看向桌前的青色熏爐，三兩步衝過去，將那熏爐打翻在地，可未燃的香倒在地上，火星反而燒得更快，屋子四面緊封，譚春兒心裡惶恐不已，連忙撲到門邊叫人。

「陸蕓，放我出去！」

蕓娘站在門外，聽著門裡的哀號，神情無動於衷，上一世她就是這樣求別人的，可沒有一個人理她，這一世理應讓她們這些加害者也受到同樣的痛苦。

啊，只是不知道，到時候譚春兒和裡頭的林賀朝一起被發現的時候，會不會像她當初那般光景？

蕓娘正想著，忽然聽到身後有動靜，她心裡一緊，猛然一轉身，當看見身後那個修長的人影，眼不禁睜得大大的。

「你怎麼在這裡？」

林賀朝看了她一眼，又看了她身後的屋子一眼，話音悠悠。「妳好像很驚訝，我為什麼不能在這裡？」

當然不該啊，林賀朝應該是在屋子裡啊，蕓娘一時不知道怎麼說。

屋裡傳出些香味，已沒有其他動靜，林賀朝一挑眉，眉頭微蹙，作勢要上前，蕓娘急忙堵住去路。

他瞥了眼那密閉的屋子，垂下眼看她，輕輕地問：「裡面有什麼？」

蕓娘沒說話，靈機一動，揚起下巴清脆道：「我家小姐在更衣，林公子你不能進去。」

「小姐？到這時候，妳還在騙我。」

林賀朝輕笑一聲，蕓娘身子一僵，他朝著她步步逼近，聲音壓低了些。「妳到底是誰？」他似又有些猶豫地問道：「妳……與顧言究竟是什麼關係？」

「與你何干？」蕓娘瞥了他一眼，沒好氣的說。

「妳為何對我防備重重，是我……何時得罪過妳嗎？」林賀朝看著她，疑惑地問。

聽到這話，蕓娘心想，他好像也沒說錯，每次看到他，她就會想到上一輩子的事，心裡不舒坦。

「妳……」

林賀朝還想說些什麼，突然聽到身後傳來熙攘聲，腳步雜亂，應還不止一個人走向這裡。

蕓娘發現有人朝這裡走來，快步想離開，卻被林賀朝一把拉住，側身攔住去路，兩人之間的情勢顛倒了。

蕓娘眼一瞪，咬了咬嘴唇。「讓開！」

「那屋子裡到底有什麼？」林賀朝追根究底地問，看著她這副掩掩藏藏的模樣，反而被勾起了幾分心思。

這姑娘看著是個沒心計的，倒是幾次三番把他哄得團團轉，他倒要看看她今日在玩什麼把戲。

兩人僵持間，後頭傳來聲音。

「少爺，這邊這邊，您喝多了，走錯了。」

「我沒喝多！我知道往哪裡走，不用你們說！」

這聲音越來越近，聽著進了院子裡，蕓娘心裡一驚，看著眼前擋路的林賀朝，索性將他一併拉走，林賀朝還沒反應過來，他一個成年男子已被她硬生生拉走，那力氣大得驚人。

蕓娘快走幾步，將林賀朝推到另一側牆角，兩個人擠進一處。

「妳……」

躲在黑暗裡，林賀朝目光複雜看向她。

「噓！」

蕓娘直接捂住他的嘴，感受到手上香軟的溫度，林賀朝沒再吭聲。

「你知道我是誰嗎？我是國公府的三公子，武舉第三！」

另一頭，李三郎晃晃悠悠地被人從院子那邊攙扶過來，臉上通紅一片，撐著幾個僕人，腳下錯步不斷，像是被風吹得七拐八歪的風箏，在院子裡打著轉。

「少爺，這就到了。」

僕人本想將李三郎扶回自己的院子，但他醉得太厲害，看這裡有閒置偏僻的廂房就把他先架過來了。

「到了到了。」李三郎大著舌頭胡言亂語著。「爺要好好休息，你們在外守著，不許進來。」

「是。」

一名僕人連忙上前幫他解開門外的鎖，李三郎這才滿意地搖搖晃晃進了屋，門被關上。

「糟了！」藿娘見李三郎進了屋，驚呼一聲。

「什麼糟了？」

林賀朝疑惑地問，然而不過才一會兒，屋內便傳出細響，女子嬌亢的聲音和男人的粗喘漸起。

他睜大了眼睛轉頭看著她，眼裡疑雲叢生。

藿娘有些心虛，錯開林賀朝的眼神，想到那裡面可能的場景，一時間也不知道怎麼就發展成現在這樣，這下還感覺多少有點對不起李三郎。

門外的小廝也傻了眼，這是怎麼回事？但這院子地處偏僻倒沒人發現，半炷香的時間將過，有人來了。

「就是這裡！」

一個小丫鬟指路，她身後跟著一群女眷浩浩蕩蕩地從長廊裡走來，幾十盞燈籠把前方照得明明晃晃。

林賀朝看到那小丫鬟，皺起眉頭，輕聲道：「剛剛就是這丫鬟引我來的。」

這群女眷身後還跟了好些家僕男丁，手執長棒、麻繩，氣勢逼人。

一行人直入院子，來到屋前站住，門裡頭雲雨乍歇，還傳出些男女聲音，老國公夫人站在門外，臉色鐵青。

「在我國公府的宴上，竟然敢做這種下流之事，給我把門撞開！」

家丁們立時上前，幾個女眷看不真切前面的情況，只出聲問一旁的陸安歌。「陸小姐，妳說看到有人在這裡私通可是真的？」

陸安歌垂下腦袋，怯怯地道：「我、我也是聽人說的。」

那女眷追問道：「可有說是誰？」

「好像是那顧會元的夫人，叫什麼……陸蕓來著。」

這一番話，引得一旁的命婦們不免響起竊竊私語。

「這可是真的？顧會元怎麼說也算是家世顯赫，現如今都要參加殿試了，怎麼娶了個丟人現眼的東西……」

「鄉下人，自然是不知禮教。」

聽到這些議論貶低，躲在屋側的林賀朝看著眼前的女子，她倒是面無表情，不動聲色，好像已經習慣了這些傷人的話。

她聽到後，只是整了整裙角髮鬢，抬頭對他道：「你先別出去。」

說完，她便閃身朝著人群走了過去。

陸安歌還低垂著頭在演戲，聽著眾人對陸蕓的評價，心裡有絲暢快，眼裡劃過精光。

總算入她的圈套了，今夜過後陸蕓是生是死，還不是任由她拿捏……

陸安歌正得意之時，一抬眼，卻見那老國公夫人狠狠地盯著她，心裡「咯噔」一下。

「國、國……」

還沒說出話來，陸安歌睜大了眼睛，一個身影如鬼魅從人群中裊裊走了出來，眾人一時把目光落在她身上。

蕓娘微微一笑，掃過眾人。「怎麼了，這麼多人，可是出了什麼事嗎？」

蕓娘的出現，像是給這炙熱的事態澆了盆涼水。

一時間四下的竊竊私語聲小了，只剩下火滅後的餘溫，偶爾灰燼中亮起一絲光亮，有人悄聲問：「這人誰啊？」

「就是顧言那個鄉下來的夫人啊，叫……陸蕓。」

話聲順著風送到耳畔，話題中心的人不見半絲慌亂，她站在那裡，一身水紅的裙子像極了一朵夏夜裡豔麗的海棠花，這番氣定神閒的模樣，倒是讓方才百般鄙夷她的女眷們說不出半句閒話來。

蕓娘眨著大眼睛掃過眾人，把陸安歌難以置信的表情盡收眼底，只聽她張著嘴問道：「蕓娘，妳、妳怎麼在這裡？」

說著，陸安歌臉色一變，心裡又驚又疑，猛地回頭望向屋子方向。

那、那剛才在屋裡的是誰？

夜風從眾人身邊吹進屋子裡，只聽細細碎碎的東西掉落聲，屋門被打開了，從裡頭走出一個人，衣衫凌亂，臉色陰沈。

屋外的人都吸了口冷氣，這人赫然是國公府的三公子李延！

與此同時，屋子裡傳來東西墜地的聲音，伴著哭哭啼啼的聲音，眾人都屏住了呼吸，只見國公府的僕人們衝進屋子裡，眾目睽睽之下竟把裡頭的人拖了出來。

陸安歌眼皮一跳，死死地盯著那個髮絲凌亂、衣衫不整之人，竟是譚春兒！

譚春兒被人拖拉到門外，想到剛才的情形，臉色慘白，風吹過她的肩頭，身上一陣發寒，眼前盡是明晃晃的燈光，在這片光亮中，她一眼就看到了人群中的蕓娘。

譚春兒神色一變，向前撲去，邊撲邊嚎。「陸蕓！妳竟敢害我！」

四周的竊竊私語聲再度變大了，老國公夫人轉身望向蕓娘，目光如炬，厲聲問道：「這到底怎麼回事?!」

蕓娘頂著這質問和眾人好奇的目光，抬起頭，冷靜地說：「我不知道，我只是來更衣，但半路這位姊姊把領路的侍女支開，然後就不見人影了，我初到國公府不熟路，也是剛才才循著聲音來到這裡的，不信國公夫人可以找那幫忙領路的侍女來問問。」

譚春兒聽到這話，猛地抬起眼。

「妳胡說！妳胡說！明明是……」

「夠了！」

老國公夫人看了蕓娘一眼，畢竟算是她的外姪媳婦兒，這點話她還是聽得進去的，她轉向身前的僕人們，冷言問道——

「誰領她來後院的？」

「是奴婢。」一個侍女出聲站了出來，恭敬地低著頭。

國公夫人看著眼前人問道：「可是她把妳支開的？」

侍女只掃了譚春兒一眼，點點頭。

「是，這位小姐說帕子落下了，讓我回去尋。」

這話一說出來，譚春兒臉色慘白，癱坐在地上。

李三郎看了她一眼，想到剛才種種及眼前這般景象，真沒想到在自己家還讓人給算計了，心裡滿滿都是怒氣。

「處心積慮的東西！」

見到這番場景，陸安歌壓下內心的慌亂，急忙攏住幾分心思，腦子裡飛快地轉著，「砰」的一聲跪在地上，望著老國公夫人，鼻子一酸，帶著哭腔道：「夫人，我、我也不知道表妹會做出這般事。」

蕓娘抬起頭，望著淚眼盈盈的陸安歌在那邊說道：「說來她不過是陸家的表親，我陸家可憐她父母雙亡，把她接到京城來，冀全伯父遺願，給找個好人家，今日才帶她出來見人，誰承想，誰承想……」

陸安歌用帕子捂住臉，臉上梨花帶雨，咬了咬泛白的唇。

「誰承想她竟然做出這種事，真是家門不幸！」

聽到這些話，譚春兒睜大眼睛看著陸安歌，彷彿又回到了那天雨夜，淚水糊住眼睛，朦朦朧朧中，她看著四周人們嘲笑厭惡的眼神，又看向男人陰霾的臉，這才驚醒自己多蠢，再次被陸安歌騙了。

想到今日這番境地，譚春兒咬了咬嘴唇，掙扎著朝門旁的牆上撞去——

「把她給我攔著！就是死，今日妳也不能死在我國公府。」老國公夫人立時喝道，一旁的家丁眼明手快地攔住譚春兒的動作。

老國公夫人轉眼看向陸安歌，威壓道：「今日之事，你們陸家打算怎麼辦？」

陸安歌聽到這話，眼淚一頓，緩緩道：「這……還是要待我回府與爹娘商量一下……」

老國公夫人不耐地瞟了她一眼。她不是什麼世家小姐，而是從底層爬上來的武夫之女，在汴京這麼多年，見過最多的就是人心，至今還沒有誰能在她眼皮子底下矇混過去。

老國公夫人冷笑道：「不用問了，我替你們陸家決定，既然出了這事，那就進我國公府做個侍妾吧。」

「侍妾？」

陸安歌一愣，眉頭皺起，好歹譚春兒之前家裡也是做官的，當個侍妾說出去連帶著陸家也顏面掃地。

譚春兒聽到這話，急忙抬起頭，撲到老國公夫人面前，低低哀求道：「夫人，夫人，我好歹是個官宦人家的女兒，我父親生前也是有頭有臉的，怎麼能給國公府做妾呢？」

老國公夫人垂下眼，掃了她一眼。

「人若不自重又怎麼能教人好好待妳？再說，姑娘，好人家可不會自己送上門來進了屋。」

譚春兒聽到這裡，知道事情沒有轉圜，可還是搖著頭，咬牙道：「不，我不做侍妾。」

「夠了！」李三郎冷冷地瞟了她一眼，眼裡盡顯鄙夷。「妳不想進國公府，我還不想要妳呢。」

說完，他向老國公夫人作揖道：「祖母，也是我喝酒喝糊塗了，不然絕不可能落了她的圈套，我不想要她。」

譚春兒臉色慘白如紙，一時間四周議論又起，瞧瞧她，做侍妾人家都不想要。

老國公夫人垂下眼，看向孫兒。

「今日是你祖父壽宴，不要再把事情鬧大，這事就這麼定了。」

聽到這話，李三郎自知也沒了轉圜，黑著臉連那譚春兒都不想再多看一眼，轉身走了。

而老國公夫人走之前，只留下冷冷的一句話──

「陸姑娘，回去同府裡說，擇日把人抬過來吧。」

這便是通知了，沒一絲商量的餘地，一沒聘，二沒禮，抬進門了，一輩子都名不正言不順。

一群人跟著老國公夫人離去，幾個侍女把譚春兒圍住，架起來就往外走，陸安歌由丫鬟攙扶著站起身跟在後面。

蕓娘看著兩人經過身邊，那譚春兒的眼神已經失去了神采，只是淚流不止，唯有陸安歌身子一頓，停下腳步，目光射向她，語氣森冷地低聲道：「妳是怎麼知道的？」

「知道些什麼？」蕓娘大眼睛看向她，眨巴了兩下，一副無辜狀。「妳說話我怎麼聽不懂？」

陸安歌深深地看了她一眼，沒再說話，轉身跟著前面人走去。

蕓娘見到眾人走遠，四下僕役也漸漸散去，這才鬆了口氣。

沒過一會兒，林賀朝從隱密處走出來，修長的人影立在廊下，他想著剛才那一場鬧劇，又聽到剛剛陸安歌臨走那句話，回頭看向蕓娘。

「妳知道她要害妳，所以才把她推進屋子裡的？」

蕓娘看了他一眼，秀氣的細眉一挑，轉身就要走。

見她一句話不說就要走，林賀朝急忙攔住她的去路。「誒，等等！」

蕓娘心裡犯嘀咕，這事趕巧了，怎麼今天這些事就讓林賀朝撞到了，她沒好氣地看向他。「是，你看的沒錯，那你打算怎麼樣？要威脅我嗎？」

林賀朝清俊的臉上帶著絲笑意。「沒，我沒那個意思，不過這回妳可不能再騙我了……」

蕓娘皺起眉頭，看著眼前的林賀朝，上一世她也不覺得這林賀朝有這般好說話，還纏著她不放，雖然這放在外面也是個惹人愛慕的世家公子，但她一見他就煩躁，只想快快走開。

「蕓娘。」

這時一道清冷的聲音傳來，蕓娘心中打了個顫，轉過頭，只見顧言站在身後，挑著盞長燈，他視線掃過林賀朝，眼神瞬間冷了下來。

「這是在做什麼？」

那聲音像極了大寒裡的初雪，帶著一絲清明穿透了世間嘈雜，鑽進耳朵裡。

蕓娘一閃神，手裡的燈籠鬆了手，豎骨燈籠骨碌碌地滾了下去，在石板轉了幾圈，燈面上的美人圖沾染了些泥濘，燭光黯淡，似是要滅了，一隻修長蒼白的手卻又捻起挑桿，把燈籠撿起來。

點點光亮照亮迴廊，映出站著的三人，恍如一個說不清道不明的修羅場。

「沒、沒做什麼，這位公子他剛認錯人了。」蕓娘瞥了眼顧言，急忙走到他身邊解釋，說完，她又拉住顧言的衣袖，把話題一轉。「顧言，你怎麼來了？」

顧言聽到她僵硬地轉移話題，眉毛一挑，幽幽看了眼不遠處的人，淡淡回道：「宴會結束了，我來尋妳。」

蕓娘心裡一驚，聽著外面笙歌漸低，沒想到經歷這麼一場鬧劇，宴會都結束了。

「哦，那便走吧，我們回家。」

說著，蕓娘拉住顧言就往回走，她一刻都不想多待，只不過剛轉過身，還沒邁開步子，突然從背後傳來個幽幽的聲音——

「顧兄和這位姑娘是什麼關係？」

蕓娘聽到這聲音身子一僵，好嘛，林賀朝這不是沒事找事嗎？

顧言瞥了眼縮著腦袋、突然僵住的蕓娘，狹長的鳳眼瞇了瞇。

他停下腳步，把蕓娘擋在身後，回望向身後的林賀朝，淡淡道：「拙荊。」

這確定的答案讓林賀朝猛然像是心裡被重擊了一下，盯著廊下那個嬌小的身影，恍惚地又問：「妳、妳真的成親了？」

這話顯然不是對著顧言說的，顧言瞥向身後的蕓娘。

而蕓娘站在身後，聽著林賀朝這話，只覺得林賀朝這是發什麼瘋，聽聽他說的這什麼話，好像兩人之前有什麼關係似的，若是讓顧言誤會了怎麼辦？

她覷了眼顧言，只見他深深地蹙起眉頭，目光探尋地看向她。

蕓娘心裡一緊，這還得了，立即從顧言身後探出個腦袋，對著林賀朝朗聲道：「這位公子，你問的這是什麼話，我早就成親了。再說了，我又不認識你，話不能亂說，害得我夫君多想。」

澄清完自己的清白，蕓娘嚥了嚥口水，只聽那邊的林賀朝半天沒了話音。

夜風遊蕩在迴廊，把蕓娘的心也吹得跟廊下的燈籠一樣，晃來晃去，她總覺得這氣氛不大對勁，可又不知道哪裡不對勁。

本還抱有一絲期望，但此時答案已非常明白了，林賀朝似有些自嘲地一笑，挪開目光，對顧言悠悠道：「顧兄當真好福氣。」

「自然。」

顧言看了他一眼，嘴角勾起一絲弧度，眼下的淚痣晦暗不清，只覺得透著幾分張揚，兩人沒再說什麼，只是就那麼對峙著。

這兩人說了什麼嗎？

蕓娘有些不太清楚狀況，不就是兩句招呼話，怎麼感覺兩人之間有股火星味？她眼神在兩人之間緩慢游移，終於忍不住試圖打破這詭異的安靜。

「那個……」

剛出了個聲，兩人的目光都直勾勾地看向她，如芒刺在背，蕓娘又生生把話嚥了回去，她此刻恨不得自己就是迴廊邊的柱子，不存在就好了。

林賀朝垂眼看著顧言拉住蕓娘的手，眼神微斂，冷冷清清道：「下月初八便是殿試，期待與顧兄那時相見。」

顧言也看向他，眼神一瞬不瞬，聲音裡沁開一絲涼意。「殿試見。」

說完，顧言轉身低下頭輕聲對蕓娘道：「走吧。」

只覺得身後那視線仍在她身上，蕓娘巴不得趕緊走，她沒再說什麼，睜大眼睛點點頭，和顧言一起朝外走去。

望著兩人相攜著走遠，身影隱沒在夜裡再也看不見，林賀朝依舊站在原處，遠處宴會傳出些繁華落幕的尾聲，他站在夜裡像個孤零零的長條影子。

「公子。」

林家的小廝尋來，快走兩步到他身側喚了兩聲。

林賀朝彷彿才回過神來，細長的睫毛在燈下顫了顫，灑下片影子，輕輕地問：「你說，人要是做錯事該怎麼辦？」

「這……」小廝覷著自家公子臉色，不太明白他為什麼突然這麼問。「公子，敢問是多大的錯事？」

林賀朝淡淡道：「日思夜寐，寢食難安。」

小廝一怔，結結巴巴道：「那就不好辦了，若是這錯單就對自己不好還好說，但若是傷到旁人，還是得提早掂著些禮去賠禮道……」

「可那人已死了。」

林賀朝抬眼，嗓音裡似有些乾澀。

小廝一愣，看著公子的眼神，總覺得有種說不出來的感覺。

林賀朝閉起眼，這幾日他一直作著一些重複的夢，夢裡有無數人影晃掠而過，有幾分熟悉卻又有幾分陌生，直到今日他看到這番場景，方才豁然清醒。

夢裡的場面是李三郎變成了他，譚春兒變成了蕓娘，她那大眼睛失了神采，又驚又怕，只是一個勁兒哭著求他，只是他無動於衷，漫天的罵聲、指責聲落在她身上，他始終冷眼旁觀，甚至心裡隱隱認可，這等出身的女子必是能做出這般不知廉恥的事，直到後來……

他無意間聽見陸安歌與那人的談話，心裡只覺得懊悔，可當他尋過去的時候，只看到她躺在榻上沒了呼吸，那初見時笑盈盈的圓臉瘦成了一層青黃色的薄皮。

他還記得自己第一次見她，就覺得這世上怎麼有眼睛那麼漂亮的姑娘，令他想同她多說兩句話，雖然當時自己已訂了親。

林賀朝眉頭蹙起，露出一絲自嘲的笑，他在這汴京高牆裡待太久了，彷彿把人應有的人情味都丟得一乾二淨。

「公子？」

小廝輕輕地喚著，林賀朝抬起眼，眼神逐漸清明，淡淡道：「走吧。」

馬車在風裡駛過番街，車廂裡的蕓娘倚在車窗邊還在想剛才那一幕。

這事的發展跟上一世不一樣，因李三郎莫名其妙地闖進屋裡，那譚春兒竟然得進國公府當侍妾，譚春兒是多心高氣傲的人啊，這給人做侍妾還不如死來得痛快呢。

想到這，蕓娘心裡有了一絲痛快。

還有那處處要顏面的陸安歌和陸家今日也是丟盡了面子，上一世，僅僅是她與林賀朝都能被傳得沸沸揚揚，這一世換成名滿京城的李三郎，估計明早街頭賣炊餅的大爺都知道這事了。

只不過這事也挺對不起李三郎的，可誰也沒想到他會自己喝醉了跑進屋裡啊，這說起來他也是有些倒楣，蕓娘心裡一嘆，趕明兒給李三郎送點禮吧。

正思緒亂飛間，身旁人目光落在她身上，淡淡問道：「裙子怎麼髒了？」

她抬起頭，馬車裡沒什麼光，只有從簾子外頭透進來一些街上的光亮，倒是看不清顧言臉上的神色，只覺得黑暗中，有道目光盯著她水紅裙上暈開的污漬。

「被人不小心灑了些酒上去。」

顧言一挑眉，目光冷然。「有人在宴會上欺負妳？」

「沒、沒。」

蕓娘急忙搖頭，心裡有些發虛，今天她是報仇了，回報了曾經欺負過她的人。

顧言頓了下，隨即聲音又涼涼響起。

「妳與那林賀朝認識？」

蕓娘知道瞞不住顧言了，與其瞞著顧言，讓他百般起疑，不如主動跟他說清楚。

「我是認識他。」

她感覺顧言的目光專注放到自己身上，心跳不由得有些加快，努力理清腦中的思路，緩緩解釋道：「春日宴後，我去了延元觀，在那見到了陸夫人趙氏。」

顧言微微蹙起眉頭，只聽蕓娘繼續道：「我當時扮做丫鬟混進了道觀後院，偷聽那法師與趙氏的談話，結果那天正好林賀朝也在，沒承想就被他撞了個正著，這才照了個面……」

顧言聽到這裡，半晌沒出聲，過了一會兒，似漫不經心開口。「就這些？」

蕓娘急忙自證清白，揚起臉。「我發誓，就這些。」

當然剛才在國公府那些事的細節可不能說，這要是顧言問起來她怎麼知道有人要如何設計她，她可說不出來。

蕓娘暗自嘀咕，反正她發的誓可多了，也不差一個。

馬車晃晃悠悠駛在路上，忽然一停，想是應該到家了，蕓娘長長鬆了口氣，身子伸直，正想起身，突然卻被一隻手抓住了手腕往回一拉，腰被人一把箍住，淡淡的香味和一股熱氣縈繞在鼻尖，讓蕓娘身體一僵。

「顧、顧言，要下車了。」

話音剛落，車伕的聲音從外面傳來。

「公子，剛才是遇到堵路的了。」

馬車又悠悠地晃動起來，那車轍壓過青石板路面的聲音，就像是壓在蕓娘心上，街道上已沒什麼人的聲音，靜得只能聽到自己的心跳聲。

黑暗中，她聽到顧言聲音輕輕地響起。

「蕓娘，妳確定林賀朝跟妳沒有任何關係？」

「沒、沒有。」蕓娘磕磕絆絆地說。

車轂轆被石頭絆了下，窗簾晃了晃，外面閃過一絲光亮，她這才看到兩人離得有多近，再近一寸，那挺直的鼻尖似乎就要與她挨上了。

蕓娘額上冒出了些細汗，顧言這般好看的人離得這麼近，有些讓人不知道該往哪裡看，只覺得手忙腳亂。

「嗯。」

顧言輕輕應了聲，看了眼就差把心虛寫在臉上的蕓娘，低頭看著她手指輕扯著他袖口，把那邊角打著彎地繞在指尖上，彷佛在想些什麼難辦的事。

他頓了下，輕描淡寫道：「下回不要再見他。」

「哦，我不見他，下回再見到那林賀朝我就繞得遠遠的……」說完，蕓娘終於琢磨出味來了，睜著大眼睛看向顧言。「顧言，你、你這是……」

顧言抿了抿嘴，低著頭，看著她這副懵懵懂懂的樣子，無奈地長嘆口氣。

「蕓娘。」他頓了下，簾子外的光亮劃過，只見他眼角向上一挑，像是掛進了雲尖裡，直勾著人心神，卻又摸不到碰不著，語氣輕飄飄地道：「妳……知不知道，有個詞叫吃醋。」

蕓娘心猛地跳了下，抬頭望向眼前的人，淺淺的呼吸聲在暗處漫開，那透進來的薄光在他眼裡碎成一片。

細碎的光裡有個蕓娘從沒去過的地方，輕輕的、淺淺的，惶惶繚繞，不安卻又按捺不住，彷彿大雪裡初見時的那團火，也是這般模樣，只消一眼便移不開眼了。

「蕓娘。」

青年的聲音褪去少年的青澀，帶著些難以言明的清冽，明明在外是極冷性子，可到了這時，那聲音順著耳廓劃過，總覺得帶著把輕柔的鉤子，把人心都勾走了。

蕓娘用手肘抵在他胸前，臉紅了起來。

她可是個正經人，不能胡思亂想，從混沌中勉強拉出個念頭，剛顧言說什麼？

吃醋？

蕓娘把這詞在舌尖上繞了繞，不由想到了以前在村頭，那些插腰罵自家花心漢子的婆娘們，她一直以為吃醋就該是那樣，可若是將這模樣換成顧言……

她抬起眼瞄了顧言幾眼，忍不住抿了抿嘴，笑聲從嘴邊漏了出來，旖旎的氣氛一下子散去。

顧言微微垂下眼，輕問。「妳笑什麼？」

「我高興啊。」蕓娘揚起下巴，說著巴住他的肩頭，小聲在他耳邊道：「高興你為我吃醋。」

這可不是一般人，這是顧言，未來的首輔大人！日後等她老得走不動了，同旁人說起來當朝首輔為她吃過醋，可多有面子。

顧言一挑眉，那股熱氣順著耳尖落到心裡。

她高興他吃醋，莫不是高興自己心裡有她？可她說這話的時候又過於坦蕩，讓人摸不定主意。

今日，見她與一個男子站在一起，他總覺得萬分礙眼，不在於那人是林賀朝還是旁的誰，只她站在那裡對那人笑，他就恨不得把她拉走，找個地方關起來。

想到這裡，他又覺得自己分外可笑，怎麼會有這種荒唐想法？

以前總覺得書裡寫的年少春衫薄、十七八情竇初開十分荒謬，他仗著自己早慧，性子淡泊，最為不屑，可沒想到自己當真遇上了，這情卻如大浪撲天蓋地湧來，將一切都吞沒。

「顧言，你別吃醋了。」

蕓娘覷著顧言臉色陰晴不定，這才覺得自己是不是說錯了話？

是了，她現在是顧言的娘子了，貿然背著他見了其他男子，顧言心裡肯定不悅的，雖然這一切都只是巧合，不過這也不行，話得說清楚，那林賀朝不過是她前世一段孽緣，這一世唯有傍好顧言才是真的。

她挺直了身子，急急地說：「我說真的，我下回絕不再見他，還有我只喜歡你一人，在我心裡，林賀朝連你一根手指頭都比不上。」

顧言垂下眼，悠悠地嘆了口氣，拉開兩人距離，睫毛在暗處微顫，讓人不覺有些心疼。

「蕓娘，妳成日說喜歡我是當真嗎？」

真心假意誰又能說得準呢？蕓娘伸手勾住他的手指道：「當然是真的。」

「那妳再說一遍。」

「我、我……喜歡你。」

顧言嘴角微不可察地翹起一個弧度。「沒聽清。」

蕓娘對上他的眼，認認真真地再重複一遍。「我，陸蕓，喜歡顧言！」

顧言抬眸，骨節分明的手握住了她的手，話音裡帶著些笑意。

「夫人的心意，為夫知道了。」

「啪！」

清脆的巴掌聲響在屋子裡，陸安歌偏過臉去，瞬間雪白的臉側映出個鮮紅的巴掌印。

她咬著唇，臉上只覺得火辣辣的疼，淚眼矇矓地看著一雙高筒烏靴出現在眼前，順著向上，便是袍子邊張牙舞爪的金蟒，仔細看那金蟒少了個爪，便離真正的龍還差一步。

「王爺。」

聲音期期艾艾，可奈何聽話的人鐵石心腸。

「誰給妳的膽子，讓妳用我的人在國公府的壽宴上動手的？」

屋子裡瀰漫著沈沈奢靡的黃熟香味，一個陰惻惻的聲音在這密閉的空間裡響起，帶著些掩不住的怒氣。

「妳不知道顧家那小子是會元嗎？殿試在即，日後他便是翰林大學士、御史臺裡會咬人的狗，朝中哪個不是在拉攏他？妳倒好，搞他身邊人，那麼多雙眼睛看著，但凡出個差錯，妳想讓他與本王為敵嗎?!」

陸安歌瑟縮了下脖子，她慣常做這種憐愛樣子，可憐兮兮，又柔弱無骨。

「王爺，我、我也是沒辦法，我心裡只有王爺，不想嫁林賀朝。」

「沒辦法？我看妳就是辦法太多了，要不然我送妳去做道姑，妳誰都不用嫁。」

男子冷笑一聲，看著眼前女子，這些話他聽多了，更何況是這麼一個有心機的女子？不知道這話裡有幾分是在賭他日後能坐上那個光耀萬年的位置。

陸安歌打了個寒顫，十根指頭摳緊裙邊，想了想那枯井般的道觀，每天看著四方格的天，活得還不如一隻鳥自在。

不行，她不能當道姑，這輩子，她死也要死在汴京城的銷金醉夢裡。

「王爺！王爺你有所不知，我這麼做也不是獨獨為了我自己，顧言身邊那個女子，不是旁人。」

男子抬眼看向她，陸安歌顫顫巍巍說：「她正是陸家那個流落在外的親生女兒。」

「是她？」

兩人之間像打起暗語般，有些心照不宣的事，景王皺起眉頭。

「她怎麼會跟顧言攪在一起？」

陸安歌緩緩道：「聽說顧言在流放被特赦後回京的路上遇到了陸蕓，不知怎麼，兩人就在個小村子裡成了親。」

景王瞥了她一眼。「繼續說。」

陸安歌咬了咬唇。

「後來、後來那陸蕓費盡心力給顧言養傷，還伴著顧言一起赴考，顧言這才得以回到京城。」

景王踱步來去，黃熟香發出一股久埋在地裡爛透的味道，明明看起來光鮮亮麗，裡面卻腐朽得搖搖欲墜。

半晌，他停下腳步在桌邊站定，抬筆寫了些什麼，只覺得那信封上帶著絲黃沙的味道，像是之前從很遠的地方來的，上面印著黃符，又像是道家慣用的那種。

「既然陸雲不能留，那顧言就更不能留了。」

陸安歌低著頭不出一言，這話她也聽過，似是在太子府出事那夜之前，景王也說過，太子不能留，然後便有了那夜血染宣德門……

她垂著腦袋，看著自己蔥白的指尖。

她這輩子都不要用這雙手去種地，不要過得不如人！

窸窸窣窣一陣，景王吩咐人把信拿走了，極其涼薄的聲音在她耳畔響起——

「去辦幾件事，辦好了，我八抬大轎抬妳入景王府做側妃。」

——未完，待續，請看文創風1110《撿到潛力股相公》下

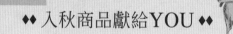

Family Day 2022 秋日紛紛

送粉絲好禮

是的！驀然回首，幸運就在轉個身丶(✿゜▽゜)ノ

抽獎辦法 活動期間內，只要在官網購書並成功付款，系統會發e-mail給您，並附上抽獎專用之流水編號，買一本就送一組，買十本就能抽十次，不須拆單，買越多中獎機率越大。

得獎公佈 11/30(三)於狗屋官網公佈得獎名單

獎項

10名 紅利金 200元

3 名 文創風 1117-1119《金蛋福妻》全三冊

Family Day 購書注意事項：

(1)請於訂購後**三日內**完成付款，最後訂購於**2022/11/13**前完成付款才算有效訂單喔！

(2)購書滿千元(含)以上免郵資。未滿千元部分：
郵資65元(2本以下郵資50元)／超商取貨70元(限7本以內)／宅配100元。

(3)特賣書籍因出書時間較久，雖經擦拭、整理，仍有褪色或整飾痕跡，故難免不如新書亮麗。除缺頁、倒裝外無法換書，因實在無書可換，但一定會優先提供書況較良好的書給大家。若有個人原因需要換書，需自付來回郵資。

(4)各書籍庫存不一，若遇缺書情形可選擇換書或退款。

(5)歡迎海外讀者參與(郵資另計)，請上網訂購或是mail至love小姐信箱(love@doghouse.com.tw)詢問相關訊息。

狗屋有權修改優惠活動的實施權益及辦法。

為流浪貓狗加油 和貓寶貝 狗寶貝
廝守終生(一定要終生喔！)的幸福機會

對人來說，貓寶貝狗寶貝只是生活的一部分，
但妳（你）對牠們來說，卻是生活的全部，領養前請一定要考慮清楚——

▲ 冠上名為「勇氣」的王冠 辛巴

性　　別：男生
品　　種：米克斯
年　　紀：2個月
個　　性：活潑親人、不怕犬貓、喜歡抱抱
健康狀況：近期規劃打預防針；有癲癇，已藥物控制穩定治療中
目前住所：台中市

本期資料來源：等一個幸福-喵喵中途之家
https://www.facebook.com/profile.php?id=100064110635130

第336期推薦寵物情人

『辛巴』的故事：

今年七月初，在二手市集網上有好心人士撿到一隻約兩週大、被貓媽媽遺棄的奶貓，失溫且營養不良的辛巴已毫無生氣，處在一個隨時會被死神接走的狀態，但求生意志強大的辛巴在我們接手照顧後日益強壯了起來，成為一名勇敢的生命鬥士。

興許被人工奶大的關係，很輕易跟人類打成一片，喜歡在我們做飯時像無尾熊抱著尤加利樹一樣抱著你的腳；睡覺時不願睡自己的窩，喜歡窩在你的脖頸旁入睡；抑或是在你洗完澡，從浴室出來時總是能看到一團小毛球在踏腳墊上迎接，然後撒嬌討抱，蹭得你不得不再洗一次澡。

看似快樂的辛巴，其實也有自己的生命課題要面對：癲癇。我們猜測應是在資源有限的野外，因為小辛巴患有癲癇，迫於無奈下才被貓媽媽遺棄。中途接手後約一個月多，小辛巴第一次發作。發作時會不自主地抽搐、亂衝、嚎叫，發作後辛巴總是會虛弱地舔舔我們，似乎告訴我們別擔心，牠會好起來的。所幸在藥物的控制下，現在幾乎不再發作（過去一個月僅一次），目前正在慢慢減低藥量中，未來有機會不用再服藥。

縱使發生了種種不如意，辛巴還是很勇敢面對生命，嚥下每一包醫生開給牠的藥，在貓砂盆裡處理好自己的大小便，珍惜每次遇到其他貓貓的機會交朋友，認真踏實過好每一天。正如我們為牠取名「辛巴」，而牠正在賦予這個名字新的意義——在自己的生命中做一隻雄偉的獅子王。辛巴的好朋友呂小姐，歡迎大家至FB發送訊息或是Line ID：0988400607，讓我們一同幫助牠迎接嶄新的未來。

認養資格：

1. 認養人須年滿25歲，有穩定的經濟能力，若非獨居，請徵求同居人（包含家人、伴侶等）同意。
2. 不關籠、不遛貓、不放養，必須同意施做門窗防護。
3. 須同意簽認養寵物切結書。
4. 須同意送養人日後以照片方式定期追蹤探訪，對待辛巴不離不棄。

來信請說明：

a. 個人基本資料：姓名、性別、年齡、家庭狀況、職業與經濟來源等。
b. 想認養辛巴的理由。
c. 過去養寵物的經驗，及簡介一下您的飼養環境。
d. 若未來有結婚、懷孕、出國或搬家等計劃，將如何安置辛巴？

2022年10月出版

田邊的悍姑娘

文創風 1107～1108

雖然穿越到古代，但她沈瑜實在做不來那繡花小意的事，
她就種種田、打打怪，說不定還能為自己掙一個官兒來做做呢！

風拂過田野，聞到愛情的甜／碧上溪

沈瑜剛穿越到窮得響叮噹的沈家，就立刻體會到親情的殘酷。
娘親辛苦生了她們三姊妹，爺奶不疼便罷，父親死後就把她們當奴僕使喚，
原主菩薩心腸可以忍，但她可不是那種打落牙齒和血吞的弱女子，
欺人太甚的沈家，她絕對要他們加倍奉還！
她在沈家颳起的風暴，讓周圍鄰里都不敢惹她，
唯有那個不怕死的齊康例外——
這男人看著像京城的貴公子哥兒，卻跑來這窮鄉僻壤當縣令，
甫新官上任，就插手管她的家務事，
一把摺扇天天拿在手上，冬天也不嫌風大？
其他女子看到齊康都臉紅心跳，就她沈瑜不買單，
她忙著用她的「法寶」開荒種田、種靈芝，偶爾行俠仗義，
誰知他竟還對她起了興趣，引來不少流言蜚語，
要不是她得靠他這位縣令買田地發大財，她才不想跟他有什麼瓜葛！

2022年10月出版

見鬼了才當後娘

文創風 1104～1106

本來，她當一窩孩子的面吃香喝辣也不害羞，
可自打他們把她當親娘孝順、聽話，
她頓時慈母上身，不禁反省起來……

愛不在蜜語甜言，
在嘻笑怒罵下的承擔／霓小裳

何月娘穿越成乞丐後，最大的願望就是吃飽喝足恢復力氣。
因此，當陳大年這個剩一口氣的老男人，承諾給她溫飽，
並讓她照應他的六個孩子，不使陳家分崩離析時，她一口就應下了。
可憐她一個黃花大閨女，平白就有了六娃、兩兒媳、四個孫，
那陳大娃、陳二娃，都比她這個後娘年歲大了！
所幸陳大年逝去前強硬地將一家人擰成一條繩，接下來便是她的事了。
眼前一張張嗷嗷待哺的嘴，而這個家剩下的除了這棟房，
就餘下三兩二錢銀子，連給陳大年弄一副棺材的錢都不夠……
此外還有想欺負婦孺的親戚虎視眈眈，好在她填飽了肚子，
總算有力氣驅趕麻煩，並發揮她一手打獵的好功夫養家。
儘管她打獵、採藥掙得的錢，可比陳家給她那幾頓飯多得多，
但她既是答應負責任，那便會說到做到，可眼前這鬼是怎樣？
「我不放心孩子們，走了管道，讓一縷魂魄留在陽間一段日子……」
說來說去就是不信她，那怎麼不乾脆走走關係，從棺材裡爬出來呢？

風 文創
1109

撿到潛力股相公 上

國家圖書館出版品預行編目資料

撿到潛力股相公 / 晏梨著. --
初版. -- 臺北市 : 狗屋出版社有限公司, 2022.10
冊 ; 公分. --（文創風 ; 1109-1110）
ISBN 978-986-509-368-6（上冊 : 平裝）. --

857.7 111014672

著作者 晏梨
編輯 李佩倫
校對 吳帛奕
發行所 狗屋出版社有限公司
地址 台北市104中山區龍江路71巷15號1樓
電話 02-2776-5889～0
發行字號 局版台業字845號
法律顧問 蕭雄淋律師
總經銷 知遠文化事業有限公司
電話 02-2664-8800
初版 2022年10月
國際書碼 ISBN-13 978-986-509-368-6

本著作物由北京晉江原創網絡科技有限公司授權出版

定價260元
狗屋劃撥帳號：19001626
網址：love.doghouse.com.tw E-mail：love@doghouse.com.tw